BORIS VIAN

Werke in Einzelausgaben
herausgegeben von Klaus Völker
bei Zweitausendeins

BORIS VIAN

Der Herzausreißer

– L'ARRACHE-COEUR –

DEUTSCH VON
WOLFGANG SEBASTIAN BAUR

ZWEITAUSENDEINS

1. Auflage, Oktober 1979. / 2. Auflage, Oktober 1980.
3. Auflage, April 1984. / 4. Auflage, Oktober 1984.
5. Auflage, April 1985. / 6. Auflage, Februar 1989.
7. Auflage, Februar 1990. / 8. Auflage, April 1995.
9. Auflage, August 2004.
Deutsche Originalausgabe.

Den Umschlag machte Hannes Jähn.
Satz von Laupp & Göbel, Tübingen.
Druck bei Grammlich, Pliezhausen.
Gebunden bei G. Lachenmaier, Reutlingen.
Printed in Germany.

Dieses Buch gibt es nur bei Zweitausendeins im Versand, Postfach,
D-60381 Frankfurt am Main, Telefon 069-420 8000, Fax 069-415 003.
Internet www.Zweitausendeins.de, E-Mail info@Zweitausendeins.de.
Oder in den Zweitausendeins-Läden in Berlin, Düsseldorf, Essen,
Frankfurt am Main, Freiburg, 2× Hamburg, in Hannover,
Köln, Mannheim, München, Nürnberg, Stuttgart.

In der Schweiz über buch 2000,
Postfach 89, CH-8910 Affoltern a.A.

ISBN 3-86150-069-8 (Werkausgabe)
ISBN 3-86150-106-6

DER HERZAUSREISSER

ERSTER TEIL

I

28. August

Der Fußsteig zog sich die Felsküste entlang. Er war verbrämt mit blühenden Kalaminen und schon etwas angewelkten Brujusen, deren schwarz gewordene Blütenblätter den Boden übersäten. Spitzige Insekten hatten den Erdboden durch Tausende kleiner Gänge unterhöhlt; das fühlte sich unter den Füßen an wie erfrorener Schwamm.

Jacquemort schritt ohne Eile voran und betrachtete die Kalaminen, deren tiefrotes Blütenherz in der Sonne pochte. Mit jedem Pulsschlag wirbelte eine Wolke von Blütenstaub auf und sank dann wieder auf die von einem sachten Beben erschütterten Blätter zurück. Zerstreut erfüllten Bienen ihre Bestimmung.

Vom Fuß der Steilküste drang das sanftrauhe Gerausche der Wellen herauf. Jacquemort blieb stehen und beugte sich über den schmalen Rand, der ihn vom Abgrund trennte. Alles war weit weg, lag in Fallinie tief unten, und Schaum glitzerte in den Felshöhlungen wie ein Rauhreif im Juli. Es roch nach verbrannten Algen. Von Schwindel erfaßt, kniete sich Jacquemort ins erdfahle Sommergras, den Boden dabei mit seinen ausgebreiteten Händen berührend; hierbei traf er auf Ziegenkotpillen von absonderlich unregelmäßiger Gestalt und kam zu dem Schluß, daß sich unter diesen Tieren auch der ›Bock von Sodom‹ befinden müsse, dessen Gattung er jedoch bislang für ausgestorben gehalten hatte.

Nun hatte er weniger Angst und wagte von neuem, sich über den Abgrund zu beugen. Die großflächigen Steilwände aus rotem Fels fielen lotrecht in das nicht allzu tiefe Wasser ab, von wo sie fast ebensobald wieder aufschossen, um der Felsküste Form zu geben, auf deren Kamm kniend Jacquemort sich jetzt hinunterbeugte.

Schwarze Riffe ragten hier und dort hervor, gesalbt von der Brandung und gekrönt von einem Dunstreif. Die Sonne zerfraß den Meeresspiegel und besudelte ihn mit obszönen Sgraffiti.

Jacquemort erhob sich und nahm seinen Weg wieder auf. Der Pfad machte eine Kehre. Zur Linken sah er schon rostig sich verfärbende Farnwedel und Heidekraut in voller Blüte. Auf den entblößten Felsen glimmerten Salzkristalle, die vom Fischtransport herrührten. Das Gelände stieg zum Landesinneren hin steil an. Der Pfad umrundete rohe Blöcke schwarzen Granits und zeigte neuerliche Spuren von Ziegendreck; nicht aber von Ziegen. Die Zöllner schießen dieselben ab, eben wegen des Drecks.

Er beschleunigte seine Gangart und fand sich schlagartig im Schatten, da ihm die Sonnenstrahlen nicht mehr zu folgen vermochten. Erleichtert durch die Kühle, ging er noch rascher. Und die Blüten der Kalaminen wischten wie ein endloses Feuerband an seinen Augen vorbei.

An gewissen Anzeichen erkannte er, daß er seinem Ziel näherkam, und machte sich mit aller Sorgfalt daran, seinen zerzausten roten Vollbart in Ordnung zu bringen. Hierauf schritt er wieder rüstig aus. Einen Augenblick lang tauchte das HAUS in voller Größe zwischen zwei Granitzacken auf, die durch die Erosion die Form von Schnullern angenommen hatten und den Pfad wie die Säulen eines riesigen Portals flankierten. Wieder nahm der Weg eine Biegung, und er verlor es aus den Augen. Es stand ziemlich weitab vom Steilhang, ganz hoch oben. Sowie er zwischen den beiden finsteren Blöcken hindurchging, entblößte es sich ganz und gar, sehr weiß und umstanden von ungewohnten Bäumen. Eine helle Linie löste sich vom Eingangstor, schlängelte sich gemächlich über die Anhöhe herunter und vereinigte sich schließlich mit dem Pfad. Jacquemort strebte darauf zu. Beinah auf der Anhöhe angelangt, fing er an zu laufen, weil er die Schreie hörte.

Vom sperrangelweit geöffneten Haustor bis zum Treppenaufgang hatte eine vorsehende Hand ein rotes Seidenband ausgelegt. Das Band stieg die Treppe hoch und endete in der Schlafkammer. Jacquemort folgte ihm. Auf dem Bett lag die Hochschwangere, eine Beute der hundertdreizehn Wehen der Niederkunft. Jacquemort ließ seine Ledertasche fallen, krempelte sich die Ärmel auf und seifte sich die Hände in einem Becken aus roher Lava ein.

II

Allein in seiner Kammer wunderte sich Angel, daß er nicht litt. Er hörte seine Frau nebenan wimmern, konnte jedoch nicht hinübergehen und ihr die Hand halten, da jene ihn mit ihrem Revolver bedrohte. Sie zog es vor, nicht in Gegenwart von jemand zu schreien, denn sie haßte ihren dicken Leib und wollte nicht, daß man sie in diesem Zustand sähe. Seit zwei Monaten war Angel alleingeblieben und hatte darauf gewartet, daß alles zuende sei; er hatte über die unerheblichsten Dinge nachgedacht. Er ging ziemlich häufig im Kreise herum, nachdem er aus Berichten erfahren hatte, daß Gefangene im Kreise herumgehen wie Tiere; fragte sich nur welche Tiere? Er schlief oder versuchte einzuschlafen mit dem Gedanken an die Hinterseite seiner Frau, denn in Anbetracht dieses Bauches gedachte er ihrer lieber von hinten. Jede zweite Nacht schrak er aus dem Schlafe auf. Das Leid, ganz allgemein, war zugefügt, und das hatte nun einmal nichts Befriedigendes an sich.

Jacquemorts Tritte hallten im Treppenhaus. Zur gleichen Zeit verstummten die Schreie der Frau, und Angel traf Bestürzung. Vorsichtig näherte er sich der Kammertür und versuchte, etwas zu sehen, aber das Fußteil des Bettes verdeckte alles Übrige, und schmerzhaft verrenkte er sich das linke Auge, jedoch ohne zufriedenstellendes Ergebnis. Er richtete sich wieder auf und spitzte die Ohren, aber nach niemand im besonderen.

III

Jacquemort legte die Seife auf dem Beckenrand ab und langte nach dem Frotteehandtuch. Er trocknete sich die Hände und öffnete seine Ledertasche. Wasser brodelte in einem elektrischen Kochgefäß. Darin sterilisierte Jacquemort seinen Fingerling, streifte ihn geschickt über und deckte die Frau auf, um zu sehen, wie nun vorzugehen sei.

Nachdem er sich darüber im klaren war, richtete er sich wieder auf und sagte mit angeekeltem Ton:

»Drei sind's.«

»Drei...«, murmelte die Mutter erstaunt.

Darauf fing sie wieder an zu heulen, denn ihr Bauch erinnerte sie plötzlich daran, daß er ihr sehr wehtat.

Jacquemort holte ein paar Stärkungstabletten aus seiner Tasche und schluckte sie hinunter, er würde sie noch benötigen. Hernach nahm er eine Wärmepfanne vom Haken und schlug damit kräftig auf den Fußboden, damit Dienstboten heraufkämen. Unten hörte er Gelaufe, dann Tritte im Treppenhaus. Das Dienstmädchen erschien in weißer Gewandung, wie zu einem chinesischen Begräbnis.

»Bereiten Sie die Instrumente vor«, sagte Jacquemort. »Wie heißen Sie eigentlich?«

»Ich heiße Culblanc, mein Herr«, antwortete sie mit stark bäurischem Akzent.

»Wenn dem so ist, will ich Sie lieber nicht beim Namen nennen«, knurrte Jacquemort.

Das Mädchen sagte nichts und machte sich daran, die vernickelten Geräte zu putzen. Er trat ans Bett. Mit einem Mal schwieg die Frau. Der Schmerz hatte sie überwältigt.

Jacquemort nahm ein Gerät aus der Tasche und rasierte mit kundiger Hand den Schamhügel. Daraufhin umschrieb er mit einem weißen Farbstrich das Operationsfeld. Die Krankenschwester sah ihm dabei etwas verwundert zu, denn ihre Kenntnisse in Geburtshilfe gingen kaum über das Kuhkalben hinaus.

»Haben Sie das Medizinische Handbuch von Larousse da?« fragte Jacquemort, während er seinen Pinsel wegsteckte.

Dies gesagt und getan, beugte er sich über sein Werk und blies auf die Malerei, damit sie schneller trockne.

»Ich habe hier nur das Gesamtverzeichnis der Französischen Waffen- und Fahrradfabrikation von Saint-Etienne«, antwortete das Dienstmädchen.

»Zu dumm«, sagte Jacquemort, »der Larousse hätte uns vielleicht weitergeholfen.«

Ohne auf eine Antwort zu hören, ließ er seinen Blick ziellos im Zimmer umherschweifen, wobei er auf die Türe fiel, hinter der Angel sich langweilte.

»Wer langweilt sich hinter dieser Tür?« fragte er.

»Das ist Herr...«, antwortete das Mädchen. »Er ist eingeschlossen.«

In diesem Augenblick erwachte die Mutter aus ihrer dumpfen Ohnmächtigkeit und stieß eine Reihe spitzer Schreie aus. Ihre Fäuste verkrampften und lösten sich. Jacquemort wandte sich zum Dienstmädchen:

»Haben Sie eine Waschschüssel?« fragte er.

»Ich geh eine holen«, antwortete das Mädchen.

»Na wird's bald, blöder Trampel«, sagte Jacquemort, »soll sie uns vielleicht dieses gute Paar Leintücher versauen?«

Sie stürzte Hals über Kopf davon, und Jacquemort hörte befriedigt, wie sie sich im Treppenhaus die Fresse einschlug.

Er näherte sich der Frau. Zärtlich streichelte er das verschreckte Gesicht. Mit beiden verkrampften Händen faßte sie ihn am Handgelenk.

»Wollen Sie ihren Mann sehen?« fragte er.

»Oh, ja«, antwortete sie. »Aber geben Sie mir erst den Revolver, da drüben im Schrank...«

Jacquemort schüttelte den Kopf. Das Hausmädchen kam zurück mit einer flachen ovalen Holzschüssel, wie man sie zum Hundeentlausen verwendet.

»Das ist alles, was ich habe«, sagte sie, »damit müssen Sie zurechtkommen.«

»Helfen Sie mir, sie ihr unters Kreuz zu schieben«, sagte Jacquemort.

»Der Rand ist aber scharfkantig«, warf das Dienstmädchen ein.

»Ganz recht«, pflichtete der andere bei, »genauso kann man's ihnen heimzahlen, den Weibern.«

»Aber das ist doch ganz unsinnig«, maulte das Hausmädchen, »sie hat nichts Böses getan.«

»Und was denn hat sie Gutes getan?«

Der breitgequetschte Rücken der Schwangeren ruhte auf dem Rand des flachen Beckens.

»Wie geht's jetzt hier bloß weiter«, seufzte Jacquemort, »das ist nun wirklich beim besten Willen keine Arbeit für einen Psychiater.«

IV

Er überlegte unschlüssig hin und her. Die Frau schwieg, und das Hausmädchen starrte ihn regungslos an, ohne jeden Ausdruck im Gesicht.

»Man muß ihr das Fruchtwasser ablassen«, sagte sie.

Jacquemort stimmte teilnahmslos zu, dann hob er betroffen den Kopf. Es wurde plötzlich dunkler.

»Geht die Sonne etwa unter?« fragte er.

Das Dienstmädchen ging nachsehen. Der Tag verflog hinter dem Horizont, und ein lautloser Windhauch hatte sich erhoben. Sie kam beunruhigt zurück.

»Ich weiß nicht, was da noch kommt...«, murmelte sie.

In der Kammer war nichts außer einem phosphoreszierenden Schimmer rund um den Kaminspiegel zu erkennen.

»Setzen wir uns und warten wir ab«, schlug Jacquemort mit leiser Stimme vor.

Durch das Fenster drang der Geruch bitteren Krautes und Staubes herauf. Der Tag war gänzlich gewichen. In der hohlen Düsternis der Kammer fing die Schwangere zu reden an.

»Kein einziges werde ich je mehr kriegen«, sagte sie. »Nie wieder werde ich eins haben wollen.«

Jacquemort hielt sich die Ohren zu. Ihre Stimme klang, wie wenn Fingernägel über Kupferblech kratzen. Das Dienstmädchen schluchzte verstört. Die Stimme fiel über Jacquemorts Schädel her und durchstach ihm das Gehirn.

»Die kommen schon noch heraus«, sagte die Schwangere mit einem harten Lachen. »Herauskommen werden sie und mir wehtun, und das ist erst der Anfang.«

Das Bett begann zu ächzen. Die Schwangere keuchte in die Stille hinein, und wieder hob die Stimme an:

»Über Jahre und aber Jahre wird sich das hinschleppen, und jede Stunde, jede Sekunde ist vielleicht die letzte, und der ganze Schmerz wird zu nichts anderem nütze gewesen sein, als mir die ganze Zeit hindurch Leid zuzufügen.«

»Jetzt reicht's aber«, brummte Jacquemort mit Bestimmtheit.

Die Schwangere schrie jetzt zum Steinerweichen. Die Augen des Psychiaters gewöhnten sich langsam an den Schimmer, den der Spiegel aussandte. Er sah jetzt die Frau, wie sie dalag und sich mit aufgebäumtem Körper aus Leibeskräften anstrengte. Sie stieß langgezogene, aufeinanderfolgende Schreie aus, und ihre Stimme setzte sich wie ein ätzender und klebriger Sprühnebel in Jacquemorts Gehörgängen ab. Mit einem Mal erschienen im Zwickel der angewinkelten

Beine nacheinander zwei helle Flecke. Nur am Rande nahm Jacquemort die Hantierungen des Dienstmädchens wahr, das sich aus seiner Schreckerstarrung gelöst hatte, um die beiden Kinder aufzunehmen und in Tücher einzuhüllen.

»Noch eins«, sagte er bei sich.

Die gepeinigte Mutter schien dem Ende ihrer Kräfte nahe. Jacquemort stand auf. Sowie das dritte Baby kam, faßte er es geschickt und half so der Frau. Erschöpft sank sie zurück. Lautlos zerriß die Nacht, Licht drang in die Kammer, und die Frau lag nun mit seitwärts gedrehtem Kopf ruhig da. Tiefe Augenringe zeichneten ihr von der Anstrengung abgebrauchtes Gesicht. Jacquemort wischte sich Stirn und Nacken ab und wunderte sich, plötzlich die Geräusche vom Garten draußen zu hören. Das Kindermädchen war gerade mit dem Einwickeln des letzten Babys fertiggeworden und legte es zu den beiden anderen aufs Bett. Sie ging zum Schrank, entnahm ihm ein Leintuch und breitete es der Länge nach aus.

»Ich werde ihr den Leib bandagieren«, sagte sie. »Und schlafen muß sie auch. Gehen Sie jetzt bitte.«

»Haben Sie die Nabelschnüre abgetrennt?« erkundigte sich Jacquemort noch. »Binden Sie sie schön knapp ab.«

»Ich habe Schleifchen gemacht«, sagte das Kindermädchen, »das hält genauso gut und sieht besser aus.«

Er schwieg düster.

»Gehen Sie doch zu Monsieur nach nebenan«, schlug das Mädchen vor.

Jacquemort ging an die Tür, hinter der Angel wartete. Er drehte den Schlüssel um und trat ein.

V

Angel saß auf einem Stuhl, das Rückgrat zum stumpfen Winkel gebrochen, sein Körper schwang noch von Clémentines Schreien nach. Beim Geräusch des Türschlosses hob er den Kopf. Der rote Bart des Psychiaters überraschte ihn.

»Ich heiße Jacquemort«, erklärte dieser, »ich kam zufällig auf dem Weg vorbei, und da hörte ich die Schreie.«

»Das war Clémentine«, sagte Angel. »Ist alles gut abgegangen? Ist es vorbei? Sagen Sie!«

»Sie sind dreifacher Vater«, sagte Jacquemort.

Angel war verblüfft:

»Drillinge?«

»Zwillinge und ein Eigenständiger«, präzisierte Jacquemort. »Er ist gleich danach gekommen. Das ist ein Zeichen für eine starke Persönlichkeit.«

»Wie geht es ihr«, fragte Angel.

»Sie ist wohlauf«, sagte Jacquemort, »etwas später werden Sie sie sehen«.

»Sie ist sehr wütend auf mich«, sagte Angel. »Sie hat mich eingesperrt.«

Von den konventionellen Anstandsregeln gegängelt, fügte er hinzu:

»Darf ich Ihnen irgendwas anbieten?«

Er erhob sich umständlich.

»Vielen Dank«, sagte Jacquemort, »im Moment nicht.«

»Was machen Sie hier?« fragte Angel. »Wollen Sie hier Ihre Ferien verbringen?«

»Ja«, sagte Jacquemort. »Ich glaube, ich wäre hier ganz gut bei Ihnen aufgehoben, da Sie mir das ja schon vorschlagen.«

»Ein Glücksfall, daß Sie gerade zugegen waren«, sagte Angel.

»Gibt es hier denn keinen Arzt?« fragte Jacquemort.

»Ich war ja eingesperrt«, sagte Angel. »Ich konnte mich nicht darum kümmern. Das Mädchen vom Bauernhof hat alles machen müssen. Sie ist uns sehr ergeben.«

»Ach so...!« sagte Jacquemort.

Beide schwiegen. Jacquemort strählte sich den feuerroten Bart mit seinen fünf gespreizten Fingern. Seine blauen Augen funkelten im Sonnenlicht des Zimmers. Angel sah ihn aufmerksam an. Der Psychiater trug einen sehr leichten Anzug aus schwarzem Tuch, enganliegende Hosen mit Steg und einen langen hochgeschlossenen Leibrock, der ihn schmaler erscheinen ließ. An den Füßen hatte er ausgeschnittene Sandalen aus schwarzlackiertem Leder, und ein fliederfarbenes Satinhemd wallte aus seinem Kragenausschnitt. Es war närrisch einfach.

»Ich bin sehr froh, daß Sie dableiben«, sagte Angel.

»Kommen Sie jetzt doch mit hinüber zu Ihrer Frau«, schlug der andere vor.

VI

Clémentine rührte sich nicht. Sie lag ganz flach da, den Blick zur Decke gerichtet. Zwei der Bälger lagen zu ihrer Rechten, das dritte zur Linken. Das Kindermädchen hatte das Zimmer aufgeräumt. Sonnenlicht rann lautlos über den Rand des offenen Fensters.

»Ab morgen wird man sie entwöhnen müssen«, sagte Jacquemort. »Erstens kann sie nicht zwei und ein weiteres stillen, zweitens geht's dann viel schneller, und drittens wird sie einen schönen Busen behalten.«

Clémentine wurde unruhig, drehte den Kopf zu ihnen hin. Sie öffnete ein hart dreinblickendes Augenpaar und sprach:

»Ich werde sie selbst stillen«, sagte sie. »Alle drei. Das wird mir keineswegs den Busen verunstalten. Und wenn schon, umso besser. Ich habe ja sowieso nicht mehr den Wunsch, irgendjemandem zu gefallen.«

Angel näherte sich ihr und wollte ihr die Hand streicheln. Sie riß sie zurück.

»Genug jetzt«, sagte sie. »Ich habe keine Lust, jetzt wieder von vorn anzufangen.«

»Hör zu...«, murmelte Angel.

»Hau ab«, sagte sie mit müder Stimme, »ich will

dich jetzt nicht sehen. Das hat mir alles zu sehr wehgetan.«

»Fühlst du dich denn nicht besser?« fragte Angel. »Schau mal... dein Bauch, der dich so gestört hat... der ist doch jetzt weg.«

»Und durch das Leintuch, das Sie da umgebunden tragen«, warf Jacquemort ein, »bleibt Ihnen, wenn Sie später aufstehen, keinerlei Spur zurück.«

Clémentine nahm alle ihre Kraft zusammen und richtete sich halb auf. Sie sprach mit leiser, zischender Stimme:

»Ich sollte mich besser fühlen, nicht wahr?... so wie ich hier bin... gleich danach... mit meinem zerrissenen Bauch... und meinem Rücken, der mir wehtut... und meinen verdrehten und schmerzenden Beckenknochen, und meinen Augen voll geplatzter roter Äderchen..., ich sollte mich brav erholen, schön vernünftig sein, wieder zu einer schönen Silhouette abschwellen, wieder feste dralle Brüste kriegen..., nur damit du oder ein anderer kommen können, mich flachzuquetschen und mir euren Rotz einzuspritzen, damit das alles wieder von vorn anfängt, damit ich wieder Schmerzen habe, schwer und unbeholfen werde, blute wie ein Schwein...«

Mit einer gewaltsamen Bewegung fuhr sie mit dem Arm unter die Bettdecke und riß sich das Leintuch, das ihren Leib bandagierte, herunter. Angel machte die Andeutung einer Bewegung.

»Komm mir nicht zu nahe!« sagte sie mit soviel Haß in der Stimme, daß ihr Mann stumm erstarrte. »Verschwindet«, rief sie, »alle beide! Du, weil du mir das angetan hast, und Sie, weil Sie mich so gesehen haben. Los...! Haut ab!«

Jacquemort ging auf die Tür zu, gefolgt von Angel. Sowie dieser seinen Fuß in den Hausflur setzte, traf ihn das zu einer Kugel zusammengerollte Leintuch in den Nacken, das ihm seine Frau soeben nachgeworfen hatte. Er strauchelte und schlug mit seiner Stirn gegen den Türrahmen. Die Tür fiel hinter ihm ins Schloß.

VII

Sie stiegen jetzt über die mit roten Steinplatten bedeckte Treppe hinunter; diese erzitterte dabei unter ihren Füßen. Das Haus war aus mächtigem schwarzem Balkenwerk und weißgekalkten Wänden gefügt. Jacquemort suchte nach passenden Worten.

»Das wird sich bald wieder einrenken...«, meinte er.

»Hmm...«, antwortete Angel.

»Sie sind ja wirklich allerhand Kummer gewöhnt...?«, vermutete der Psychiater.

»Nein«, sagte Angel. »Ich war zwei Monate eingesperrt. Das ist alles.«

Er zwang sich zum Lachen.

»Es kommt mir komisch vor, wieder frei zu sein.«

»Was haben Sie während dieser zwei Monate gemacht?« fragte Jacquemort.

»Nichts«, sagte Angel.

Sie durchquerten eine große Halle, die wie das Stiegenhaus mit roten Sandsteinplatten ausgelegt war. Es standen kaum Möbel da; ein massiver Tisch aus hellem Holz, ein niedriges Buffet aus dem gleichen Holz und an den Wänden zwei oder drei sehr schöne Gemälde in Weiß. Dazu passende Sitzgelegenheiten. Angel blieb neben dem Buffet stehen.

»Sie nehmen doch sicher einen Drink?« sagte er.

»Sehr gern«, sagte Jacquemort.

Angel schenkte zwei Gläser vom hausgemachten Ploustochnik ein.

»Schmeckt famos!« lobte Jacquemort.

Da der andere nicht antwortete, fügte er hinzu:

»Alles in allem, wie kommt es Ihnen vor, Vater zu sein?«

»Es ist alles andere als lustig«, sagte Angel.

VIII

29. August

Clémentine war allein. Nicht das winzigste Geräusch im Zimmer. Nur hin und wieder das leise Plätschern von Sonne um die Vorhangsäume.

Erleichtert, gänzlich abgeschlafft, strich sie sich mit den Händen über ihren flachen Leib. Ihre geschwollenen Brüste hingen schwer herunter. Sie empfand ihrem Körper gegenüber Mitleid, Gewissensbisse, ja Schande, und vergaß das tags zuvor verschmähte Leintuch. Ihre Finger wanderten die Umrisse ihres Halses, ihrer Schultern, der anomalen Schwellung ihrer Brüste ab. Ihr war ein wenig zu heiß. Zweifellos Fieber.

Undeutlich war der ferne Lärm des Dorfes durchs Fenster zu hören. Es war gerade die Zeit, in der man auf dem Feld arbeitete. Aus dumpfen Ställen drang das Brüllen des Viehs herauf, das dort eingepfercht büßte, aber es klang weniger erzürnt, als es sich eigentlich hätte anhören sollen.

Neben ihr schliefen die kleinen Bälger. Sie nahm eins, unterdrückte dabei einen leichten Ekel und hielt es mit ausgestreckten Armen über sich. Es war rosig, hatte einen kleinen feuchten Polypenmund und fleischerne Falten anstelle von Augen. Sie wandte den Kopf ab, machte eine Brust frei und legte den Kleinen daran. Sogleich ballte er die Fäuste, und seine Wangen höhlten sich. Hatte er einen Mundvoll gesogen, schluckte er ihn mit einem ordinären Kehllaut hinunter. Das war nicht sehr angenehm. Es schaffte zwar Erleichterung, ließ aber auch ein wenig das Gefühl von Verstümmelung zurück. Die Brust kaum zu zwei Dritteln leergetrunken, empfahl sich der kleine Racker und ließ sich mit ausgebreiteten Händen und einem dreckigen Schnarchen schlaff hintübersinken. Clémentine legte ihn wieder neben sich, und ohne sein Grunzen einzustellen, machte er mit seinem Mund eine sonderbare Freßreflexbewegung, noch im Schlaf saugend. Sein kleiner Schädel zeigte kümmerlichen Flaumbewuchs, die Fontanellen pulsten auf beunruhigende Weise, unwillkürlich hätte man mitten draufdrücken mögen, um sie zu stoppen.

Das Haus erzitterte unter einem dumpfen Schlag. Das schwere Haustor unten war gerade ins Schloß gefallen, Jacquemort und Angel waren gegangen. Clémentine konnte über Leben und Tod dieser drei Kreaturen, die neben ihr schliefen, verfügen. Es lag alles bei ihr. Sie streichelte ihre schwere und schmerzende Brust. Es würde schon ausreichen, alle drei zu ernähren.

Das Zweite stürzte sich gierig auf die braune Brustwarze, von der sein Bruder gerade abgelassen hatte. Er sog nun ganz ohne Hilfe, sie streckte sich dabei. Die Schritte von Jacquemort und Angel knirschten über den Kies im Hof. Das Baby trank. Das Dritte regte sich im Schlaf. Sie nahm es hoch und gab ihm die andere Brust.

IX

Der Garten klammerte sich teilweise an den Steilhang; Pflanzen unterschiedlichster Gattung wuchsen auf den abschüssigen, nur mit Mühe zugänglichen, und folglich naturbelassenen Geländepartien. Da gab es die Calaïos, deren Blattwerk auf der Unterseite eine blau-violette, auf der Oberseite hingegen eine zartgrüne, von weißen Rippen durchäderte Färbung aufweist; sodann wilde Ormaden mit monströsen knotenartigen Verdickungen an den fadenförmigen Dünnstengeln, welche in Blüten übergingen, die wie blutige Meringel aussahen; Büschel perlengrau schimmernder Rêviolen; die länglichen Trauben der milchhaltigen Garillien, die sich an den untersten Zweigen der Araukarien festkrallten; Sirten, blaue Mayangen, verschiedene Unterarten der Bachbunge, die als dichter grüner Teppich kleinen lebendigen Fröschen Unterschlupf gewährten; Kormarinhecken, Cannaïs, Sensiären, tausend aufdringliche und bescheidene Blumen, die aus Felslöchern herauswucherten oder wie Vorhänge an den Gartenmauern entlang herunterhingen, nach der Sonne hinkriechend wie die Algen, von überall hervorberstend oder unauffällig sich um die eisernen Gitterstäbe ringelnd. Der waagrecht liegende Garten war weiter oben in üppige und frische Rasenbänke aufgeteilt, die von Kieswegen durchschnitten waren. Vielerlei Bäume sprengten mit ihren zerklüfteten Wurzelstöcken das Erdreich.

Dorthin waren Angel und Jacquemort gegangen, um etwas zu promenieren, abgeschlafft wie sie waren nach der um die Ohren geschlagenen Nacht. Die frische Seeluft überflutete kristallen die ganze Küste. An Stelle der Sonne stand oben eine kümmerlich fahle Flamme von viereckigem Umriß.

»Sie haben einen schönen Garten«, sagte Jacquemort, ohne nach besseren Worten zu suchen. »Leben Sie schon lange hier?«

»Ja«, sagte Angel. »Seit zwei Jahren. Ich hatte Bewußtseinsstörungen. Mir sind damals allerhand Sachen schiefgelaufen.«

»Ganz hautnah ist es zwar nicht gegangen«, sagte Jacquemort, »doch ausgestanden ist das Ganze beileibe noch nicht.«

»Das ist wahr«, sagte Angel, »aber ich habe länger als Sie dazu gebraucht, das herauszufinden.«

Jacquemort schüttelte den Kopf.

»Die Leute sagen mir alles«, bemerkte er. »Am Ende weiß ich dann, was in ihnen steckt. Übrigens, da fällt mir ein... könnten Sie mir irgendwelche Subjekte zum Psychoanalysieren verschaffen?«

»Davon gibt es jede Menge«, sagte Angel. »Das Kindermädchen können Sie haben, wann immer Sie wollen. Und die Leute aus dem Dorf werden sich auch nicht weigern. Sie sind etwas grobschlächtige Geschöpfe, aber durchaus interessant und ergiebig.«

Jacquemort rieb sich die Hände.

»Ich werde sie haufenweise benötigen«, sagte er. »Ich habe einen starken Verschleiß an Gemütern.«

»Wie kommt das?«, fragte Angel.

»Dazu muß ich Ihnen erklären, weshalb ich hierher gekommen bin«, sagte Jacquemort. »Ich war auf der Suche nach einem stillen Plätzchen für ein Experiment. Also: stellen Sie sich meine Wenigkeit als eine leere, unausgelastete Kapazität vor.«

»Ein Faß etwa?« meinte Angel. »Haben Sie früher getrunken?«

»Nein«, sagte Jacquemort. »Ich bin leer. Ich verfüge nur über Gesten, Reflexe, Gewohnheiten. Ich möchte mich füllen. Das ist ja der Grund, weshalb ich Leute psychoanalysiere. Aber mein Faß ist ein Danaidenfaß. Ich nehme nichts auf. Ich nehme den Leuten ihre Gedanken, ihre Komplexe, ihre kleinlichen Verzagtheiten weg, und es bleibt mir dann doch nichts davon übrig. Ich assimiliere nicht; oder vielleicht assimiliere ich viel zu gut... das ist im Grunde dasselbe. Wohlgemerkt, ich behalte natürlich Wörter, Worthülsen, Etiketten; ich kenne die Fachausdrücke, unter welche man die Leidenschaften, die Gefühle einordnet, aber ich empfinde dieselben nicht.«

»Ja und, dieses Experiment«, warf Angel ein, »haben Sie trotzdem den Wunsch, es durchzuführen?«

»Aber selbstverständlich«, erwiderte Jacquemort. »Ich habe richtiggehendes Verlangen nach diesem Experiment. Von welchem Experiment sprach ich gerade? Achja. Ich möchte gerne eine *integrale* Psychoanalyse machen. Ich bin ein Erleuchteter.«

Angel zuckte die Achseln.

»Ist das jemals schon gemacht worden?« fragte er.

»Nein«, sagte Jacquemort. »Derjenige, den ich so psychoanalysiere, der muß mir alles sagen. Alles. Seine intimsten Gedanken. Seine herzinnersten Geheimnisse, seine verstecktesten Ideen, all das, was er sich selbst nicht einzugestehen traut, alles, alles und was dann noch übrig bleibt, und dann auch noch das, was hinter all dem verborgen ist. Kein Analytiker hat je so etwas gemacht. Ich will herausfinden, wie weit man überhaupt gehen kann. Ich will Begierden und Wünsche haben, und die werde ich mir von anderen holen. Daß ich bis heute nichts davon für mich behalten konnte, liegt vermutlich daran, daß ich nicht weit genug gegangen bin. Ich möchte eine Art Identifikation zustande bringen. Zu wissen, daß es Leidenschaften gibt und sie nicht zu empfinden, das ist schrecklich.«

»Eines ist aber doch sicher«, sagte Angel, »Sie haben mindestens diesen einen Wunsch, und der bewirkt doch schon ausreichend, daß Sie nicht so leer sind.«

»Ich habe keinen Grund, weshalb ich eine Sache anstelle einer andren machen sollte«, sagte Jacquemort. »Und ich möchte den anderen die Motivationen wegnehmen, die sie dafür haben.«

Sie näherten sich der hinteren Gartenmauer. Symmetrisch zum Haus und zum Tor, durch welches Jacquemort am Vortag in den Garten vorgedrungen war, erhob sich, die Eintönigkeit des Mauerwerks durchbrechend, ein hohes vergoldetes Gitter.

»Mein lieber Freund«, sagte Angel, »erlauben Sie mir, Ihnen noch einmal zu sagen, daß das Verlangen danach, ein Verlangen zu haben, schon eine ausreichende Leidenschaft darstellt. Nehmen Sie diesen Ihren Antrieb zum Handeln als einen Beweis dafür.«

Der Psychiater streichelte seinen roten Bart und fing an zu lachen.

»Das ist gleichzeitig aber auch ein Beweis für das Fehlen von Wünschen«, sagte er.

»Aber nein«, entgegnete Angel. »Um weder Wünsche, noch Wunschvorstellungen zu haben, müßten Sie einen gänzlich neutralen Sozialisierungsprozeß durchgemacht haben. Müßten also jeglichem Einfluß unbeschädigt standgehalten haben, sozusagen ohne innere Vergangenheit sein.«

»Das trifft auch zu«, sagte Jacquemort. »Ich bin letztes Jahr geboren, als derselbe, den Sie jetzt vor sich haben. Schauen Sie sich meinen Personalausweis an.«

Er hielt ihn Angel hin, der ihn nahm und aufmerksam untersuchte.

»Stimmt«, sagte Angel, während er ihn zurückgab. »Ein Eintragungsfehler.«

»Passen Sie auf, was Sie da sagen!...« protestierte Jacquemort empört.

»Das paßt doch alles recht gut zusammen«, sagte Angel. »Es stimmt, daß es geschrieben steht, aber was da geschrieben steht, ist ein Fehler.«

»Ich hatte aber doch eine Mitteilung neben mir liegen«, sagte Jacquemort. »›Psychiater. Leer. Bitte füllen.‹ Eine Mitteilung. Da gibt es gar nichts zu diskutieren. Hier steht es schwarz auf weiß.«

»Na und?« sagte Angel.

»Gar nichts, Sie sehen doch, daß er nicht von mir kommt, dieser Wunsch, mich zu füllen«, sagte Jacquemort. »Daß alles von vornherein eine abgekartete Sache war. Daß ich ja gar nicht frei war.«

»Aber gewiß doch«, antwortete Angel. »Da Sie ja einen Wunsch haben, sind Sie auch frei.«

»Und wenn ich überhaupt gar keinen hätte? Nicht einmal diesen da?«

»Dann wären Sie ein Toter.«

»Ach, verdammter Mist!« schrie Jacquemort. »Mit Ihnen diskutiere ich nie mehr. Sie machen mir richtiggehend Angst.«

Sie hatten das Gitter durchschritten und trotteten nun den Weg zum Dorf hinunter. Die Sonne war weiß und staubig. Zu beiden Wegseiten wuchsen zylindrische, dunkelgrüne, schwammige Stengelpflanzen, wie Bleistifte aus Gelatine.

»Letzten Endes«, sagte Jacquemort trotzig, »ist es doch das Gegenteil. Man ist nicht frei, wenn man keinen Wunsch nach irgendetwas hat, und ein gänzlich freies Wesen hätte nicht den Wunsch nach nichts. Gerade der Umstand, daß ich nicht den Wunsch nach nichts habe, läßt mich darauf schließen, daß ich frei bin.«

»Aber nein«, gab Angel zurück. »Da Sie ja den Wunsch danach haben, überhaupt Wünsche zu haben, haben Sie ja schon einen Wunsch nach irgendetwas, und das alles ist falsch.«

»Oh! Oh! Oh!« rief Jacquemort immer aufgebrachter. »Etwas wollen, heißt, an sein Verlangen angekettet zu sein.«

»Ach nein«, sagte Angel, »die Freiheit ist der Wunsch, der von und aus Ihnen kommt. Im übrigen...«

Er hielt inne.

»Im übrigen«, sprach Jacquemort, »machen Sie sich über mich lustig, und damit hat sich's. Ich werde irgendwelche Leute psychoanalysieren, und ich werde denen wirkliche Wünsche, Begierden und Entscheidungen und alles andere wegnehmen, und Sie bringen mich hier nur ins Schwitzen.«

»Passen Sie auf«, sagte Angel und überlegte, »machen wir doch ein Experiment: versuchen Sie doch einen Augenblick lang, in aller Aufrichtigkeit, vom Wunsch nach den Wünschen anderer abzulassen, sofern und sowie er Sie ankommt. Versuchen Sie es. Seien Sie ehrlich.«

»Einverstanden«, sagte Jacquemort.

Sie blieben am Wegrand stehen. Der Psychiater schloß die Augen, schien sich entspannen zu wollen. Angel überwachte ihn aufmerksam.

Es ließ sich an wie ein Brechen der Farben in Jacquemorts Gesichtstönung. Ganz hauchleicht bekam alles, was von seinem Körper zu sehen war, eine gewisse Transparenz, seine Hände, sein Hals, sein Gesicht.

»Achten Sie mal auf Ihre Finger...«, murmelte Angel.

Jacquemort öffnete ein Paar nahezu farbloser Augen. Er konnte durch seine rechte Hand hindurch einen schwarzen Feuerstein auf der Erde sehen. Sowie er wieder zu sich kam, schwand die Transparenz, und er verfestigte sich wieder.

»Da sehen Sie es«, sagte Angel. »Im Zustand vollständiger Entspanntheit existieren Sie gar nicht mehr.«

»Unsinn«, sagte Jacquemort, »freuen Sie sich bloß nicht zu früh. Wenn Sie ernsthaft glauben, daß ein schäbiger Taschenspielertrick imstande sein soll, meine Überzeugung zu widerlegen, daß... na los, erklären Sie mir schon Ihren Trick...«

»Nun gut«, sagte Angel. »Ich freue mich zu sehen, daß Sie ein Ungläubiger sind und der Offensichtlichkeit gegenüber unempfindlich. Das liegt in der Natur der Dinge. Ein Psychiater muß ein schlechtes Gewissen haben.«

Sie waren bis zum Dorfrand gelangt und machten sich mit beiderseitigem Einverständnis wieder auf den Rückweg.

»Ihre Frau möchte Sie sehen«, sagte Jacquemort.

»Wie wollen Sie das wissen?« sagte Angel.

»Ich ahne es voraus«, sagte Jacquemort. »Ich bin ein Idealist.«

Am Hause angelangt, stiegen sie die Treppe hoch. Das eichene Geländer verformte sich dienstfertig unter Jacquemorts festem Zugriff. Angel trat als erster in Clémentines Zimmer.

X

Er blieb auf der Schwelle stehen. Jacquemort wartete hinter ihm.

»Willst du auch wirklich, daß ich reinkomme?« fragte Angel.

»Komm rein«, sagte Clémentine.

Sie sah ihn an, weder freundlich noch feindlich. Er blieb stehen, ohne es zu wagen, sich aufs Bett zu setzen, aus Angst, er könnte ihr lästig sein.

»Ich kann niemals mehr zu dir Vertrauen haben«, sagte sie. »Eine Frau kann von dem Moment an keinem Mann mehr vertrauen, wo ein Mann ihr Kinder gemacht hat. Und demjenigen dann erst recht nicht.«

»Meine Clémentine«, sagte Angel, »du hast wirklich Schlimmes durchgemacht.«

Sie schüttelte den Kopf. Sie wollte sich nicht bemitleiden lassen.

»Morgen werde ich aufstehen«, sagte sie. »In sechs Monaten müssen sie das Laufen erlernt haben. In einem Jahr werden sie lesen.«

»Dir geht es schon besser«, sagte Angel. »Jetzt bist du wieder ganz die Alte.«

»Das war aber keine Krankheit«, sagte sie. »Und jetzt ist es vorbei. Und wird nie wieder vorkommen.

Am Sonntag müssen sie getauft werden. Sie werden Joël, Noël und Citroën heißen. Das ist beschlossen.«

»Joël und Noël«, sagte Angel, »das klingt aber gar nicht hübsch. Du hattest doch noch an Azraël, Nathanaël und sogar Ariel oder Prünel gedacht.«

»Du wirst nichts daran ändern«, sagte Clémentine mit entschiedener Stimme. »Joël und Noël für die Zwillinge. Citroën für den Dritten.«

Zu sich selbst sagte sie halblaut:

»Den muß ich mir gleich von Anfang an zurechtstutzen. Der wird mir noch allerhand Sorgen machen, aber er ist lieb.«

»Morgen«, fuhr sie mit lauter Stimme fort, »müssen sie jeder ein eigenes Bett kriegen.«

»Wenn Sie Besorgungen zu machen haben«, schlug Jacquemort vor, »stehe ich zur Verfügung. Genieren Sie sich bitte nicht.«

»Das ist eine Idee«, sagte Clémentine, »auf diese Weise werden Sie hier Ihre Zeit nicht mit Nichtstun verbringen.«

»Das ist nicht meine Gewohnheit«, sagte Jacquemort.

»Sie laufen aber Gefahr, ihr hier zu verfallen«, antwortete sie. »Gehen Sie jetzt. Geht alle beide. Bestellt drei Betten beim Tischler. Zwei kleine und ein etwas größeres. Und sagt ihm, er soll gute Arbeit leisten. Wenn ihr runtergeht, schickt mir Blanche herauf.«

»Ja, mein Liebling«, sagte Angel.

Er beugte sich hinunter, um ihr einen Kuß zu geben und stand auf. Jacquemort ließ Angel an sich vorbei, als dieser hinausging. Der Psychiater schloß die Tür und folgte ihm.

»Wo ist Blanche?« fragte er.

»Unten...«, sagte Angel. »In der Waschküche. Sie hat gerade große Wäsche. Gehen wir erst mittagessen. Um die Einkäufe kümmern wir uns später.«

»Ich gehe«, sagte Jacquemort. »Sie bleiben hier. Ich habe keine Lust, wieder eine solche Diskussion mit Ihnen anzufangen wie vorhin. Das macht mich ganz fertig. Und außerdem ist es nicht mein Metier. Die Aufgabe eines Psychiaters ist ja schließlich ganz klar. Er hat zu psychiatrieren.«

XI

Jacquemort durchschritt das Gitter nun schon zum zweiten Male in derselben Richtung und schlug erneut den Weg zum Dorf ein. Zu seiner Rechten die Gartenmauer, dann die Küstenflanke und schließlich, in weiter Ferne, das Meer. Linker Hand bestellte Felder, Bäume hier und da, auch Hecken. Ein Ziehbrunnen, den er am Morgen noch nicht bemerkt hatte, fiel ihm nun wegen der Moospatina seiner ringförmigen Steinfassung und wegen der beiden hohen Steinsäulen auf, zwischen denen ein Scheffel aus Eschenholz an einer groben, rostigen Kette herunterhing. Das Brunnenwasser blubberte in der Tiefe und krönte die Brunnenöffnung mit einer Dunstwolke, die sogleich vom blauen Kamm des Himmels zerzaust und zerfasert wurde. Die ersten Häuser tauchten in der Ferne vor ihm auf. Sie verblüfften ihn besonders durch ihre Grobklotzigkeit. Es waren Bauernhöfe in der Form eines U, dessen beide Arme zur Straße hinzeigten. Anfangs waren es nur einer oder zwei auf der rechten Wegseite. Ihre Innenhöfe wiesen die übliche Raumeinteilung auf: viereckig, ein großes Bassin in der Mitte, angefüllt mit einem schwarzen Wasser und bevölkert von Krebsen und Vibrusen; linker Hand der

Gebäudeflügel, den der Bauer mit seiner Familie bewohnte; rechts und hinten die Stallungen und die Pferdeställe, welche im ersten Stockwerk untergebracht waren, und zu denen das Vieh über eine ziemlich steile Rampe Zugang hatte. Die starken Pfeiler des Untergeschosses umrahmten mächtige Tröge, in denen sich, durch die Schwerkraft, Stallmist und Schreiße sammelten. Die Tröge der unbesetzten Ställe hingegen bargen Stroh, Getreide und Futtermittelreserven. In einem eigens dafür vorgesehenen, gut verborgenen und eingerichteten Kämmerchen wurden die Mägde aufs Kreuz gelegt. Der Innenhof selbst war gepflastert mit Platten aus grauem Granit, der von wohlgepflegten Rasenstreifen desselben zylindrischen und schwammigen Grases, das auch den Weg säumte, durchbrochen war.

Jacquemort ging weiter, ohne eine Menschenseele zu erblicken. Die Zahl der Gehöfte nahm ständig zu. Nun gab es auch auf der linken Seite welche, und der breitere Weg zweigte nach dieser Seite ab. Er gesellte sich einem roten Bach längsseits zu, dessen Wasserspiegel beinahe bis auf Erdbodenhöhe reichte; glatt und ohne Falte war er, und unidentifizierbare Brocken trieben auf ihm, wie Halbverdautes. Hier und dort ließ sich das leise, hohle Getöse leerer Häuser vernehmen. Jacquemort versuchte, die komplexen Duftschwaden, die ihm rechtwinklig aus jedem

Gebäude entgegenschlugen, in ihre Einzelbestandteile aufzuspalten.

Der Bach beunruhigte ihn. Anfangs war gar nichts zu sehen gewesen, und plötzlich floß er breit dahin, voll bis zum Rand, wie unter einer gespannten Haut. Von einer Farbe wie der Auswurf eines bluthustenden Lungenkranken, hellrot und trüb. Wie eine wäßrige Gouache. Jacquemort hob einen Steinbrocken auf und warf ihn hinein. Er versank diskret, ohne einen Plumps, wie in einem Fluß aus Daunen.

Der Weg erweiterte sich zu einem länglichen Platz mit einem erhöhten Plateau, wo in Reih und Glied stehende Bäume einen wohligen Schatten spendeten. Gabelförmig lief die Straße um das Plateau und schloß sich wieder. Rechts gab es etwas Bewegung und Leben, und dorthin lenkte Jacquemort seine Schritte.

Als er näherkam, sah er, daß es nur der Alteleutemarkt war. In der prallen Sonne befanden sich eine Holzbank und einige große Felsbrocken, auf denen die neu Dazugekommenen Platz nahmen. Alte Leute saßen in einer Reihe auf der Bank, und drei der Felsbrocken waren schon besetzt. Man konnte sieben Männer und fünf Frauen zählen. Der Gemeindekuppler stand vor der Bank, sein moleskingebundenes Register unter den Arm geklemmt. Er trug ein altes braunsamtenes Gewand und genagelte Schuhe, und ungeachtet der Hitze war sein Haupt mit einem schäbigen Käppchen aus Maulwurfspelz bedeckt. Er stank, und die Alten noch ärger. Mehrere saßen regungslos da, die Hände über ihren vom Gebrauch glattgewetzten Spazierstöcken gekreuzt, mit schmutzigen und groben Stoffen recht und schlecht bekleidet, unrasiert, verhutzelt und verdreckt, die Augen von der vielen Arbeit in der Sonne ganz verkniffen. Sie mümmelten mit ihren bis auf die faulen Stümpfe zahnlosen Kiefern.

»Zugegriffen«, rief der Kuppler, »der da ist spottbillig und noch gut zu gebrauchen. Was ist mit dir, Lalouët, willst du ihn nicht für deine Gören? Die kann er auf jeden Fall noch hüten.«

»Und zeigen kann er ihnen auch noch einiges!« sagte ein Mann.

»Das ganz gewiß, und ob!« pflichtete der Kuppler bei. »Na komm schon her, alter Knacker!«

Er hieß ihn aufstehen. Der andere, ganz krumm und gebeugt, trat einen Schritt vor.

»Na zeig den Herrschaften schon, was du in der Hose hast!« sagte der Kuppler.

Mit zitternden Fingern begann der Alte, seine Hose aufzuknöpfen. Das Innere des Hosenbunds glänzte abgenutzt und fettig. Die Leute brüllten vor Lachen.

»Seht euch das an!« rief Lalouët. »Der hat ja wirklich noch was drin!«

Er beugte sich über den Alten und wog das armselige Schlappgemächt in der Hand, wobei er sich vor Lachen krümmte.

»Ach, ja! Abgemacht! Den nehm ich«, sagte er zum Kuppler. »Ich geb dir hundert Francs dafür.«

»Topp«, sagte der Kuppler.

Jacquemort wußte zwar, daß solches auf dem Lande üblich war, es war jedoch das erste Mal, daß er einem Alteleutemarkt beiwohnte, und das Spektakel nahm ihn wunder.

Der Alte knöpfte sich wieder zu und wartete.

»Marsch, alter Esel!« sagte Lalouët und versetzte ihm einen Fußtritt, daß er strauchelte. »Los, ihr Rangen, amüsiert euch.«

Der Alte setzte sich mit kleinen Schritten in Bewegung. Zwei Kinder lösten sich aus der Gruppe, das eine fing an, ihm mit einer Gerte den Rücken durchzupeitschen und das andere klammerte sich an seinen Hals, um ihn zu Fall zu bringen. Der Greis fiel der Länge nach hin, mit der Nase in den Staub. Keiner der Umstehenden schaute hin. Nur Jacquemort beobachtete wie gebannt die Kinder. Der Alte erhob sich auf die Knie, seine aufgeschürfte Nase blutete, und er spuckte irgendetwas aus. Jacquemort wandte sich ab und schloß sich wieder der Hauptgruppe an. Der Kuppler war gerade dabei, eine ungefähr siebzigjährige, kleine dicke Frau feilzubieten, deren spärliches fettstarrendes Haar unter einem alten schwarzen Kopftuch hervorlugte.

»Na wie wär's, die ist noch in einem guten Zustand«, sagte er. »Wer will noch mal, wer hat noch nicht? Und Zähne hat sie auch keine. Das hat seine Vorteile.«

Jacquemort fühlte sich etwas angeekelt. Er musterte aufmerksamer die ihn umgebenden Gesichter. Es waren Männer zwischen fünfunddreißig und vierzig, stämmig, zäh, die Mütze genau waagrecht auf den Kopf gestülpt. Es schien eine ausdauernde und widerstandsfähige Rasse zu sein. Manch einer trug einen Schnurrbart. Zum Beweis dafür.

»Lumpige sechzig Francs für die Adèle!« fuhr der Kuppler fort. »Und auch noch zahnlos, wohlgemerkt, bei dem Preis. Ein glatter Knüller. Was ist mit dir, Chrëtien? Und dir, Nüfère?«

Er versetzte der Alten einen kräftigen Klaps auf den Rücken.

»Steh auf, dummes Aas, damit man dich sieht! Na also, wenn das kein Geschäft ist!«

Die Alte erhob sich.

»Dreh dich«, befahl der Kuppler. »Zeig den Herrschaften deinen Hintern. Seht euch das an, Leute!«

Jacquemort zwang sich, nicht hinzuschauen. Die Alte stank zu grauenhaft, sodaß er sich abwenden mußte. Nur schemenhaft nahm er die schauerliche, krampfadernübersäte Fettmasse wahr.

»Fünfzig...«, kreischte eine Stimme.

»Nimm sie, sie gehört dir!« rief der Kuppler.

Noch bevor die Alte Zeit gehabt hätte, ihren Kattunkittel wieder herunterzuschlagen, versetzte er ihr einen gewaltigen Stoß in den Rücken. Jacquemort stand neben einem riesigen braunen Koloß von Kerl, der aus vollem Halse lachte. Er legte ihm die Hand auf den Arm.

»Warum lachen Sie?« fragte er. »Schämen Sie sich denn nicht?«

Der andere brach urplötzlich sein Gelächter ab.

»Was, meinen Sie, soll ich mich...?«

»Ob Sie sich nicht schämen«, wiederholte Jacquemort sanft. »Es sind alte Leute.«

Noch ehe er wußte, wie ihm geschah, traf ihn ein Faustschlag. Seine Lippe spaltete sich über einem Eckzahn. Blut schoß ihm in den Mund. Er taumelte und fiel vom Gehsteig auf die Straße. Man beachtete ihn nicht. Die Versteigerung ging weiter.

Er rappelte sich auf und klopfte sich mit der flachen Hand den Staub von der Hose. Er stand hinter einem Halbkreis dunkler und feindlicher Rücken.

»Dieser hier«, rief die Stimme des Marktschreiers, »hat ein Holzbein! Sowas wird immer wieder gern gesehen. Hundertzehn Francs zum ersten! Hundertzehn!«

Jacquemort entfernte sich. Am Ende des Platzes schien es in einer Nebenstraße einige Läden zu geben. Dahin ging er. Wenige Minuten später betrat er eine Tischlerwerkstatt. Er war noch ganz verstört und fühlte sich hundeelend. Die Tür schloß sich hinter ihm, und er wartete.

XII

Der Meister befand sich nicht im Raum, einer Art kleinem schmuddligen Büro. Ein abgenutzter, geschwärzter Tannenholzfußboden, ein Tisch aus schwarzem Holz, ein alter Kalender an der Wand; in einer Ecke der Schmutzabdruck eines Ofens, zwei Stühle, deren Strohbezug schon halb zerfetzt war, das war die ganze Möblierung. Trennwände aus Brettern. Hinten eine Türöffnung, aus welcher Werkstattgeräusche drangen, zwei unregelmäßige Schlagfolgen, die sich überlagerten, jedoch nicht durcheinandergerieten.

Jacquemort ging auf die Werkstatt zu.

»Ist jemand da?« fragte er halblaut.

Die Schläge verstummten nicht, und er trat in die Werkstatt ein. Diese empfing das Tageslicht von oben. Es war ein langer, ziemlich geräumiger Schuppen, übervoll von Brettern, starken Bohlen, und einem Kunterbunt von halbfertigen Sachen. Es gab drei oder vier Werkbänke, eine kleine Bandsäge, eine Bohrmaschine, eine Fräsmaschine, deren gußeiserner Sockel geborsten schien. An den Wänden verschiedenerlei Werkzeug in nicht zu großer Zahl. Rechts neben der Tür, durch die Jacquemort soeben eingetreten war, ein riesiger Haufen Sägemehl und

Späne. Ein starker Geruch von Leim hing in der Luft. Der klebrige Topf, der diesen enthalten mußte, köchelte auf einem kleinen Holzkohleofen am anderen Ende des Schuppens vor einer zweiten Tür, die sich zu einem Garten hinaus öffnete. Von den durchhängenden Deckenbalken baumelten verschiedene Gegenstände, alte Sägeblätter, eine grüne Maus, Werkzeuge in schlechtem Zustand, Schraubzwingen, alles alter Plunder.

Unmittelbar auf der linken Seite, vom Boden abgehoben durch zwei feste Holzböcke, lag ein enormer Eichenstamm. Rittlings auf diesem mühte sich ein kleiner Lehrling mit großen Beilhieben ab, einen viereckigen Balken daraus zu machen. Er war ganz zerlumpt gekleidet, und seine mageren Arme hatten Mühe, die Axt zu führen. Weiter drüben nagelte der Meister gerade einen ledernen Bezug über die Randleiste einer sonderbaren Konstruktion aus weißem Eichenholz, eine Art Zelle, in der er stand. Diese Kabine war mit einem ganzen System von dicken schweren Klapp- und Schwingtüren versehen, die im Augenblick offenstanden und bei jedem Hammerschlag leise in ihren Scharnieren knarzten.

Der Mann nagelte, der Kleine arbeitete. Keiner von beiden blickte zu Jacquemort hinüber, der auf der Schwelle innehielt, ohne sich recht auszukennen. Schließlich raffte er sich auf.

»Guten Tag!« sagte er ziemlich laut.

Der Meister hörte auf zu nageln und hob die Nase. Er war häßlich. Er hatte einen großen schlaffhängenden Mund und eine Knollennase, aber seine Hände waren nervig und kraftvoll und mit einem dichten rötlichen Flaum behaart.

»Was willst du?« fragte er.

»Ich hätte gerne Kinderbetten«, sagte Jacquemort. »Sie sind dort drüben im Haus an der Steilküste zur Welt gekommen. Es werden zwei Betten gebraucht. Ein Doppelbett und ein etwas größeres Einzelbett.«

»Ich mach nur ein einziges«, sagte der Schreiner, »ein dreischläfriges mit zwei Plätzen der Länge nach.«

»Und ein etwas größeres...«, sagte Jacquemort.

»Ein größeres... Na ja, mal sehen«, sagte der Schreiner. »Handarbeit oder Maschine?«

Jacquemort sah zu dem kleinen Gehilfen hinüber, der vor sich hinhackte wie im Traum; ein elender Automat, an eine nicht endenwollende Arbeit gefesselt.

»Von Hand kostet es weniger«, sagte der Schreiner. »Die Maschinen sind nämlich teuer, aber solche kleine Drecksäcke wie der da drüben gibts wie Sand am Meer.«

»Die werden hier recht streng an die Kandare genommen, wie?« bemerkte Jacquemort.

»Von Hand oder mit der Maschine?« wiederholte der Schreiner.

»Mit der Maschine«, sagte Jacquemort

»Natürlich…«, brummte der andere, »damit ich wieder meine Apparate verschleiße…«

»Bis morgen«, sagte Jacquemort.

Darauf wollte er sich bei dem Mann anbiedern und gab vor, sich für seine Arbeit zu interessieren.

»Was haben Sie denn da gerade in Arbeit?« wollte er wissen.

»Das ist für die Kirche«, sagte der Mann. »Eine Kanzel.«

Er schien gleichzeitig stolz und verlegen zu sein. Seinem großen Mund entkam beim Reden ein veritabler Sprühregen.

»Eine Kanzel?« sagte Jacquemort.

Er ging näher heran, um besser zu sehen. Es war wirklich eine Kanzel. Eine Kanzel mit Deckel. Ein sonderbares Modell, wie es Jacquemort noch nie zu Gesicht gekommen war.

»Ich war noch nie auf dem Land«, sagte er. »Wissen Sie, in der Stadt werden die nicht so gemacht, darum interessiert es mich sehr.«

»In der Stadt«, sagte der Schreiner, »glauben die Leute nicht mehr an Gott.«

Er sah Jacquemort böse an. In diesem Augenblick ließ der kleine Gehilfe sein Beil fallen und sank mit der Nase vornüber auf den Eichenstamm, den er gerade behauen hatte. Die plötzliche Stille ließ Jacquemort stutzen. Er fuhr herum und ging zu dem Kind hin. Der Schreiner hatte sich unterdessen ein paar Schritte entfernt und war mit einer alten Konservenbüchse voll Wasser wiedergekommen, das er dem Jungen brutal in den Kragen schüttete. Als er sah, daß sich das Kind nicht wieder erhob, wiederholte er den Vorgang. Der Lehrling seufzte, und Jacquemort trat empört hinzu, um ihm zu helfen; aber schon begann das kleine schmutzige Fäustchen sich wieder zu regen und zum Hieb auszuholen, schwach und monoton.

»Sie sind zu grob«, sagte Jacquemort zum Schreiner. »Ein Bürschlein in dem Alter! Sie sollten sich wirklich schämen!«

Der Schlag, der ihn am Kinn traf, schaffte es nicht, ihn zu Fall zu bringen, und er taumelte zwei Schritte zurück, um sein Gleichgewicht wiederzugewinnen. Vorsichtig befühlte er seine Kinnlade. Sein Bart hatte den Schlag gedämpft.

Der Schreiner hatte sich wieder an seine Arbeit gemacht, als ob nichts Besonderes vorgefallen wäre. Zwischen zwei Hammerschlägen hielt er inne.

»Komm am Sonntag vorbei und schau sie dir an«, sagte er. »Dann ist sie fertig zusammengebaut. Es ist eine schöne Kanzel.«

Stolz strich er mit der Hand darüber. Das weiße, polierte Eichenholz schien darunter zu erzittern.

»Deine Betten werden morgen fertig sein«, sagte er noch. »Du kommst sie dir dann holen. So um fünf.«

»Abgemacht...«, antwortete Jacquemort.

Die Schläge setzten wieder ein. Der starke Leimgeruch verdichtete sich. Jacquemort warf noch einen letzten Blick auf den kleinen Lehrling, zuckte die Achseln und ging hinaus.

Die Straße war ruhig. Er machte sich wieder auf den Weg nach Hause. Als er an den Fenstern vorbeiging, bewegten sich sacht die Vorhänge. Ein kleines Mädchen kam singend auf die Straße. Es trug einen Emailkrug, der ebenso groß war wie es selbst. Auf dem Rückweg würde es nicht mehr singen.

XIII

30. August

Angel und Jacquemort saßen in der großen kühlen Halle des Hauses. Das Dienstmädchen kam und ging und bereitete Getränke zu. Sie stellte Karaffe und Gläser auf einem Tablett vor Angel hin. Fenster und Tür waren zum Garten hinaus geöffnet. Manchmal kam ein Insekt herein, sein Flügelschlag sirrte durch den hohen Raum. Alles ruhte.

Jacquemort öffnete den Mund:

»Die Betten sollten heut um fünf Uhr fertig sein«, sagte er.

»Dann sind sie auch fertig«, sagte Angel. »Sicher war damit fünf Uhr morgens gemeint.«

»Glauben Sie wirklich?« fragte Jacquemort. »In diesem Falle werden sie allerdings fertig sein.«

Sie schwiegen und tranken still weiter. Jacquemort hielt inne und durchbrach erneut das Schweigen.

»Ich möchte nicht mit Ihnen über Dinge sprechen, die nichts Neues für Sie darstellen und die Sie ganz ohne Zweifel langweilen«, sagte er, »aber was ich gestern im Dorf erlebt habe, hat mich sehr betroffen gemacht. Die Leute in dieser Gegend sind ja äußerst sonderbar.«

»Sonderbar finden Sie sie?« fragte Angel.

Er war höflich, aber sein Ton zeugte von einem sehr flauen Interesse. Jacquemort spürte das und schwenkte sofort um.

»Ja«, sagte er, »sonderbar finde ich sie schon. Aber ich nehme an, ihre Mentalität wird sich mir erhellen, sobald ich sie etwas besser kennengelernt habe. Schließlich und endlich wäre ich anderswo genauso überrascht. Ich bin ja neu hier.«

»Das stimmt zweifellos«, versicherte Angel zerstreut.

Ein Vogel schoß pfeilschnell am Fensterrahmen vorbei. Jacquemort folgte ihm mit dem Blick.

»Wahrscheinlich«, sagte er, »würden Sie sich wohl doch nicht gern psychoanalysieren lassen, oder?«

»Nein«, sagte Angel, »ich würde mich sicherlich nicht analysieren lassen. Außerdem bin ich gar nicht interessant. Ich bin vielmehr interessiert. Da liegt der Unterschied.«

»Woran denn?« fragte Jacquemort, der sich unheimliche Mühe gab, das Gespräch in Gang zu halten.

»An allem und nichts«, sagte Angel. »Am Leben. Ich liebe das Leben.«

»Da haben Sie Glück«, murmelte Jacquemort.

Mit einem Zug trank er, was noch in seinem Glas war.

»Schmeckt großartig«, bemerkte er. »Kann ich noch was davon haben?«

»Fühlen Sie sich ganz wie zuhause«, sagte Angel. »Nur keine Umstände.«

Und wieder Schweigen.

»Ich sehe mal nach Ihrer Frau«, sagte Jacquemort, indem er sich erhob. »Sie wird sich langweilen so allein.«

»Oh ja«, sagte Angel. »Gewiß. Kommen Sie nachher wieder zu mir runter, ich hole mittlerweile das Auto aus der Garage, dann fahren wir miteinander die Betten holen.«

»Also bis gleich«, sagte Jacquemort, der nun aus dem Zimmer trat und auf die Treppe zuging.

Er klopfte sachte an Clémentines Zimmertür, und sie antwortete, man möge eintreten. Was er tat.

In Clémentines Bett lagen Clémentine und die drei Säuglinge. Zwei rechts und einer links.

»Ich bin es«, sagte Jacquemort. »Ich bin gekommen, um nachzusehen, ob Sie irgendetwas brauchen.«

»Nichts«, sagte sie. »Sind die Betten bald fertig?«

»Sie müssen fertig sein«, sagte Jacquemort.

»Wie sehen sie aus?« fragte sie.

»Nun ja...«, antwortete der Psychiater. »Ich glaube, er hat sie mehr oder weniger nach seiner Vorstellung gemacht. Zwei Plätze der Länge nach nebeneinander und einer quer.«

»Ein größeres also?« wollte Clémentine wissen.

»Ich habe es ihm jedenfalls gesagt«, beschied Jacquemort sich klugerweise festzustellen.

»Sind Sie ordentlich untergebracht?« fragte Clémentine nach einer Weile Nachdenkens.

»Mir geht es ausgezeichnet«, versicherte Jacquemort.

»Sie brauchen also nichts?«

»Gar nichts...«

Einer der kleinen Racker begann sich zu bewegen und unruhig zu werden. In seinem Bauch rumpelte es plötzlich, und sein Affengesichtchen entspannte sich. Clémentine lächelte. Sie tätschelte ihm den Bauch.

»Da drinnen«, sagte sie, »sitzt sie, die böse kleine Blähung, nicht wahr, mein Knirps.«

Das zweite begann zu raunzen. Clémentine hob den Blick zur Pendeluhr und sah hierauf Jacquemort an.

»Zeit zum Stillen«, sagte sie.

»Dann gehe ich jetzt«, sagte Jacquemort leise.

Geräuschlos verließ er das Zimmer.

Clémentine nahm den Säugling und betrachtete ihn. Es war Noël. Sein Mund zog sich in den Winkeln auseinander, und heraus kam dabei ein bibberndes Knarzgeräusch. Schnell legte sie ihn hin und machte eine Brust frei. Darauf nahm sie das Kind wieder hoch und legte es dran. Es fing so zu saugen an, daß es beinah nicht mehr zum Atmen kam. Da nahm sie es mit einem raschen Schwung von der Brustwarze weg. Ein dünner Milchstrahl spritzte hoch im Bogen heraus und fiel auf die feste Halbkugel zurück. Wütend über Clémentines Tat heulte Noël los. Sie legte ihn wieder an die Brust, und er fing, noch etwas quengelnd, sofort wieder mit wilder Gier zu trinken an. Wieder hob sie ihn weg.

Er schrie noch ärger auf. Clémentine faßte neugieriges Interesse. Sie fing wieder von vorne an. Viermal hintereinander. Halb wahnsinnig vor Zorn nahm Noël eine violette Färbung an. Und auf ein Mal schien es, als wollte er ersticken. Er hatte den Mund schauderhaft zu einem lautlosen Schrei geweitet und Tränen kullerten über seine vor Wut schwarzen Wangen herunter. Clémentine packte sogleich fürchterliche Angst, und sie schüttelte ihn.

»Noël..., Noël..., nun komm schon...«

Sie wurde immer verzweifelter. Sie fing an zu rufen. Und da kriegte Noël plötzlich wieder Luft für ein neues Gebrüll. In aller Eile und mit zitternden Händen gab sie ihm wieder die Brust.

Sogleich beruhigt, begann er wieder gierig zu saugen. Sie strich ihm mit der Hand über die feuchte Stirn. Nie wieder würde sie ihm mit dergleichen kommen.

Endlich gesättigt, hörte Noël wenige Minuten später auf zu trinken. Er schluckte leer, rülpste ein bißchen und fiel fast unmittelbar darauf in einen von großen Seufzern durchsetzten Schlummer.

Als sie den Letzten nahm, bemerkte sie, daß er sie

ansah. Mit seinem kräuseligen Haarflaum und den schon weit offenen Augen hatte er etwas Beunruhigendes, Hintergründiges an sich, wie ein kleiner fremder Gott. Ein seltsames Lächeln des Einverständnisses spielte in seinem Gesicht.

Er trank seinen Teil. Von Zeit zu Zeit brach er ab, sah sie an, und ohne den Blick von ihr zu wenden, behielt er ihre Brustwarze im Mund, ohne jedoch hinunterzuschlucken.

Als er fertig war, legte sie ihn wieder an ihre linke Seite zurück und kehrte ihm den Rücken. Schwaches Atmen hauchte durchs Zimmer.

Noch verwirrt, streckte sie sich wieder lang hin und ließ ihre Gedanken treiben. Von den drei kleinen Windelbündeln stieg der säuernde Geruch von Schweiß auf. Sie fiel in einen schlechten Traum.

XIV

Angel hatte gerade den Wagen aus der Garage geholt und wartete auf Jacquemort. Der Psychiater verspätete sich durch die Betrachtung des wunderbaren Panoramas, des violetten Meeres, des dunstflirrenden Firmaments, der Bäume und Gartenblumen, des Hauses, das weiß und wuchtig inmitten dieser Farbenorgie dastand.

Jacquemort pflückte eine kleine gelbe Blume und stieg neben Angel ein. Es war ein altes solides Auto, mit einer Karosserie kanadischer Bauart, nicht sehr komfortabel, aber zuverlässig. Die Heckklappe war offen, gehalten durch zwei Ketten, und frische Luft zirkulierte reichlich.

»Was für ein Land«, sagte Jacquemort. »Was für Blumen! Welche Schönheit! Was für...!«

»Ja«, sagte Angel.

Auf dem staubigen Weg beschleunigte er das Tempo. Eine Wolke von Staub wirbelte hinter dem Wagen auf und setzte sich auf dem schwammigen Grase ab, an das Jacquemort sich inzwischen gewöhnt hatte.

Eine Ziege am Straßenrand machte ein Zeichen mit ihren Hörnern, und Angel hielt an.

»Steig auf«, sagte er zu dem Tier.

Die Ziege sprang in den Wagen und setzte sich auf die Ladefläche hinter ihnen.

»Die fahren alle per Anhalter«, erklärte Angel. »Und da ich keinen Grund sehe, weshalb ich mich mit den Bauern auf Kriegsfuß stellen soll...«

Er führte den Satz nicht zu Ende.

Ein Stück weiter luden sie ein Schwein auf. Die beiden Tiere stiegen am Dorfeingang ab und gingen ein jedes auf seinen Bauernhof zu.

»Wenn sie sich ruhig verhalten«, sagte Angel noch, »erlaubt man ihnen, spazieren zu gehen. Wenn nicht, bestraft und schlägt man sie. Und sperrt sie ein. Oder macht kurzen Prozeß und ißt sie auf.«

»Ach so«, sagte Jacquemort dumpf.

Angels Wagen hielt vor der Schreinerei. Die beiden Männer stiegen aus. In dem kleinen Büro stand mittlerweile eine längliche Kiste. Der Körper des Lehrlings, der am Vortage damit beschäftigt gewesen war, den Eichenbalken zu behauen, ruhte darinnen, schmächtig und blaß, recht und schlecht mit einem alten Sack zugedeckt.

»Ist jemand da?« rief Angel, indem er auf den Tisch schlug.

Der Schreiner erschien. Aus der Werkstatt hörte man Axthiebe wie am Tag zuvor. Zweifellos ein neuer Lehrling. Der Mann wischte sich die Nase am Jackenärmel ab.

»Kommst du deine Betten holen?« fragte er Angel.

»Jawohl«, sagte Angel.

»Gut, nimm sie nur«, sagte der Mann, »dort drüben sind sie.« Er zeigte zur Werkstatt.

»Komm, hilf mir«, sagte Angel.

Sie verschwanden alle beide. Jacquemort erlegte eine dicke Fleischfliege, die im Kreise um den bleichen Kopf des toten Kindes surrte.

Der Schreiner und Angel luden die Betten auf den Wagen. Sie waren in ihre Einzelteile zerlegt.

»Nimmst du mir das da mit«, sagte der Schreiner, indem er auf die Kiste deutete, in der der Lehrling lag.

»In Ordnung«, sagte Angel. »Lade sie nur auf.«

Der Schreiner hob die Kiste und legte sie in den Wagen. Sie fuhren los und kamen bald darauf am roten Bach entlang. Angel hielt an, stieg aus und nahm die Kiste. Sie war leicht und nicht sehr groß. Mühelos hob er sie hoch und trug sie bis zum Bach. Dann kippte er sie ins Wasser. Das Holz ging sogleich unter. Der Körper des Kindes hingegen schwamm, bewegungslos, von der langsamen Strömung des Baches hinweggetragen, wie auf einem starren Wachstuch.

Die Bretter im Wagen schlugen während der Fahrt auf der holprigen Strecke gegeneinander.

XV

31. August

Jacquemorts Zimmer lag im ersten Stock, ganz am Ende des fliesenbelegten Flurs, zum Meer hinaus. Im unteren Fensterrahmen zeichneten sich die steifen Fächer einer Dracoenia durch das Glas. Über ihre grünen Blattklingen hinweg sah man das Meer. Das viereckige Zimmer, das nicht sehr hoch und vollständig mit gebeizten Fugenbrettern aus Kiefernholz verschalt war, roch nach Harz. An der Decke ließen lange, ebenfalls gebeizte Kiefernbalken das Gerüst des Daches sichtbar werden, das, ein wenig schräg, in den Ecken von grobbehauenen Strebebalken abgestützt war. Das Mobiliar bestand aus einem niedrigen Bett aus Zitronenbaumholz, einem ziemlich wuchtigen Schreibtisch mit rotem Saffianlederbelag, einem dazu passenden Fauteuil und einem kombinierten Schrank, dessen Spiegel das Fenster reflektierte. Der Fußboden war ganz mit Fliesen ausgelegt, wie auch das ganze übrige Haus, hier aber mit kleinen rhombischen Platten aus porösem hellgelben Material, halb verdeckt von einem dicken Teppich aus schwarzer Wolle. An den Wänden hing nichts, weder Bilder noch Fotos. Eine niedrige Tür führte zum Badezimmer.

Jacquemort beendete seine Toilette und kleidete

sich zum Ausgehen an. Er hatte seine psychiatrische Berufskleidung abgelegt und zog nun eine gutsitzende Hose aus weichem Leder, ein purpurfarbenes Seidenhemd und ein weites braunsamtenes und farblich zu der Hose passendes Jackett an. Er band sich die Riemen seiner purpurnen Sandalen zu und verließ das Zimmer. Er mußte ins Dorf hinunter, um sich mit dem Pfarrer über die sonntägliche Zeremonie abzusprechen, und deshalb hatte er sich ganz schlicht angezogen.

Auf dem Flur erhaschte er mit einem Blick Clémentine, die gerade in ihr Zimmer zurückkehrte. Es war das erstemal, daß sie aufgestanden war; sie kam gerade von einem kleinen Rundgang durch den Garten zurück. Sie winkte ihm mit der Hand, bevor sie die Tür hinter sich schloß.

Er stieg die Treppe hinunter. Angel schlief noch. Ohne auf das Frühstück zu warten, ging Jacquemort in den Garten hinaus. Die Blätter der blaßroten Ariolen knirschten leise im frischen Morgenwind.

Die Sonne war trocken wie Asbest. Wie am Tage zuvor blubberte das Wasser im Brunnen, und der gänzlich klare Himmel ließ keine Aussicht auf Regen zu. Jacquemort schlug den Weg zum Dorf ein, den die Gewohnheit schon weniger lang erscheinen ließ.

Noch hatte er die Kirche nicht gesehen, deren Turm sich nur um ein geringes über die Dächer der Häuser und benachbarten Bauernhöfe erhob. Um zu ihr zu gelangen, mußte er lange am roten Bach entlanggehen. Er sah auf das massive Wasser, und die Haare sträubten sich ihm, wenn er an das alles dachte, was da unter der gespannten Oberfläche verborgen lag.

Der Weg machte eine Biegung, und der Bach ebenfalls. Die grauen Wehrmauern, die ihn zur Linken säumten, verwehrten Jacquemort den Blick hinter die Krümmung.

Noch fünfzig Meter, und in weiter Ferne vor ihm tauchte die Kirche auf. Und auf dem roten Bach ein bewegungslos liegendes Boot. Die Ruder hingen zu beiden Seiten herab. Hinter dem Bug des Bootes, das sich ihm zu drei Vierteln zeigte, gewahrte er eine dunkle, von undeutlichen Bewegungen belebte Gestalt. Er ging näher, um sich Klarheit zu verschaffen.

Als er auf der Höhe des Bootes war, sah er den Mann, der sich am Bootsrand festklammerte und bemüht war, wieder an Bord zu klettern. Das Wasser des roten Baches glitt in lebhaften Perlen über seine Kleider hinweg, ohne dieselben jedoch zu benetzen. Sein Kopf erschien über dem Dollbord. Der Kahn schwankte und schlingerte unter seiner Anstrengung. Jacquemort vermochte schließlich das Gesicht des Mannes zu erkennen, der es mit einem letzten Versuch geschafft hatte, einen Arm und ein Bein über den Bootsrand zu kriegen, und nun erschöpft in den Bauch des Bootes sank. Es war ein ziemlich bejahrter Mann. Er hatte ein hohlwangiges, ausgemergeltes Gesicht und blaue, abwesende Augen. Er war glattrasiert, und sein langes weißes Haupthaar verlieh ihm ein gleichermaßen würdiges wie gutartiges Aussehen, nur seinen Mund zeichnete, wenn er ruhig dasaß, ein bitterer Zug. Im Augenblick hielt er zwischen den Zähnen einen Gegenstand, den Jacquemort nicht erkennen konnte.

Jacquemort rief ihm etwas zu:

»Befinden Sie sich in Schwierigkeiten?« fragte er.

Der Mann richtete sich hoch und schaffte es, sich hinzusetzen. Was er gerade mit seinen Kiefern heraufgeholt hatte, ließ er los.

»Was sagen Sie?« fragte er.

Er legte sich in die Riemen und kam mit seinem Boot ans Ufer. Nach ein paar Ruderschlägen legte er an. Bei dieser Gelegenheit konnte Jacquemort feststellen, daß das Ufer senkrecht unter dem Wasser abfiel, wie die Bruchkante eines Erdrisses.

»Brauchen Sie Hilfe?« fragte Jacquemort.

Der Mann sah ihn an. Er war mit einem Sack und unförmigen Lumpen bekleidet.

»Sind Sie fremd hier?« fragte er.

»Ja«, sagte Jaquemort.

»Sonst würden Sie gewiß nicht so mit mir sprechen«, bemerkte der Mann beinah für sich.

»Das hätte aber schlimm ausgehen können«, sagte Jacquemort.

»Nicht in diesem Wasser«, sagte der Mann. »Es verhält sich ständig anders; manchmal trägt es Holz nicht, manchmal hingegen bleiben sogar Steine auf der Oberfläche; Leichen jedoch schwimmen immer obenauf, ohne unterzugehen.«

»Was ist eigentlich passiert?« fragte Jacquemort. »Sind Sie aus dem Boot gefallen?«

»Ich tat meine Arbeit«, erwiderte der Mann. »Man wirft tote Dinge in dieses Gewässer, damit ich sie wieder herausfische. Mit meinen Zähnen. Dafür werde ich bezahlt.«

»Aber ein Netz würde doch genausogut diesen Dienst leisten«, sagte Jacquemort.

Er fühlte eine Art Unruhe, hatte den Eindruck, mit einem Wesen von einem anderen Stern zu sprechen. Ein hinlänglich bekanntes Gefühl, sicherlich.

»Ich muß diese Dinge aber mit meinen Zähnen wieder herausfischen«, sagte der Mann. »Die toten oder die verwesten Dinge. Deshalb wirft man sie ja hinein. Häufig läßt man sie absichtlich verfaulen, um sie hineinwerfen zu können. Und ich muß sie mit meinen Zähnen herausholen. Damit sie zwischen meinen Zähnen endgültig verkommen. Damit sie mir das Gesicht besudeln.«

»Bezahlt man Sie denn dafür?« fragte Jacquemort.

»Man stellt mir dieses Boot«, sagte der Mann, »und man bezahlt mich mit Schande und mit Gold.«

Beim Wort »Schande« machte Jacquemort eine

zurückweichende Bewegung, worüber er sich insgeheim ärgerte.

»Ich habe ein Haus«, sagte der Mann, der Jacquemorts Geste bemerkt hatte, und lächelte. »Man gibt mir zu essen. Man gibt mir Gold. Viel Gold sogar. Ich habe jedoch nicht das Recht, es auszugeben. Niemand will mir etwas verkaufen. Ich habe ein Haus und einen Haufen Gold, und dafür muß ich die Schande des gesamten Dorfes verdauen. Sie bezahlen mich dafür, daß ich an ihrer Stelle ein schlechtes Gewissen habe. Für alles, was sie Böses oder Gottloses tun. Für alle ihre Laster. Für alle ihre Verbrechen. Für ihren Alteleutemarkt. Die Tierquälerei. Die Lehrlinge. Und den ganzen Abfall.«

Er hielt einen Augenblick inne.

»Aber das alles kann Sie ja gar nicht interessieren«, hob er wieder an. »Sie haben doch wohl nicht die Absicht hierzubleiben?«

Es gab ein langes Schweigen.

»Doch«, sagte Jacquemort schließlich. »Ich will hierbleiben.«

»Dann werden Sie sein wie die anderen«, sagte der Mann. »Auch Sie werden Ihr reines Gewissen ausleben und die Last Ihrer Schande auf mich abwälzen. Auch Sie werden mir Gold geben. Aber Sie werden mir nichts für mein Gold verkaufen.«

»Wie heißen Sie?« fragte Jacquemort.

»La Gloïre«, sagte der Mann. »Man nennt mich La

Gloïre. Das ist der Name meines Bootes. Ich selber habe keinen mehr.«

»Ich werde Sie wiedersehen«, sagte Jacquemort.

»Sie werden sein wie die andern«, sagte der Mann. »Sie werden nicht mehr mit mir sprechen. Sie werden mich bezahlen. Und mir Ihr Verwestes zuwerfen. Und Ihre Schande.«

»Aber warum machen Sie das alles?« fragte Jacquemort.

Der Mann zuckte die Achseln.

»Vor mir hat es einen anderen gegeben«, sagte er.

»Wie kommt es, daß Sie ihn ersetzt haben?« fragte Jacquemort hartnäckig weiter.

»Der erste, der mehr Schamgefühl hat als ich, kriegt meine Stelle«, sagte der Mann. »Sie haben es in diesem Dorf immer so gehalten. Sie sind sehr gläubig. Sie haben Ihr eigenes Gewissen. Und niemals Gewissensbisse. Aber wenn einer einmal schwach wird... wenn einer sich auflehnt...«

»Den verfrachtet man auf die *La Gloïre*...«, ergänzte Jacquemort. »Und Sie sind ein Empörer.«

»Oh! Das kommt nicht mehr sehr oft vor...«, sagte der Mann. »Kann sein, daß ich der letzte bin. Meine Mutter war nicht von hier.«

Er setzte sich wieder auf seinen Platz und beugte sich über die Ruder.

»Ich muß wieder an meine Arbeit«, sagte er. »Auf Wiedersehen!«

»Auf Wiedersehen«, sagte Jacquemort.

Er sah ihm nach, wie er langsam auf der seidenschimmernden roten Wasserhaut davonglitt, und nahm seinen Weg wieder auf. Die Kirche, ein Hühnerei in einem Nest, war nicht mehr fern. Kaum angelangt, stieg er schnell die sieben Stufen hoch und trat ein. Bevor er mit dem Pfarrer sprach, wollte er noch einen Blick ins Innere der Kirche tun.

XVI

Ein verworrenes Verstrebungswerk aus Querbalken und langen Trägern stützte das schwarzschieferne Kuppeldach des eiförmigen Kirchenschiffes ab. Vor Jacquemort ragte, aus dunklem Granit gefertigt, der Altar mit seinen grünen Kultgegenständen auf. Rechts zwischen zwei Balken schimmerte undeutlich die hohe weiße Silhouette der neuen Kanzel mit ihren offenen Klapptürchen hindurch.

Es war das erste Mal, daß Jacquemort eine Kirche in so ausgefallener Bauweise sah, in der Form eines Eis, ohne steinerne Säulen, ohne Bögen, ohne Deckenbalken, ohne Querschiff mit Spitzbögen, ohne Sang und Klang und ohne Rücksicht auf die Zukunft erbaut. Die absonderlich eingepaßten Holzteile schmiegten sich schlangengleich an die wuchtigen Mauern, deren Verkleidung sie dadurch bildeten. Die Hauptbalken waren überladen mit eingeschnitzten Tiefreliefs, deren Vielfarbigkeit er nur ahnen konnte, und die Augen der Heiligen, Schlangen und Dämonen glosten in der Düsternis. Der Raum im Inneren des Kirchenschiffs war gänzlich frei. Ein ovales Kirchenfenster über dem Altar tauchte diesen in ein alles überlagerndes Ultramarinblau. Ohne besagtes Fenster wäre es in der Kirche stockfinster gewesen.

Zu beiden Seiten des Altars warfen zwei vielarmige Leuchter zitternde Flammen, die sich mit ihrem milden Schleierlicht in das dämmrige Dunkel fraßen.

Eine dichte Strohschicht bedeckte den Boden vom Eingang bis zum Altar. Jacquemort nahm diesen Weg. Sowie sich seine Augen an das Dunkel gewöhnt hatten, gewahrte er das graue Rechteck einer offenen Tür rechts hinter dem Altar und ging darauf zu in der Annahme, zur Sakristei oder zum Pfarrhaus zu gelangen.

Er ging durch die Tür und drang in einen kleinen, länglichen, mit Schränken und Gegenständen aller Art überfüllten Raum vor. Am anderen Ende eine weitere Tür. Durch diese kam Stimmengemurmel. Jacquemort klopfte dreimal mit den Fingerknöcheln an die hölzerne Wandtäfelung.

»Darf man eintreten?« fragte er halblaut.

Das Gespräch verstummte.

»Herein!« hörte Jacquemort sagen.

Er kam der Aufforderung nach und trat durch die zweite Tür.

Der Pfarrer war zugegen und eben im Gespräch mit dem Küster. Sie erhoben sich, als sie Jacquemort erblickten.

»Guten Tag«, sagte jener. »Der Herr Pfarrer, wenn ich mich nicht irre?«

»Guten Tag, Monsieur«, sagte der Pfarrer.

Er war ein knorriger Mann mit einem Gesicht, aus

dessen tiefen Augenhöhlen zwei schwarze, von gleichfalls schwarzen dichten Brauen überwucherte Augen funkelten. Er hatte lange und trockene Hände, die er beim Reden gekreuzt hielt. Als er aufstand und sich anderswo hinsetzte, stellte Jacquemort bei ihm ein leichtes Hinken fest.

»Ich möchte mit Ihnen sprechen«, sagte Jacquemort.

»Reden Sie...«, antwortete der Pfarrer.

»Es geht um eine Taufe«, erklärte Jacquemort. »Wäre es Ihnen am Sonntag recht?«

»Das ist mein Beruf«, sagte der Pfarrer. »Jedem das Seine.«

»Im Haus am Steilhang sind Drillinge zur Welt gekommen«, sagte Jacquemort. »Joël, Noël und Citroën. Es wäre gut, wenn alles bis Sonntagabend vorüber wäre.«

»Kommen Sie am Sonntag zur Messe«, sagte der Pfarrer. »Dann sage ich Ihnen den genauen Zeitpunkt.«

»Aber ich gehe doch nie zur Messe...«, protestierte Jacquemort.

»Ein Grund mehr«, sagte der Pfarrer. »Das wird Sie zerstreuen. Wenigstens wird es einen geben, dem das, was ich sage, neu vorkommt.«

»Ich bin gegen die Religion«, sagte Jacquemort. »Wobei ich nicht außer acht lasse, daß sie auf dem Lande in gewisser Weise nützlich sein kann.«

Der Pfarrer lachte höhnisch auf.

»Nützlich!... Religion ist ein glatter Luxus«, rief er aus. »Diese dummdreisten Idioten sind es, die aus ihr gern etwas Nützliches herausholen möchten.«

Er reckte sich stolz in die Höhe und begann, den Raum mit erregten und hinkenden Schritten zu durchmessen.

»Doch ich verweigere mich«, sagte er mit schneidendem Ton. »Meine Religion wird auch ein Luxus bleiben!«

»Das ist es ja gerade, was ich hervorheben wollte«, erklärte Jacquemort. »Auf dem Lande nämlich hat der Pfarrer mächtig was zu sagen. Die grobschlächtigen Gemüter der Bauern lenken, sie auf ihre Fehler hinweisen, ihnen die Augen vor der Gefahr eines allzu irdischen Lebenswandels öffnen, den bösen Instinkten einen Riegel vorschieben... Ich weiß nicht, ob Sie über eine gewisse Sache unterrichtet sind, die sich in diesem Dorf abspielt... Ich... äh... ich bin gerade angekommen und möchte mich keinesfalls hier als Richter aufspielen, noch Sie durch meine Reaktion gegenüber einer Sache schockieren, die Ihnen zweifellos von jeher ganz natürlich vorkommt, ... nun äh ja... so brandmarkt zum Beispiel ein Pfarrer von seiner Kanzel herab den Diebstahl und verdammt allzu frühen geschlechtlichen Umgang zwischen jungen Leuten, um zu vermeiden, daß Unordnung und Lasterhaftigkeit in seinem Distrikt Einzug halten.«

»In seiner Pfarrei...«, berichtigte der Küster.

»In seiner Pfarrei...«, sagte Jacquemort. »Wo war ich stehengeblieben?«

»Ich weiß es nicht«, warf der Pfarrer scharf ein.

»Nun ja«, sagte Jacquemort, sich aufraffend. »Dieser Alteleutemarkt. Das ist doch heller Wahnsinn!«

»Sie leben im 20. Jahrhundert!« rief der Pfarrer aus. »Dieser Alteleutemarkt, na und? Ich schere mich keinen Deut um diesen Alteleutemarkt, Monsieur! Diese Leute machen viel mit, und wer auf Erden leidet, dem ist dereinst ein Plätzchen im Paradies sicher. Im übrigen sind Leid und Entbehrungen nicht nutzlos; mich stört vielmehr die Triebfeder dieses Leidens. Was mir zu schaffen macht, ist der Umstand, daß sie nicht in Gott leiden, Monsieur. Sie sind durch und durch gefühllos. Das sagte ich Ihnen vorhin schon. Die Religion ist ein geeignetes Mittel für sie. Sinnliche Rohlinge wie diese...«

Mit dem Reden geriet er in Fahrt, und seine Augen schossen feurige Blitze.

»Sie kommen schon als Beherrscher in die Kirche. Und als solche sitzen sie dann leibhaftig da. Und wissen Sie, was sie von mir verlangen? Ich soll den Klee wachsen lassen. Der Frieden ihrer Seele, Monsieur, auf den pfeifen sie! Den haben sie schon! Sie haben La Gloîre! Ich werde bis zum äußersten kämpfen, aber ich werde keinen Fingerbreit nachgeben. Ich werde auch den Klee nicht wachsen lassen. Gott sei Dank habe ich treue Freunde. Nicht viele, aber sie unterstützen mich.«

Er grinste.

»Kommen Sie am Sonntag und Sie werden schon sehen... Sie werden draufkommen, wie man durch die Materie hinter die Materie kommt. Ich werde diesen Viechern den Spiegel vorhalten... Ihre Trägheit wird mit einer noch viel größeren zusammenstoßen... Und aus diesem Zusammenprall wird jene Unruhe entstehen, die sie wieder in den Schoß der Religion zurückführen wird... zum Luxus!... Zu jenem Luxus, zu dem der Herrgott in seiner Langmut ihnen den Zugang offengehalten hat.«

»Also«, sagte Jacquemort, »wie steht es nun mit dieser Taufe? Bleibt es bei Sonntagnachmittag?«

»Ich werde Ihnen den genauen Zeitpunkt nach der Messe sagen«, wiederholte der Pfarrer.

»Gut«, sagte Jacquemort. »Auf Wiedersehen, Herr Pfarrer. Ich habe vorhin Ihre Kirche bewundert. Eine wirklich sonderbare Konstruktion.«

»Sonderbar«, stimmte der Pfarrer etwas geistesabwesend bei.

Er setzte sich wieder hin, während Jacquemort dort hinausging, wo er hereingekommen war. Er fühlte eine leichte Ermattung.

»Clémentine fällt mir mit ihren Frondiensten auf

die Nerven«, dachte er laut. »Ich bin froh, wenn die Drei erst groß sind. Und dann auch noch der Zwang, in die Messe gehen zu müssen...«

Der Abend kam.

»Diesen Streich mit dem Zwang zur Messe finde ich wirklich ein starkes Stück.«

»Ein starkes Stück«, pflichtete eine große schwarze Katze bei, die auf einer Mauer saß.

Jacquemort sah sie an. Die Katze fing an zu schnurren, und ihre gelben Augen spalteten sich in zwei dünne senkrechte Schlitze.

»Ein starkes Stück!« schloß Jacquemort, indem er einen der rundlichen, zylindrischen und schwammigen Grasstengel pflückte.

Etwas weiter weg drehte er sich um. Er sah zur Katze zurück, zögerte einen Augenblick, dann setzte er seinen Weg wieder fort.

XVII

Sonntag, 2. September

Bereit zum Ausgehen, vertrieb sich Jacquemort die Zeit im Hausflur. Er hatte wieder seine seriöse Kleidung angelegt und fühlte sich verlegen wie ein Schauspieler im Kostüm auf einer leeren Bühne. Endlich kam das Kindermädchen.

»Sie brauchen aber lange«, sagte Jacquemort.

»Weil ich mich noch schöngemacht habe«, erklärte sie.

Sie hatte ein Sonntagskleid aus naturreinem weißen Pikee an, dazu trug sie schwarze Schuhe, einen schwarzen Hut und Handschuhe aus weißer Flockseide. In der Hand hielt sie ein abgegriffenes ledergebundenes Meßbuch. Ihr Gesicht glänzte, und ihre Lippen waren schlecht geschminkt. Ihre großen Brüste weiteten das Mieder, und die kräftigen Rundungen ihrer Hüften füllten gewissenhaft den Rest ihres Kleides aus.

»Gehen wir«, sagte Jacquemort.

Sie brachen auf. Sie schien sehr eingeschüchtert und versuchte vor lauter Unterwürfigkeit, beim Atemholen kein Geräusch zu machen.

»Nun«, fragte Jacquemort hundert Meter weiter, »wann darf ich Sie psychoanalysieren?«

Sie errötete und blickte ihn von unten an. Sie kamen gerade an einer sehr dichten Hecke vorüber.

»Könnte man das nicht jetzt gleich machen, vielleicht noch vor der Messe...«, sagte sie voller Hoffnung.

Der Psychiater fühlte wie sein Bart erbebte, indem er begriff, was sie begriffen hatte, und er lenkte sie mit sicherer Hand zum Wegrand. Sie verschwanden hinter der Hecke durch einen schmalen Durchschlupf, der mit Dornen bewehrt war, an welchen Jacquemort sich seinen schönen Anzug zerriß.

Nun waren sie an einem gut vor Einblick geschützten Ort. Vorsichtig nahm das Dienstmädchen seinen schwarzen Hut ab.

»Den darf ich mir ja nicht zerknittern«, sagte sie. »Und bedenken Sie außerdem, daß ich mich ja ganz grün dabei mache, wenn wir uns da hinlegen...«

»Stellen Sie sich auf alle Viere«, sagte Jacquemort.

»Selbstverständlich«, sagte sie, da sie einsah, daß dies die einzig mögliche Art war.

Während der Psychiater es ihr tüchtig besorgte, sah er den kurzen Hals des Mädchens sich erst aufrichten und dann entspannen. Da sie schlecht frisiert war, flatterten einige blonde Haarsträhnen frei im Wind. Sie roch streng, aber Jacquemort hatte es seit seiner Ankunft im Haus nicht getrieben, und dieser etwas tierische Geruch mißfiel ihm keineswegs. Aus einer gut verständlichen Regung der Menschlichkeit heraus vermied er es, ihr ein Kind zu machen.

Sie gelangten kaum zehn Minuten nach Beginn der Messe zur Kirche. Das eiförmige Kirchenschiff mußte, der Menge der Wagen und Karren nach zu urteilen, voll Menschen sein. Ehe Jacquemort die Stufen hinaufstieg, sah er das noch etwas schamrote Mädchen an.

»Soll ich heute abend kommen?« hauchte sie.

»Ja«, sagte er, »dann wirst du mir dein Leben erzählen.«

Sie musterte ihn erstaunt, stellte fest, daß er nicht scherzte und schwieg, ohne zu begreifen. Sie traten ein und mischten sich unter die aufgeputzte Menge, die es eilig hatte. Dabei wurde Jacquemort an sie gedrückt, und ihr animalischer Duft stieg ihm in die Nüstern. Unter den Achselhöhlen hatte sie runde Schweißflecken.

Der Pfarrer war gerade mit dem Introitus fertig und schickte sich an, die Kanzel zu besteigen. Die stickige Hitze benahm den Leuten den Atem, und einige Frauen hakten sich das Mieder auf. Die Männer hingegen behielten ihre schwarzen Leibröcke und ihre Stehkrägen bis oben hin zugeknöpft. Jacquemort betrachtete die Gesichter rund um sich; sie hatten alle einen lebhaften, kernigen Ausdruck und waren wind- und sonnengegerbt und irgendeiner Sache sicher. Der Pfarrer stieg die Treppe zur weißen

Kanzel hoch, deren Klapptüren offen standen. Ein sonderbares Modell einer Kanzel. Jacquemort mußte an den Schreiner und an den kleinen Lehrling denken und schauderte. Wenn er an den Lehrling dachte, widerte ihn der Geruch des Dienstmädchens an.

Im selben Augenblick, als der Pfarrer zwischen den beiden Pfosten aus hellem Eichenholz erschien, stieg ein Mann auf eine Bank und bat mit mächtiger Stimme um Ruhe. Das Stimmengewirr verebbte. In dem Kirchenschiff herrschte jetzt eine aufmerksame Stille. Erst jetzt gewahrten Jacquemorts Augen die unzähligen Ampeln, die in der Kuppel hingen und nun die verwirrende Vielzahl der ineinander verschlungenen und direkt in das enorme Balkenwerk eingeschnitzten menschlichen Figuren sowie das blaue Altarfenster erkennen ließen.

»Laß es regnen, Pfarrer!« sagte der Mann.

Die Menge wiederholte wie aus einem Munde:

»Laß es regnen!...«

»Der Klee verdorrt!« fuhr der Mann fort.

»Laß es regnen!« brüllte die Menge.

Jacquemort sah, schon beinah taub, wie der Pfarrer mit ausgebreiteten Armen ums Wort bat. Das Gemurmel versickerte. Die Vormittagssonne loderte hinter dem blauen Kirchenfenster. Man konnte nur mit Mühe atmen.

»Ihr Leute aus dem Dorf!« sagte der Pfarrer.

Seine mächtige Stimme schien von überallher zu

kommen, und Jacquemort vermutete, daß eine Lautsprecheranlage ihm zu dieser Stimmfülle verhalf. Die Köpfe wandten sich hinauf zur Deckenwölbung und zu den Seitenwänden. Nicht die Spur von einem Lautsprecher war zu sehen.

»Ihr Leute aus dem Dorf!« sagte der Pfarrer. »Ihr verlangt Regen von mir, werdet ihn aber mitnichten bekommen. Anmaßend und hochmütig wie die Leghornhühner seid ihr heute dahergekommen, lediglich auf eure fleischlichen Begierden bedacht. Als lästige und freche Bittsteller und Bettler seid ihr gekommen, um etwas zu fordern, was euch nicht zusteht. Es wird nicht regnen. GOtt schert sich nicht um euren Klee! Beuget euren Leib, senket eure Häupter, demütigt eure Herzen, und ich werde euch das Wort GOttes geben. Aber rechnet nicht mit einem einzigen Tropfen Wasser. Dies ist eine Kirche und keine Gießkanne!«

In der Menge wurde Protestgemurmel laut. Jacquemort fand, daß der Pfarrer gut redete.

»Wir wollen Regen!« wiederholte der Mann auf der Bank.

Nach dem Schallgewitter der Stimme des Pfarrers hörte sich sein dünner Schrei lächerlich an, und seine Mitstreiter schwiegen im Bewußtsein ihrer vorübergehenden Unterlegenheit.

»Ihr gebt vor, an GOtt zu glauben!« donnerte der Pfarrer, »weil ihr sonntags in die Kirche geht, weil ihr eure Mitmenschen schlecht behandelt, weil ihr kein Schamgefühl kennt und weil euch das Gewissen nicht drückt...«

Als der Pfarrer das Wort Schamgefühl aussprach, flackerten da und dort Protestschreie auf, verdichteten sich durch das Echo und schwollen zu einem langgezogenen Geheul an. Die Männer trampelten mit geballten Fäusten auf der Stelle. Die Frauen, stumm und mit verkniffenem Mund, sahen den Pfarrer aus haßerfüllten Augen an. Jacquemort kannte sich langsam nicht mehr aus. Der Tumult beruhigte sich etwas, und der Pfarrer ergriff erneut das Wort.

»Was kümmern mich eure Felder! Was gehen mich eure Viecher und eure Kinder an!« schrie er. »Ihr führt ein materielles und stumpfes Dasein. Ihr habt keine Ahnung vom Luxus!... Vom Luxus, den ich euch biete: ich biete euch GOtt... aber GOtt mag den Regen nicht... GOtt mag keinen Klee. GOtt kümmert sich wenig um eure miesen Felder und eure miesen kleinen Abenteuer. GOtt ist ein goldbrokatenes Kissen, er ist ein sonnengefaßter Demantstein, er ist ein in Liebe ziselierter kostbarer Zierat, er ist Auteuil, er ist Passy, seidene Soutanen, bestickte Strümpfe, Halsketten und Fingerringe, das Überflüssige, das Wunderbare, die elektrischen Hostienschreine... Es wird nicht regnen!«

»Es soll regnen!« jammerte der Wortführer, diesmal unterstützt von der Menge, die wie ein Gewitterhimmel zu grollen anfing.

»Kehret zu euren Höfen zurück!« tobte die vervielfachte Stimme des Pfarrers. »Kehret zu euren Höfen zurück! GOtt ist die Wonne des Überflusses. Ihr träumt nur von dem Notwendigen. Ihr seid für ihn verlorene Geschöpfe.«

Ein Mann schob Jacquemort plötzlich grob zur Seite, holte aus und schleuderte einen schweren Stein in die Richtung der Kanzel. Doch schon klappten die eichenen Schwingtürchen zu, und die Stimme des Pfarrers tönte unvermindert fort, während der Fußboden vom dumpfen Aufprall der wuchtigen Steinbrocken erzitterte.

»Es wird nicht regnen! GOtt ist kein Gebrauchsartikel. GOtt ist ein Festgeschenk, eine kostenlose Gabe, ein Platinbarren, ein Kunstgebilde, ein köstlicher bekömmlicher Leckerbissen. GOtt ist eine Zugabe. Er ist weder für noch gegen. Er ist der reinste Überfluß.«

Ein Steinhagel prasselte auf die Klapptür der Kanzel.

»Regen! Regen! Regen!« skandierte nun die Menge in gleichförmigem Rhythmus.

Und Jacquemort, erfaßt von der Leidenschaftlichkeit, die von diesen Menschen ausging, ertappte sich dabei, wie er mitschrie.

Wohin er auch blickte, zur Rechten wie zur Linken marschierten die Bauern auf der Stelle; dieses wilde Schuhgetrampel erfüllte die Kirche wie Soldatenschritte über eine eiserne Brücke. Mächtiges Gedränge von den hinteren Reihen schob einige Männer ganz nach vorne zur Kanzel; dort begannen sie, an den vier massiven Stützpfeilern, mit denen die Kanzel im Boden verankert war, zu rütteln.

»Es wird nicht regnen!« wiederholte der Pfarrer, der hinter seinen Klapptürchen vermutlich in eine totale Trance gefallen war. »Engelflügel wird es regnen! Smaragdene Daunen, Alabastervasen, prachtvolle Kunstgemälde wird es regnen... aber kein Wasser! GOtt schert sich einen Dreck um euren Klee, Hafer, Weizen, Roggen, Gerste, Hopfen, Buchweizen, Sauerklee, Luzerne, weiße Fettwurz und Salbei...«

Jacquemort bewunderte an dieser Stelle des Pfarrers Gelehrsamkeit, doch alle vier Eichenpfosten brachen auf einmal, und man hörte, wie der Pfarrer einen saftigen, von den Lautsprechern vielfach verstärkten Fluch ausstieß, da er sich soeben beim Absturz den Kopf angeschlagen hatte.

»Schon gut! Schon gut!« schrie er. »Es wird regnen! Es regnet, gleich regnet es!«

Augenblicklich strömte die Menge zum Kirchenportal zurück, das sich mit beiden Flügeln öffnete. Der Himmel hatte sich schlagartig verfinstert, und die ersten Tropfen schlugen auf den Stufen auf wie weiche Frösche. Dann wurde es ein leibhaftiger Wolkenbruch, der auf die Schieferplatten des Daches trommelte. Man hatte die Kanzel inzwischen wieder recht und schlecht aufgestellt, und der Pfarrer öffnete wieder seine Klapptürchen.

»Die Messe ist zu Ende«, sagte er schlicht.

Man bekreuzigte sich, darauf setzten sich die Männer wieder ihre Käppchen auf, die Frauen erhoben sich, und alle gingen hinaus.

Jacquemort wollte zur Sakristei, mußte sich jedoch an einer Holzbank festhalten, um nicht von der Menge mitgerissen zu werden.

Im Vorbeigehen wurde er vom Schreiner angerempelt, dessen großen Mund und Knollennase er wiedererkannt hatte. Der Mann lächelte ihm boshaft zu.

»Hast du gesehen?« sagte er. »Hier glaubt man an Gott. Und der Pfarrer wird uns auch nicht daran hindern können. Er weiß nur nicht, wozu Gott da ist.«

Er zuckte mit den Achseln.

»Pah!« schloß er, »soll er nur machen. Das tut uns nichts. Das ist Zerstreuung. Wir hier gehen gern zur Messe. Mit oder ohne Pfarrer. Meine Klapptürchen haben jedenfalls gehalten.«

Er ging vorüber. Jacquemort wußte nicht, wo das Kindermädchen abgeblieben war und beschloß, sich nicht mehr darum zu kümmern. Der Menschenstrom nahm an Stärke ab, so daß er sich schließlich bis zur

Tür der Sakristei durchschlagen konnte. Er trat ein und drang ohne zu klopfen in den hinteren Raum vor.

Der Pfarrer schritt humpelnd auf und ab, glückstrahlend unter den Huldigungen, die ihm der Küster überschwenglich darbrachte; dieser kleine rotgesichtige Mann war dermaßen unauffällig, daß Jacquemort sich nur unter Anstrengung daran erinnern konnte, ihn bei seinem letzten Besuch gesehen zu haben.

»Sie waren großartig!« sagte der Küster. »Sie waren vollendet! Was für eine Darstellung! Das ist Ihre Glanzrolle!«

»Ah!« sagte der Pfarrer. »Denen hab ich's heute wieder gegeben!«

Er hatte eine riesige Beule auf der Stirn.

»Sie waren wirklich sensationell!« sagte der Küster. »Was für einen großen Atem! Was für eine Inspiration! Und welch großmeisterliche Beherrschung der Periode! Meiner Treu, ich verneige mich jetzt und werde mich immer verneigen.«

»Trotzdem...«, sagte der Pfarrer, »du übertreibst ein bißchen... Ich war gut. Aber war ich wirklich sooo gut?«

»Erlauben Sie«, sagte Jacquemort, »daß ich mich mit meinen Komplimenten denen von Monsieur anschließe?«

»Ah!...«, seufzte der Küster. »Was für ein Talent!... Sie waren einfach... sublim!«

»Hört mal«, sagte der Pfarrer. »Jetzt schmeichelt ihr mir aber.«

Er räusperte sich und lächelte Jacquemort liebenswürdig an.

»Nehmen Sie doch bitte Platz, Monsieur.«

Jacquemort griff sich einen Stuhl.

»Ah!...« hechelte der Küster. »Als Sie zu den Leuten sagten ›Das ist eine Kirche und keine Gießkanne!...‹ wäre ich fast ohnmächtig geworden. Ehrlich. Was für ein Talent, mein Pfarrer, welch überragendes Talent! Und ›Gott mag keinen Klee‹. Welch hohe Kunst!«

»Und dabei stimmt's auch noch!« setzte der Pfarrer nach. »Aber lassen Sie uns keine Zeit verlieren, Monsieur!«

»Ich bin wegen der Taufe gekommen«, erklärte der Psychiater.

»Ich erinnere mich, ich weiß schon«, sagte der Pfarrer eilfertig. »Kommen Sie... das werden wir bald haben. Seien Sie bitte alle um vier hier. Ich werde zwanzig vor vier die Glocken läuten. Also bis dann. Geht alles in Ordnung.«

»Ich danke Ihnen, Herr Pfarrer«, sagte Jacquemort und stand auf. »Und nochmals mein Kompliment. Sie waren geradezu... episch.«

»Ah!« rief der Küster. »Episch! Das ist der passende Ausdruck. Episch. Ach, mein Pfarrer!«

Etwas erstaunt streckte der Pfarrer Jacquemort

die Hand hin und schüttelte kräftig die ihm dargebotene.

»Ich bin untröstlich, daß Sie schon so bald wieder wegfahren«, sagte er. »Ich hätte Sie gerne zum Mittagessen bei mir behalten... aber ich fürchte, ich raube Ihnen Ihre kostbare Zeit...«

»Ich habe es ziemlich eilig«, sagte Jacquemort. »Ein andermal. Danke! Und nochmals bravo!«

Er ging mit großen Schritten davon. Das Kirchenschiff lag nun dunkel und schweigend da. Es hatte beinahe zu regnen aufgehört. Draußen kam die Sonne schon wieder hervor. Ein warmer Dunst stieg vom Boden auf.

XVIII

»Das wird wiedermal für eine Weile reichen«, dachte Jacquemort. »Zweimal am selben Tag in der Kirche! Da werde ich die nächsten zehn Jahre wahrscheinlich keinen Fuß mehr hineinsetzen. Oder wenigstens die nächsten neuneinhalb.«

Er saß in der Halle und wartete. Die zahlreichen Tritte des Dienstmädchens, Angels und Clémentines widerhallten im ersten Stock, abgedämpft durch die dicke Decke und die Sandsteinplatten. Von Zeit zu Zeit bohrte sich der spitze Schrei eines der zwei Bälger mühelos durch das alles und schlängelte sich in Jacquemorts Gehörgänge. Noël oder Joël. Citroën schrie niemals.

Culblanc hatte ein Taufgewand aus rosa Taft mit großen lila Bändern an, dazu trug sie schwarze Schuhe und einen schwarzen Hut. Sie wagte kaum, sich zu rühren. Sie faßte alles mit den Fingerspitzen an. Drei Vasen hatte sie schon zerschlagen.

Angel trug seine gewohnte Kleidung. Clémentine hatte schwarze Hosen und eine dazu passende Jacke an. Die drei kleinen Racker strahlten in ihren schmucken Zellophanhüllen.

Angel ging hinunter, um den Wagen herauszufahren.

Clémentine trug Noël und Joël, Citroën vertraute sie dem Kindermädchen an. Von Zeit zu Zeit sah er seine Mutter an, und sein feiner Mund kräuselte sich schaudernd. Er weinte nicht. Citroën weinte nie. Clémentine warf ihm bisweilen einen ironischen Blick zu und tat so, als wolle sie Noël und Joël liebkosen.

Der Wagen hielt vor dem Treppenaufgang, und alle stiegen ein. Jacquemort als letzter. Er trug die Tüten mit den Bonbons, den Geldstücken und den Schmalzgrieben, die man nach der Zeremonie an die Kinder und Tiere des Dorfes verteilen würde.

Der Himmel war wie gewöhnlich von einem unerschütterlichen Blau, und der Garten erstrahlte in seinem Purpur und Gold.

Der Wagen fuhr los. Angel chauffierte vorsichtig wegen der Kinder.

Jedesmal wenn sich das Kindermädchen bewegte, hörte man das laute Geraschel von Taft. Es war ein sehr schönes Gewand. Jacquemort jedoch zog das andere aus Pikee vor, weil es ihre Formen besser zur Geltung brachte. In diesem hier sah sie wie ein waschechter Bauerntrampel aus.

XIX

2. September

Der Schatten verdichtete sich um Jacquemort. An seinem Schreibtisch sitzend, meditierte er. Eine gewisse Schlaffheit hinderte ihn daran, das Licht anzuschalten. Es war ein anstrengender Tag gewesen, der letzte einer anstrengenden Woche, und nun suchte er seinen Seelenfrieden wiederzufinden. Während all dieser Tage aufgeregten Fieberns hatte er kaum den Drang zum Psychoanalysieren verspürt; nun jedoch, da er allein und entspannt in seinem Zimmer saß, fühlte er deutlich und beängstigend, wie die Leere und die Abwesenheit jeglicher Leidenschaft, zuzeiten von einem Unmaß an Bildern überwuchert, sich wieder bemerkbar machten. Ungewiß und wunschlos wartete er, daß das Dienstmädchen an seine Türe klopfe.

Es war heiß in seinem gebeizten Zimmer, und deshalb roch es gut nach Holz; das nahe Meer kühlte den brennheißen Atem der Luft und machte ihn wohltuend und erquickend. Draußen hörte man vereinzelte Vogelschreie und das gläserne Flügelsirren der Insekten.

Da scharrte es an der Tür. Jacquemort erhob sich, um zu öffnen. Das Bauernmädchen trat ein und blieb gelähmt vor Schüchternheit wie angewurzelt stehn.

Jacquemort lächelte; er betätigte den Lichtschalter und schloß sorgfältig die Tür.

»Nun?« sagte er. »Haben wir etwa Angst?«

Sogleich warf er sich seine eigene Vulgarität vor, verzieh sie sich aber wenige Augenblicke später wieder bei der Überlegung, daß sie eine vulgäre Person bestimmt nicht schockieren konnte.

»Setz dich...«, schlug er vor. »Dort... aufs Bett.«

»Ich trau mich nicht...«, sagte sie.

»Nun komm schon«, sagte Jacquemort, »bei mir brauchst du dich nicht zu fürchten. Streck dich aus und entspann dich!«

»Soll ich mich ausziehen?« fragte sie.

»Tu, wie du meinst«, sagte Jacquemort. »Zieh dich aus, wenn dich das reizt, und wenn nicht, dann eben nicht. Machs dir ganz bequem... Das ist alles, worum ich dich bitte.«

»Werden Sie sich auch ausziehen?« fragte sie etwas forsch.

»Also hör mal«, ereiferte sich Jacquemort, »bist du zum Psychoanalysieren oder zum Kopulieren hierher gekommen?«

Sie senkte verschämt den Kopf, und Jacquemort fühlte sich leicht erregt durch soviel Ignoranz.

»Ich verstehe Ihre schwierigen Wörter nicht«, sagte sie. »Ich will gern tun, was Sie mir sagen.«

»Aber wenn ich dir doch sage, du sollst das tun, was du willst«, beharrte Jacquemort.

»Ich mag es aber, daß man mir sagt, was ich zu tun habe... schließlich bin ich es ja nicht, die hier zu befehlen hat.«

»Also leg dich hin, wie du bist«, sagte Jacquemort.

Er setzte sich wieder an seinen Schreibtisch. Sie sah ihn von unten herauf an und streifte, plötzlich entschlossen, mit einer gekonnten Bewegung den Kittel ab. Es war eines ihrer Alltagskleider, das sie sich nach der Taufe wieder angezogen hatte, ein geblümter reizloser Kattunkittel.

Jacquemort musterte sie genau; etwas schwerfällig, aber ansonsten gut gebaut, runde, dralle Brüste, der Bauch noch nicht durch die Arbeit verunstaltet. Sie legte sich auf das Bett, und er stellte sich vor, wie er nach ihrem Weggang von der Ausdünstung dieser Frau beim Zubettgehen irritiert sein würde.

Ihr Gang war etwas linkisch, aber das war zweifellos ein Rest von Scham.

»Wie alt bist du?« fragte Jacquemort.

»Zwanzig«, sagte sie.

»Woher stammst du?«

»Aus dem Dorf.«

»Wie bist du aufgezogen worden? Welches ist dein frühestes Erlebnis, an das du dich zurückerinnern kannst?«

Er sprach leichthin im Plauderton, um ihr Vertrauen zu gewinnen.

»Erinnerst du dich an deine Großeltern?«

Sie überlegte eine Minute lang.

»Weshalb haben Sie mich eigentlich kommen lassen?« fragte sie. »Um mich alle diese Dinge zu fragen?«

»Auch deshalb«, sagte Jacquemort vorsichtig.

»Das sind Dinge, die Sie nichts angehen«, sagte sie. Sie erhob sich und setzte sich mit den Beinen über die Bettkante auf.

»Besteigen Sie mich nun oder nicht?« fragte sie. »Deswegen bin ich gekommen. Das wissen Sie genau. Ich kann vielleicht nicht gut reden, aber so dumm bin ich nun auch wieder nicht, daß Sie sich über mich lustig machen dürfen.«

»Oh, hör bloß auf!« sagte Jacquemort. »Du hast einen viel zu schlechten Charakter. Morgen kommst du bestimmt wieder.«

Sie stand dennoch auf. Sie ging an dem Psychiater vorüber, und das Profil ihrer Brust machte ihn weich.

»Nun komm schon«, sagte er, »bleib doch im Bett. Ich komm ja schon.«

Leicht keuchend kehrte sie eilig an ihren Platz zurück. Als sich Jacquemort ihr näherte, wandte sie sich ab und kehrte ihm die Hinterseite zu. Er nahm sie in dieser Stellung, wie am Morgen hinter der Hecke.

XX

Angel ruhte ausgestreckt neben Clémentine. In dem Dreierbett lagen die drei Kinder in einem traumlosen und von kleinen unruhigen Schnarchern durchsetzten Schlummer. Sie schlief nicht. Er wußte das. Seit einer Stunde schon lagen sie nebeneinander in der Dunkelheit.

Auf der Suche nach einer kühlen Stelle wechselte er seinen Platz. Dabei geriet sein Bein an das von Clémentine. Sie schrak auf und schaltete ebensoplötzlich das Licht ein. Angel stützte sich noch etwas schlaftrunken mit den Ellbogen auf dem Kopfkissen auf, um sie anzusehen.

»Was gibt es?« fragte er. »Ist dir nicht gut?«

Clémentine setzte sich auf und schüttelte den Kopf.

»Ich kann nicht mehr«, sagte sie.

»Was kannst du nicht mehr?«

»Ich kann dich nicht mehr ertragen. Ich kann nicht mehr neben dir schlafen. Niemals werde ich je wieder schlafen können, wenn ich mir dabei vorstelle, daß du mich jeden Augenblick berühren könntest. Dich mir näherst. Wenn ich nur spüre, wie die Haare deiner Beine die meinen streifen, werde ich wahnsinnig. Ich könnte schreien.«

Ihre Stimme war gespannt und bebte vor lauter zurückgehaltenen Schreien.

»Geh anderswohin schlafen«, sagte sie. »Hab Mitleid mit mir. Laß mich.«

»Liebst du mich nicht mehr?« fragte Angel dumm.

Sie sah ihn an.

»Ich kann dich überhaupt nicht mehr anfassen«, sagte sie, »und selbst wenn, dann könnte ich mir nicht vorstellen, daß du mich berührst, sei es auch nur für einen Augenblick. Es ist schrecklich.«

»Bist du wahnsinnig?« meinte Angel.

»Ich bin nicht wahnsinnig. Jeder körperliche Kontakt mit dir verursacht mir Grauen. Ich mag dich sonst gern... das heißt, ich möchte, daß du glücklich bist... aber nicht so... das kostet mich zu viel. Nicht um diesen Preis.«

»Aber«, sagte Angel, »ich wollte dir doch nichts tun. Ich habe mich anders hingelegt und dich dabei gestreift. Krieg jetzt bloß keine Zustände.«

»Ich kriege gar keine Zustände«, erwiderte sie. »Das ist ab jetzt mein Normalzustand. Schlaf in deinem Zimmer!... Ich flehe dich an, Angel, hab Mitleid mit mir.«

»Dir geht's wirklich nicht gut«, murmelte er und schüttelte den Kopf.

Er fuhr ihr mit der Hand über die Schulter. Sie zitterte, ließ es aber geschehen. Er küßte sie sanft auf die Schläfe und erhob sich.

»Ich geh jetzt zu mir rüber, mein Liebes«, sagte er, »beruhige dich...«

»Hör zu«, sagte sie noch, »ich... ich möchte nicht... ich weiß nicht, wie ich dir das sagen soll... ich möchte nicht mehr... ich glaube nicht, daß ich jemals wieder von vorne... versuche, eine andere Frau zu finden. Ich bin nicht eifersüchtig.«

»Du liebst mich nicht mehr...«, sagte Angel traurig.

»So nicht mehr«, sagte sie.

Er ging hinaus. Sie blieb auf ihrem Platz sitzen und sah neben sich auf die Delle, die Angel am unteren Rand seines Kopfkissens hinterlassen hatte. Er schlief immer mit dem Kopf ganz unten am Kissen.

Eines der Kinder bewegte sich unruhig im Schlaf. Aufmerksam lauschte sie. Das Kleine schlief wieder ein. Sie hob ihre Hand, um das Licht zu löschen. Nun hatte sie das ganze Bett für sich allein, und niemals mehr würde ein Mann sie berühren.

XXI

In seinem Zimmer hatte Jacquemort eben seinerseits das Licht gelöscht. Fernab verebbte das leise Matratzengequietsche des Kindermädchens, das sich soeben rundum befriedigt schlafen legte. Einige Augenblicke lang blieb er bewegungslos auf dem Rücken liegen. Die Ereignisse der letzten Tage vollführten einen schwindelerregenden Tanz in ihm, und sein Herz schlug zum Zerspringen. Nach und nach entspannte er sich und glitt ins Unbewußte, wobei er seine müden Augenlider über den ob des ungewohnten Bildeinsturms von rauhen Striemen durchfurchten Netzhäuten schloß.

ZWEITER TEIL

I

Dienstag, 7. Mai

Weit jenseits des Gartens, ein gutes Stück Wegs hinter dem zerklüfteten Kap, dem das Meer Tag und Nacht wie ein Rauschebart anhing, gab es einen hohen Felsbrocken von unregelmäßiger Pilzform, der sich fest und abweisend, vom Winde zugefeilt und nur von wilden Ziegen und Farnkraut bestanden, in die Höhe reckte. Vom Hause aus war er nicht zu sehen. Man nannte ihn *Hömme de Terre* als Gegenstück zu seinem Bruder, dem *Hömme de Mer*, der etwas weiter links genau gegenüber aus dem Wasser ragte. Der *Hömme de Terre* war leicht von drei Seiten zugänglich; wohingegen die Nordseite dem etwaigen Besteiger ein System von Fallen und schlechthin unüberwindbaren Hindernissen bot, von denen man sagte, sie seien von einem boshaften Corbusier ausgeheckt worden, was die Besteigung von dieser Seite aus zur Glückssache machte.

Bisweilen kamen die Zöllner dorthin, um sich daran zu üben, und waren dann den ganzen Tag über bemüht, eingezwängt in ihre grünweiß gestreiften Baumwollsporthemden, ihrem Nachwuchs die Grundbegriffe des Bergsteigens einzupauken, ohne die der Schmuggel zu einer wahren Landplage werden würde.

An jenem Tag jedoch stand der *Hömme* verlassen

da. Ganz allein für Clémentine, die, am Felsen klebend, sich langsam höherarbeitete, ihre Griffe sorgfältig sichernd.

An den vorangegangenen Tagen war es ein Kinderspiel gewesen, den Gipfel über die Ost-, West- und Südflanke zu erreichen. Heute aber würde sie ihr Bestes geben müssen. Nicht einen einzigen Griff, nichts unter den Händen als die Flanke des *Hömme*, den glatten und kompakten Granit.

Sie befand sich bäuchlings an einer praktisch senkrecht abfallenden Steilwand. Drei Meter oberhalb von ihr würde ihr ein Vorsprung Halt gewähren. Dort erst würde die wahre Anstrengung beginnen: denn der ganze obere Teil des *Hömme* war überhängend. Vorderhand jedoch galt es, die drei Meter zu schaffen.

Die Spitzen ihrer geflochtenen Sommerschuhe, die sie in einen quer über die Steilwand sich hinziehenden Spalt gezwängt hatte, hielten sie über dem Abgrund. In dem Spalt angesammelte Erde gab dort kleinen Pflanzen Nahrung. Das ergab einen grünen Streifen auf dem grauen Granit und sah aus wie das Ehrenabzeichen um die Verdienste der Landwirtschaft auf dem Rockaufschlag eines Dorfschullehrers.

Clémentine atmete langsam und tief durch. Höherkommen, wie eine Fliege an der Wand entlang. Drei Meter. Nur noch drei Meter. Weniger als zweimal ihre Körpergröße.

Aus der Nähe betrachtet, gab es da tatsächlich einige Unebenheiten. Es ging nur darum, aus möglichst geringer Entfernung hinzusehen, um sie zu entdecken; jedoch auch wieder nicht aus zu geringer Entfernung, um sich nicht unweigerlich bewußt zu werden, daß das mitnichten hinreichen würde, einen vor dem Absturz zu bewahren.

Sie hakte ihre Hände an zweien dieser unsicheren Vorsprünge ein und beeilte sich.

Durch den trockenen Stoff der Hose, die sie trug, streichelte ihr der Fels die Knie. Ihre Füße hoben sich dreißig Zentimeter über den grünen Streifen.

Sie atmete, schaute und begann von vorne. Zehn Minuten später gelang es ihr, wieder auf dem Felsband Halt zu gewinnen, das die Vorstufe zur letzten Etappe bildete. Ihre Stirn war feucht, und die feinen Schläfenhaare schweißverklebt. Sie roch den vegetabilischen Schweißdunst, der von ihr selbst aufstieg.

Sie konnte sich nicht rühren, weil ihr der Raum eng bemessen war. Bei Drehung des Kopfes sah sie unter einem ungewohnten Blickwinkel den *Hömme de Mer* in seinem Schaumgürtel dastehen. Die Sonne stand mittlerweise schon beinah im Zenit und ließ Wolken von Flitter um die zerklüfteten Klippen der Küste aufstieben.

Der *Hömme de Terre* über ihr lief wie eine Rinne, etwa nach Art eines aufrechtstehenden, zu drei Vierteln geschlossenen Buches zusammen und war überdies nach dem Abgrund zu leicht überhängend. Ein spitz zusammenlaufender Winkel, in den es vorzudringen galt.

Clémentine warf ihren Kopf zurück, sah in den Winkel und schnurrte leise vor Lust. Sie war ganz feucht zwischen den Beinen.

II

Die drei kleinen Racker galoppierten auf allen Vieren in dem Zimmer umher, in das man sie vor ihrer Drei-Uhr-Stillung eingeschlossen hatte. Langsam verloren sie schon die Gewohnheit, von vierundzwanzig Stunden vierundzwanzig zu schlafen und fanden Vergnügen daran, ihre Hinterglieder etwas zu schonen. Noël und Joël quietschten. Der würdevollere Citroën drehte langsam seine Runden um ein niedriges Tischchen herum.

Jacquemort sah ihnen zu. Er gesellte sich jetzt, da sie lebenden Wesen ähnlicher sahen als Larven, des öfteren zu ihnen. Dank dem Klima und der Pflege waren sie erstaunlich fortgeschritten für ihr Alter. Die beiden ersten hatten glattes, fahlblondes Haar. Der dritte, braunhaarig und gekräuselt wie am Tag seiner Geburt, schien ein Jahr älter als seine beiden Brüder.

Sie sabberten natürlich. Jeder ihrer Haltepunkte auf dem Teppich war durch einen kleinen nassen Fleck gekennzeichnet, der einen Augenblick lang mit dem Mund seines Urhebers durch einen langen, kurzlebigen, dünnen, elastischen, zerreißbaren, kristallinen Faden verbunden blieb.

Jacquemort überwachte Citroën. Jener kroch jetzt,

die Nase am Boden, mit letzter Kraft herum. Dann verlangsamten sich seine Bewegungen und er setzte sich auf. Er richtete den Blick zum Tischchen hinauf.

»Was denkst du gerade?« fragte Jacquemort.

»Bäöh!...« sagte Citroën.

Er streckte seine Hand nach dem Gegenstand aus. Zu weit weg. Er rutschte näher, ohne seine einmal eingenommene Körperhaltung aufzugeben und zog sich, indem er entschlossen den Tischrand zwischen die Finger nahm, in den Stand.

»Gewonnen«, sagte Jacquemort. »Genauso wird's gemacht.«

»Oh! bäöh!« antwortete Citroën, der losließ, mit einem Schlag wieder auf den Hintern fiel und sehr erstaunt dreinschaute.

»Siehst du«, sagte Jacquemort, »du hättest nicht loslassen dürfen. Es ist ganz einfach. In sieben Jahren wirst du die erste Heilige Kommunion erhalten, in zwanzig Jahren wirst du mit deinem Studium fertig sein und fünf Jahre später wirst du heiraten.«

Citroën hob mit wenig überzeugter Miene den Kopf und richtete sich in Sekundenschnelle wieder auf.

»Gut«, schloß Jacquemort. »Ja, da wird man wohl dem Schuster oder dem Hufschmied Bescheid sagen müssen. Hierorts werden die Kinder sehr hart erzogen, weißt du. Nun ja, die Pferde werden schließlich auch beschlagen und es geht ihnen deshalb nicht schlechter. Es wird so sein, wie deine Mutter es will.«

Er streckte sich. Was für ein Leben. Und kein Mensch da zum Psychoanalysieren. Das Dienstmädchen zeigte sich nach wie vor unzugänglich. Nicht der geringste Fortschritt.

»Diesmal werde ich euch mitnehmen, meine Süßen«, sagte er. »Es ist ja schon Wochen her, daß ich keinen Fuß mehr ins Dorf gesetzt habe«.

Citroën ging nun schon rund um das Tischchen, aber im aufrechten Gang.

»Sag mal«, bemerkte Jacquemort, »du lernst aber schnell. Möglicherweise bist du meinem Programm schon voraus. Auch gut, dann hab ich bald jemand, mit dem ich spazieren gehen kann.«

Joël und Noël zeigten Zeichen von Unruhe, und Jacquemort sah auf die Uhr.

»Ja, ja, es ist Zeit. Sogar schon etwas drüber. Aber was willst du, eine Verspätung, das passiert schließlich jedem einmal.«

Joël fing zu weinen an. Noël gab das Echo dazu ab. Ihr Bruder betrachtete sie unbewegt aus kalten Augen.

Es war fast halb vier, als Clémentine schließlich kam. Sie fand Jacquemort auf derselben Stelle sitzend vor. Er war völlig gelassen und schien die Gebrüllsalven, welche die Zwillinge von sich gaben, nicht zu hören. Citroën auf seinen Knien war nicht minder gelassen und zog im Spiel an Jacquemorts Bart.

»Endlich!« sagte Jacquemort.

Clémentines linkes Hosenbein war völlig zerrissen. Auf dem Backenknochen hatte sie einen großen blutunterlaufenen Fleck.

»Sie haben's ja ganz lustig gehabt, wie ich sehe«, sagte er.

»Es geht«, antwortete sie kühl. »Und Sie?«

Ihr gefaßter Ton stand in krassem Gegensatz zur körperlichen Erregtheit, die ihr noch sichtlich in den Gliedern stak.

»Was für ein Krach!« stellte sie objektiv eine Minute später fest.

»Nun ja«, sagte Jacquemort, »sie haben eben Durst. Sie brauchen Sie, verstehen Sie, genauso wie Sie Ihre Felsen brauchen.«

»Ich habe nicht schneller kommen können«, sagte sie. »Den Vernünftigsten nehme ich zuerst dran.«

Sie nahm Citroën von Jacquemorts Knien weg und setzte sich im zweiten Lehnsessel zurecht. Jacquemort wandte sich diskret ab; er genierte sich, beim Stillen zuzusehen, wegen der bläulichen Venen, die auf der sehr weißen Haut ein richtiges Netz bildeten. Außerdem schien ihm, daß das Stillen den Busen seinem wahren Zweck entfremde.

»Sie wissen, daß er schon gehen kann...«, fuhr der Psychiater fort.

Sie fuhr hoch und zog mit dieser Bewegung die Brustwarze dem Säugling aus dem Mund... Schweigend wartete das Kind.

»Er kann gehen?«

Sie setzte ihn auf den Boden.

»Geh!...«

Citroën klammerte sich an der Hose fest und richtete sich auf. Sie nahm ihn leicht aus der Fassung geraten wieder hoch.

Joël und Noël näherten sich, noch immer heulend, auf allen Vieren.

»Und die da?« fragte sie.

»Die nicht«, sagte der Psychiater.

»Gut«, befand sie.

»Es sieht fast so aus, als ginge es Ihnen auf die Nerven, daß er gehen kann?« mutmaßte Jacquemort.

»Ach!« murmelte Clémentine, »weit werden sie ja noch nicht kommen, die armen kleinen Würstchen.«

Citroën war fertig. Sie erwischte Joël und Noël an ihren Jäckchen und zog sie heran.

Jacquemort stand auf.

»Also, wie steht's«, fragte er, »mögen Sie sie immer noch?«

»Die sehen ja wirklich brav aus«, antwortete Clémentine. »Und dann brauchen sie mich ja auch. Gehen Sie aus?«

»Ich brauche etwas Entspannung«, bemerkte Jacquemort.

»Sie kommen doch sicher beim Hufschmied vorbei«, sagte Clémentine. »Es ist wegen Citroën.«

»Warum ist Ihnen so sehr daran gelegen, daß sie so erzogen werden wie die Bauernkinder?«

»Warum nicht?« sagte Clémentine trocken. »Stört es Sie?«

»Es stört mich«, antwortete Jacquemort.

»Snob!« sagte Clémentine. »Meine Kinder werden einfach erzogen werden.«

Er verließ den Raum. Citroën sah ihm nach, und sein Gesicht war mürrisch wie das einer steinernen Heiligenstatue nach einem Bombenangriff.

III

Das Dienstmädchen erschien.

»Sie haben nach mir verlangt?« sagte sie.

»Nimm diese drei, leg sie trocken und bring sie zu Bett«, sagte Clémentine.

Sie sah jene aufmerksam an und bemerkte:

»Du schaust aber mitgenommen drein!«

»So...«, sagte die andere, »finden Sie, Madame?«

»Schläfst du immer noch mit Jacquemort?« fragte Clémentine.

»Ja«, sagte das Dienstmädchen.

»Was treibt er denn so mit dir?«

»Och«, sagte das Dienstmädchen, »er besteigt mich.«

»Und fragt er dich aus?«

»Ich komme kaum dazu, was zu spüren«, sagte das Mädchen, »da ist er schon wieder mit Fragen bei der Hand.«

»Gib ihm nie eine Antwort«, sagte Clémentine, »und schlaf nicht mehr mit ihm.«

»Das wird mir schwer fallen«, sagte das Dienstmädchen.

»Du widerst mich an. Wenn er dir ein Kind macht, stehst du schön da.«

»Noch ist es nicht passiert.«

»Das kommt noch«, murmelte Clémentine schaudernd. »Kurz und gut, du würdest besser daran tun, nicht mehr mit ihm zu schlafen. Außerdem ist das sowieso alles ekelhaft.«

»Nun, ich sehe«, sprach das Mädchen, »dabei nichts dergleichen.«

»Ach scher dich zum Teufel«, sagte Clémentine.

Culblanc nahm die drei Kinder und ging hinaus.

Clémentine zog sich in ihr Zimmer zurück. Sie kleidete sich aus, rieb sich mit Eau de Cologne ab, reinigte sich die Quetschung im Gesicht und streckte sich rücklings auf dem Boden aus, um ihre Gymnastik zu machen.

Sie turnte und verfügte sich direkt vom Boden ins Bett. Diesmal würde sie pünktlich zum Stillen da sein. Es ist nicht gut für Babies, wenn sie so lang warten müssen. Babies haben ihre Nahrung zu kriegen, wann immer es sein mag, alles andere ist Nebensache.

Angel, mit allen Anzeichen vollkommenster Trostlosigkeit auf seinem Lager hingestreckt, hob den Blick, als er es dreimal an der Türe klopfen hörte.

»Ja!?« sagte er.

Jacquemort trat ein und ließ die Bemerkung fallen:

»Natürlich, untätig wie immer...«

»Wie immer«, antwortete Angel.

»Geht's einigermaßen?« fragte der Psychiater.

»Es geht«, sagte Angel, »ich habe Fieber.«

»Mal sehen.«

Er ging zu ihm und fühlte seinen Puls.

»Tatsächlich«, stimmte er bei.

Er setzte sich aufs Bett.

»Rücken Sie mit Ihren Füßen etwas hinüber.«

Angel rückte auf die andere Seite; Jacquemort setzte sich und begann seinen Bart zu kraulen.

»Was haben Sie denn so gemacht die ganze Zeit?« fragte er.

»Das wissen Sie ganz genau«, sagte Angel.

»Ein Mädchen gesucht?«

»Ein Mädchen gefunden.«

»Und mit ihr geschlafen?«

»Ging nicht...«, sagte Angel. »Sowie wir beide im Bett gelandet sind, krieg ich wieder dieses Fieber...«

»Und Clémentine will nichts mehr?« sagte Jacquemort.

»Nichts mehr«, sagte Angel. »Und die anderen hängen mir das Fieber an.«

»Sie haben ein schlechtes Gewissen«, bemerkte Jacquemort.

Angel belächelte diese Bosheit.

»Das hat Ihnen wohl gar nicht gefallen, letzthin, als ich Ihnen das gesagt habe?« sagte er.

»Nun ja«, sagte Jacquemort, »sowas hört man nicht gern..., besonders dann nicht, wenn man überhaupt kein Gewissen hat.«

Angel antwortete nicht. Es ging ihm sichtlich nicht allzu gut. Er hatte sich seinen Hemdkragen aufgeknöpft und sog gierig die Mailuft ein.

»Ich war eben bei Ihrer Frau«, sagte Jacquemort, der ihn ein wenig von sich selbst ablenken wollte. »Die Kleinen wachsen ja ungeheuerlich. Citroën kann schon aufrecht gehen.«

»Das arme Wurm«, sagte Angel. »In seinem Alter... da wird er krumme Beine kriegen.«

»Aber nein«, sagte Jacquemort, »wenn er aufrecht gehen kann, so heißt das, daß ihn seine Beine sehr wohl tragen können.«

»Lassen wir der Natur nur ihren Lauf...«, murmelte Angel.

»Ihre Frau will mich zum Hufschmied schicken«, sagte Jacquemort. »Macht es Ihnen denn gar nichts aus, daß sie die Kleinen so brutal erzieht?«

»Ich darf nichts sagen«, sagte Angel. »Sie hat gelitten und nicht ich. Das gibt ihr gewisse Vorrechte.«

»Ich wehre mich nur dagegen«, sagte Jacquemort, »daß etwas so Nutzloses wie das Leid irgendwem irgendwelche Rechte über wen auch immer geben soll.«

»Behandelt sie sie wirklich schlecht?« fragte Angel, ohne auf das soeben Geäußerte einzugehen.

»Nein«, sagte Jacquemort, »mit sich selber geht sie wesentlich härter um. Aber das ist trotzdem kein Entschuldigungsgrund. All das ist einfach verlogen und doppelzüngig.«

»Ich glaube, sie liebt sie aber doch«, sagte Angel.

»Äh... ja...«, antwortete Jacquemort.

Angel schwieg. Es ging ihm nicht gut, man sah es.

»Sie müßten sich eine Ablenkung suchen«, sagte Jacquemort. »Bootfahren zum Beispiel.«

»Ich hab aber kein Boot...«, gab Angel zurück.

»Dann bauen Sie sich ein Boot.«

»Das ist eine Idee«, brummte der andere.

Jacquemort sagte nichts und stand auf.

»Ich geh jetzt zum Hufschmied«, sagte er. »Weil sie darauf besteht.«

»Gehen Sie doch morgen hin«, schlug Angel vor, »und schenken Sie dem armen kleinen Kerl noch einen Tag.«

Jacquemort schüttelte den Kopf.

»Ich weiß nicht«, sagte er, »wenn Sie dagegen sind, dann sagen Sie doch etwas!«

»Ich befinde mich im Zustand der Unterlegenheit«, sagte Angel, »und außerdem glaube ich, daß sie recht hat; sie ist schließlich die Mutter.«

Jacquemort zuckte die Achseln und ging dann hinaus. Die breite plattenbedeckte Treppe erbebte unter seinem eiligen Schritt. Er durchquerte die Halle und trat ins Freie. Der Frühling überlud die Erde mit tausend Wunderherrlichkeiten, die bald hier, bald da buntflammend aufbarsten wie üppigpreziöse Risse im Billardtischgrün des Rasens.

IV

8. Mai

Da der darauffolgende Tag ein Mittwoch war, vermied es Jacquemort, seinen Weg ins Dorf über die Hauptstraße und den Platz zu nehmen, auf dem der Alteleutemarkt abgehalten wurde. Vor der Menschenansammlung bog er schräg in einen Pfad ein, der an der Rückseite der Häuser entlangführte, wo wilde, grüne, brennende und flachsfasrige Pflanzen wuchsen, von den Bauern ›böse Nesseln‹ genannt.

Katzen lagen ausgestreckt auf Mauerrändern und Fensterbänken und ließen sich faul die Sonne auf den Pelz scheinen. Alles lag still und ausgestorben da. Trotz der Langeweile, die ihn ständig quälte, entspannte sich der Psychiater etwas und fühlte, daß er – zumindest was die zellulären Vorgänge betraf – noch einwandfrei funktionierte.

Er wußte, daß rechts jenseits der Häuserreihe der rote Bach randvoll dahinglitt, und er wußte auch, daß noch etwas weiter weg der Bach eine Biegung nach links nehmen würde. So war er auch nicht besonders verwundert, daß der schmale Weg es ihm unter demselben Winkel nachtat, und schlagartig sah er sich in seiner Schlußfolgerung bestärkt, daß der dazwischenliegende Häuserblock eine ziemlich gleichbleibende Tiefe aufweisen müsse.

Eine Gruppe von Leuten schien in einer Entfernung von ein paar Dutzend Metern in einem verwickelten Vorhaben begriffen zu sein. Als er sich schnell dem Ort der Handlung näherte, traf sein empfindliches Trommelfell ein Schrei. Ein Schmerzensschrei, der dem Erstaunen entstammte, dessen Endergebnis nahe an die Wut heranreicht, jedoch mit einem gewissen passiven Unterton, der ihm keineswegs entging.

Er beschleunigte seinen Schritt und damit den Puls. Vor einem hohen Tor aus verwittertem Eichenholz kreuzigten einige Bauern ein Pferd. Jacquemort ging näher heran. Sechs Männer hielten das Tier gegen die Holzplanken. Ein siebter und ein achter waren damit beschäftigt, den linken Vorderfuß anzunageln. Der Nagel hatte sich bereits durch die Fessel gebohrt, ein enormer Zimmermannsstift mit glänzendem Kopf, und ein dünner Faden Blutes rann über das braune Fell des Tieres. Dies war die Erklärung für den Schmerzensschrei, den Jacquemort vernommen hatte.

Die Bauern fuhren in ihrem Tun fort, ohne sich um den Psychiater zu kümmern, gleich als ob dieser sich weit weg, zum Beispiel auf den Antillen, befunden hätte. Einzig das Pferd sah ihn aus seinen großen braunen, tränenüberströmten Augen an und entblößte seine langen Zähne, um ein erbärmliches Entschuldigungslächeln anzudeuten.

»Was hat es denn getan?« fragte der Psychiater leise.

Einer der fünf oder sechs Männer, die zuschauten, antwortete ihm ungerührt:

»Es ist ein Zuchthengst. Er hat Unzucht getrieben.«

»Aber das ist doch nicht schlimm«, sagte Jacquemort.

Ohne eine Antwort zu geben, spuckte sein Gesprächspartner auf die Erde. Nun war man gerade dabei, das rechte Bein des Hengstes anzunageln, und Jacquemort erschauderte, als er sah, wie die Nagelspitze, durch einen Schlag mit dem Hammer eingetrieben, das von der Angst matt gewordene Fell durchbohrte. Wie zuvor entfuhr dem Pferd ein kurzer, fürchterlicher Schrei. Seine Schultern krachten unter der unnatürlichen Spannung, der die Henker sie in ihrem Bemühen ausgesetzt hatten, den Körperteil an der schweren Türe zu befestigen. Das Tier hatte die Ellbogengelenke etwas einwärts gebogen. Die Hufe bildeten einen spitzen Winkel und rahmten den ausdrucksvollen Kopf ein. Schon kamen, angelockt durch das Blut, die ersten Fliegen und blieben im blutnassen Umfeld der Nägel mit den Beinen kleben.

Die Männer, welche den Hinterleib des Tieres festgehalten hatten, ließen jetzt los und befestigten die Innenseite der Hufe auf dem viereckigen Querbalken, der das Tor unten verriegelt hielt. Jacquemort, ganz schreckerstarrt, ließ sich keine Einzelheit der grausigen Verrichtung entgehen. Er fühlte, wie sich in seiner Kehle eine Rasierklinge bildete, und schluckte sie mit Müh und Not hinunter. Der Unterleib des Hengstes zitterte, sein mächtiges Geschlechtsorgan schien zu schrumpfen und sich in sein Hautfutteral zurückziehen zu wollen.

Von der anderen Seite des Weges drang Stimmengemurmel herüber. Zwei Männer, deren Ankunft Jacquemort nicht bemerkt hatte, kamen heran, ein erwachsener und ein junger. Der ältere behielt beim Gehen die Hände in den Hosentaschen. Er war von riesiger Gestalt und zottig behaart, seine Arme schauten aus einem Jerseyhemd hervor, und eine brandfleckige Lederschürze schlug ihm um die Beine. Der junge, ein armselig und kränklich aussehender Lehrling, schleppte einen schweren eisernen Kessel voll glühender Kohlen, aus denen der Griff eines Schürhakens herausragte, den man hineingelegt hatte, um ihn glühend zu machen.

»Ach, da kommt er ja, der Schmied...«, sagte jemand.

»Ich muß schon sagen«, konnte Jacquemort sich nicht zurückhalten halblaut zu bemerken, »ihr geht wirklich streng mit dem Tier um.«

»Das ist kein Tier«, sagte der Bauer, »das ist ein Hengst.«

»Er hat nichts Schlimmes getan.«

»Er war frei«, sagte der Mann. »Er hätte nur nicht zu sündigen brauchen.«

»Aber das ist doch seine Pflicht«, sagte Jacquemort.

Der Lehrling stellte den Kessel auf dem Boden ab und fachte mit einem Blasebalg das Feuer an. Sein Meister stocherte einen Augenblick lang mit dem Schürhaken in den Kohlen herum; befand dessen Zustand für zweckdienlich, worauf er ihn herausnahm und sich dem Hengst zuwandte.

Jacquemort wandte sich ab und ergriff die Flucht. Die beiden Fäuste an den Ohren, rannte er linkisch, wegen der an den Hals gepreßten Unterarme, davon, selbst lauthals schreiend, um nicht das verzweifelte Wehgeheul des Pferdes hören zu müssen. Er blieb erst stehen, als er den kleinen Platz erreicht hatte, der sich ganz in der Nähe der Kirche befand. Seine Arme fielen wieder an seinem Körper herab. Der rote Bach, den er soeben auf einer leichten Holzbrücke überquert hatte, glitt faltenlos, ja beinah unbewegt und rein dahin. In einiger Entfernung schwamm keuchend La Gloïre, um in sein Boot einen Fetzen bleichen Fleisches zu bergen, das sich zwischen seinen Zähnen schon zu zerfasern begann.

V

Zögernd schaute Jacquemort um sich. Niemand hatte seine überstürzte Flucht bemerkt. Die Kirche lag da wie ein Ei, mit ihrem blauen Fenster, das wie das Loch zum Ausschlürfen aussah. Drinnen war Singstimmengewirr zu hören. Jacquemort ging um das Gebäude herum und stieg ohne Eile die Stufen hoch. Er trat ein.

Der Pfarrer stand vor dem Altar und schlug den Takt. Etwa zwanzig Kinder grölten im Chor einen Erstkommunionsgesang, dessen spitzfindig-hinterfotziger Text des Psychiaters Hellhörigkeit aufs lebhafteste entfachte, so daß er – um nur alles recht mitzukriegen – näher an den Altar herantrat.

Der Weißdorn ist ein Blütenbaum,
Das Öl ist einfach ölig,
Gut sch..... ist ein Wonnetraum,
Jesus allein macht selig.
Das Gras ist für das liebe Vieh,
Das Fleisch ist für den Herrn Papa,
Das Haar bedeckt die Kopfpartie,
Doch Jesus steht weit besser da:
Denn Jesus ist der Fluxus,
Geradezu der Pluxus,
Auf jeden Fall ein Luxus.

Doch da erkannte der Psychiater auch schon, daß der Urheber des Gesangs der Pfarrer selbst sein mußte, und achtete nicht mehr auf das Gedicht, erwägend, daß es ihm ein leichtes sei, davon eine Abschrift zu erbitten. Die Musik hatte etwas Ruhe in sein aufgestörtes Gemüt zurückgebracht. Da er den Pfarrer nicht in seinen Repetitorien stören wollte, setzte er sich geräuschlos hin. Es war kühl in der Kirche; die Kinderstimmen widerhallten in dem weitläufigen Gebäude und verfingen sich echohaft im verwinkelten Zierat der Seitenwände. Indem er seine Augen hin- und herschweifen ließ, bemerkte Jacquemort, daß man die Klapptürenkanzel wieder aufgestellt hatte, und daß zwei starke Scharniere ihr jetzt zu kippen erlaubten, ohne dabei etwas zu beschädigen. Er wurde sich bewußt, daß er seit der Taufe der drei kleinen Racker nicht mehr an diesen Ort zurückgekehrt war, und dachte, wie die Zeit vergeht, und die Zeit verging in der Tat, denn schon lagen Schatten mildernd auf der kühlen Härte des blauen Altarfensters, und die Stimmen der Kinder wurden zunehmend leiser; ähnlich verhält es sich mit der Musik und der Dunkelheit, als deren Begleitempfindung sich immer etwas Schauernd-Feierliches einstellt, das einem die Seele heilend umhüllt.

Er ging angenehm beruhigt hinaus und dachte daran, daß er beim Hufschmied vorbeischauen mußte, um sich bei der Rückkehr einen Anpfiff von Clémentine zu ersparen.

Der Abend dämmerte. Jacquemort machte sich zum Dorfplatz auf, wobei er mit der Nase dem Geruch von verbranntem Huf folgte, der undeutlich in der Luft schwelte. Er schloß die Augen, um nicht irregeführt zu werden, und seine Nüstern lenkten ihn bis zur düsteren Werkstatt, wo der Schmiedelehrling mit kräftigen Blasebalgtritten das Feuer in der Esse in Gang hielt. Vor dem Tor wartete ein Pferd auf sein letztes Hufeisen. Man hatte es gerade einer Vollschur unterzogen, abgesehen vom unteren Teil der vier Gliedmaßen, und Jacquemort bewunderte seine schöne wohlgerundete Kruppe, seinen anmutig geschwungenen Rücken, seine mächtige Brust und seine hartbürstige Mähne, die aussah wie eine Buchsbaumhecke.

Der Hufschmied kam aus seiner rußgeschwärzten Höhle. Es war derselbe, den Jacquemort eine Stunde zuvor den Weg hatte heraufkommen sehen, um den Hengst zu foltern.

»Guten Tag«, sagte Jacquemort.

»Guten Tag«, antwortete der Schmied.

In der rechten Hand hielt er mit einer langen Zange ein Stück rotglühendes Eisen. Am unteren Ende seines Arms baumelte ein schwerer Hammer.

»Heb das Bein«, sagte er zum Pferd.

Letzteres gehorchte und wurde im Handumdrehen

beschlagen. Eine lebhafte blaue Rauchschwade von verkohltem Horn stieg auf und verfinsterte die Luft. Jacquemort mußte husten. Das Pferd setzte seinen Fuß auf den Boden und probierte sein Hufeisen aus.

»Paßt es?« fragte der Schmied. »Ist es nicht zu klein?«

Das Pferd gab ein verneinendes Zeichen, legte seinen Kopf auf die Schulter des Schmiedes, der ihm die Nüstern streichelte. Sodann entfernte sich das Tier ruhigen Schrittes. Auf der Erde lag eine Menge kleiner Haarhäufchen, wie in einem Friseurladen.

»He du!« rief der Schmied seinen Lehrling. »Komm her und kehr das zusammen!...«

»Jawohl«, sagte die Stimme des Lehrlings.

Der Hufschmied wollte gerade wieder hineingehen, da legte ihm Jacquemort die Hand auf den Arm.

»Sagen Sie...«

»Was?« fragte der Hufschmied.

»Könnten Sie im Haus am Steilhang vorbeischauen? Eines der Kinder kann schon laufen.«

»Eilt es sehr?« fragte der Mann.

»Ja«, sagte Jacquemort.

»Kann es nicht herkommen?«

»Nein.«

»Mal sehen«, sagte der Schmied.

Er ging zurück in seine Schmiede und stieß dabei fast mit dem Lehrling zusammen, der sich mit einem alten Besen bewaffnet daranmachte, die verstreuten Haare zu einem unappetitlich aussehenden Haufen zusammenzukehren. Jacquemort rückte nur bis auf die Schwelle vor. Es war sehr dunkel, und man war geblendet durch das Feuer, dessen orangeroter Fleck die umherliegenden Gegenstände flackernde Schlagschatten werfen ließ. Neben dem Feuerfleck gewahrte Jacquemort den Amboß und daneben, auf einer eisernen Werkbank, sah er eine verschwommen menschenähnliche Gestalt liegen, der das durch die Tür hereinfallende Licht einen grauen, metallischen Schimmer verlieh.

Doch schon kam der Schmied, nachdem er sein Notizbuch zu Rate gezogen hatte, wieder zurück und auf ihn zu. Er runzelte die Stirn, als er sah, daß sich Jacquemort weiter genähert hatte.

»Bleiben Sie draußen«, sagte er, »das hier ist keine Mühle.«

»Ich bitte vielmals um Entschuldigung«, murmelte Jacquemort peinlich berührt.

»Morgen komme ich vorbei«, sagte der Schmied. »Morgen vormittag um zehn. Und daß mir auch alles bereit ist. Ich habe meine Zeit nicht gestohlen.«

»Selbstverständlich«, sagte Jacquemort. »Und vielen Dank.«

Der Mann ging in seine Schmiede zurück. Der Lehrling war mit dem Zusammenkehren der Haarbüschel fertig und warf sie nun ins Feuer. Jacquemort, bei dem Gestank beinah in Ohnmacht sinkend, entfernte sich eilig.

Auf dem Heimweg bemerkte er einen Laden mit Kurzwaren und Damenmoden. Hinter dem Schaufenster saß eine alte Dame, die deutlich in dem erhellten Raum zu sehen war. Sie war gerade dabei, letzte Hand an ein grünweißes, mit englischer Stickerei verziertes Kleid zu legen. Jacquemort blieb stehen, dachte nach und ging weiter. Kurz bevor er zuhause angelangt war, erinnerte er sich, daß Clémentine einige Tage zuvor haargenau das gleiche getragen hatte; ein weißgrün gestreiftes Kleid, mit einem Kragen und Manschetten aus englischer Stickerei. Je nun, Clémentine ließ ihre Kleider doch nicht im Dorf arbeiten! Oder vielleicht doch?

VI

9. März

Jacquemort stand auf. Die ganze Nacht hatte er sich damit um die Ohren geschlagen, das Dienstmädchen zum Reden zu bringen, aber ohne Erfolg. Und wie gewöhnlich hatte alles damit geendet, daß man sich gepaart hatte, immer noch in der seltsam vierbeinerhaften Stellung, die einzige, die sie leiden mochte. Jacquemort war diese erschöpfende Stummheit leid geworden, und nur der Hand- und Sexualgeruch dieses Mädchens vermochte ihn damit zu versöhnen, daß sie sich auf präzise Fragen nur ausweichende und vage Antworten entlocken ließ. In ihrer Abwesenheit empörte er sich über sie, legte sich wohl auch eine jungenhaft-lächerliche Schelte für sie zurecht, war aber, kaum wieder mit ihr zusammen, entwaffnet von diesem Schweigen, von dieser Trägheit, beide viel zu naturgegeben, als daß er hätte dagegen aufkommen können, und viel zu einfach, als daß etwas anderes als vollständige Mutlosigkeit in ihm entstanden wäre. Er beroch seine Handfläche, er sah sich im Geiste von ihr Besitz ergreifen und denselben behaupten – schon bei der bloßen Erinnerung daran geriet sein Fleisch in Erregung, trotz seiner Abgespanntheit.

Mit Beendigung seiner Toilette, wobei er vermieden hatte, sich die Hände zu waschen, beschloß er, Angel aufzusuchen. Er hatte das Bedürfnis nach einem Gesprächspartner.

Da Angel nicht in seinem Zimmer war, – eine durch die Abwesenheit jeglicher Reaktion auf drei Serien von je drei aufeinanderfolgenden Pochschlägen gegen die Tür sattsam bewiesene Tatsache, – überprüfte er mit der nämlichen Methode verschiedene andere Räume und schloß auf erfolgte Ortsveränderung des fraglichen Individuums.

Vom Garten her klang Sägegeräusch. Dort war er.

Beim Einbiegen in die Allee roch Jacquemort verstohlen an seinen Fingern. Der Geruch hielt sich hartnäckig.

Der Kreischgesang der Säge wurde deutlicher. Bei der Garage sah er Angel in blauen Leinenhosen, ohne Jacke, gerade an einem schweren, auf zwei Böcken ruhenden Balken sägen.

Jacquemort ging zu ihm hin. Das unregelmäßige, zerklüftete Kopfstück des Balkens fiel mit einem dumpfen Aufschlag zu Boden. Schon wuchs ein Haufen des gelben, ganz frischen und harzigen Sägemehls unter den Böcken in die Höhe.

Angel richtete sich auf und legte die Säge beiseite. Er streckte dem Psychiater die Hand hin.

»Wie Sie sehen«, sagte er, »befolge ich Ihre Ratschläge.«

»Ein Boot?« fragte Jacquemort.

»Ein Boot.«

»Können Sie ein Boot bauen?«

»Ich werde ihm keine Höchstleistungen abverlangen«, sagte Angel. »Nur schwimmen muß es können.«

»Dann bauen Sie doch lieber ein Floß«, sagte Jacquemort. »Das ist viereckig und viel leichter zu bauen.«

»Das schon«, sagte Angel, »aber es ist nicht so schön.«

»Wie die Aquarellmalerei«, sagte Jacquemort.

»Wie die Aquarellmalerei.«

Angel legte die Säge weg und hob den Balken auf, den er gerade abgesägt hatte.

»Als was wird der Verwendung finden?« fragte Jacquemort.

»Ich weiß nicht«, sagte Angel. »Vorerst schneide ich die schlechten Teile weg. Ich möchte nur gutes Holz verarbeiten.«

»Sie machen sich doppelte Arbeit...«

»Das macht gar nichts. Ich habe sowieso nichts anderes zu tun.«

»Das ist eigenartig«, murmelte der Psychiater. Sie könnten also gar nicht arbeiten, wenn Sie nicht damit beginnen würden, Ihr Material erst einmal gleichmäßig zuzuschneiden?«

»Ich könnte, aber ich möchte das nicht.«

»Und ist das schon lange so mit Ihnen?«

Angel schaute ihn an, einen Schimmer von Bosheit im Blick.

»Sagen Sie mal, soll das vielleicht ein regelrechtes Verhör sein?«

»Bewahre!...« protestierte Jacquemort und fuhr mit seinen Fingern unter die Nase, unter dem Vorwand, ein Nasenloch durchzublasen, um es von Verstopfung zu befreien.

»Hat Sie der Berufseifer wieder gepackt?«

»Nein«, sagte Jacquemort. »Aber wenn ich mich nicht für andere interessiere, für wen soll ich mich dann überhaupt interessieren?«

»Doch für Sie selber«, sagte Angel.

»Sie wissen doch ganz genau, daß ich leer bin.«

»Und wenn Sie sich einmal fragten, warum? Das würde schon ausreichen, Sie ein bißchen zu füllen.«

»Blödsinn«, sagte Jacquemort.

»Immer noch niemand zum Psychoanalysieren gefunden?«

»Niemand...«

»Versuchen Sie es doch einmal mit Tieren. Sowas wird heutzutage gemacht.«

»Woher wissen Sie das?« fragte Jacquemort.

»Ich habe es gelesen.«

»Man darf nicht alles glauben, was man liest«, erwiderte der Psychiater gespreizt und neunmalklug. Die Innenseite seines rechten Daumens hatte fürwahr ein charakteristisches Parfum behalten.

»Versuchen Sie es trotzdem«, sagte Angel.

»Ich werde Ihnen mal was sagen...«, begann der Psychiater, und hielt plötzlich inne.

»Was wollten Sie mir sagen?«

»Nein«, schloß Jacquemort, »ich werde es Ihnen nicht sagen. Ich werde schon selber draufkommen, ob es stimmt.«

»War es eine Annahme?«

»Eine Hypothese.«

»Nun gut«, sagte Angel. »Das geht wirklich nur Sie etwas an.«

Er ging wieder zur Garage zurück. Durch das offene Tor konnte man das Heck des Wagens sehen, und rechts davon, gegen die Wand gelehnt, ganze Stapel von zusammengebundenen Brettern, die sich elastisch durchbogen.

»An Holz werden Sie wahrlich keinen Mangel haben«, sagte Jacquemort anerkennend.

»Es wird immerhin ein großes Boot werden«, sagte Angel.

Er ging hinein und wählte ein Brett aus. Jacquemort sah zum Himmel. Nicht eine einzige Wolke.

»Ich laß Sie jetzt allein«, sagte er. »Ich geh ins Dorf.«

»Viel Glück!«

Der Sägelärm setzte wenig später wieder ein und wurde leiser, je weiter sich Jacquemort von der Garage entfernte. Beim Gartengitter angekommen, hörte er ihn nicht mehr. Er schlug den staubigen

Weg ein. Als er dort hinten mit Angel sprach, war ihm plötzlich die große schwarze Katze wieder eingefallen, die am Dorfausgang auf einer Mauer saß. Eine der wenigen Personen, die ihm Wertschätzung entgegenbrachten.

Diese Mauer war zweifellos der Lieblingsaufenthaltsort der Katze. Er beschleunigte seinen Schritt, um sich davon zu überzeugen. Gleichzeitig führte er seinen Daumen unter seine Nase und atmete tief ein. Der Geruch ließ vage Formen Gestalt werden, den breiten Rücken des Dienstmädchens, und ihn selbst, klebend an ihrem rundlichen Hinterleib, der sich unter seinen kraftvoll-zügigen Stößen aufbäumte; das waren Formen, die einen schon zum Gehen anregen konnten.

VII

24. März

Der Wind trieb Stroh über den Weg, durch schmale Scheunentorritzen aus der Streu gezupfte Strohhalme, auf Tennenböden umherwirbelnde Strohknäuel, altes Stroh von in der Sonne vergessenen Schobern. Schon am Morgen hatte sich der Wind erhoben; über den Meeresspiegel hatte er geschabt, um ihm den weißen Zuckerschaum der Gischt zu nehmen, die Steilküste hatte er erstiegen und dabei das Heidekraut schrill aufsäuseln lassen; nun strich er um das Haus, wobei er sich kleinste Verwinkelungen als Pfeifchen nutzbar zu machen verstand, hob auch hier und da einen der leichteren Dachziegel ab; er scheuchte die Blätter des vergangenen Herbstes vor sich her, bräunliche filigrane Gebilde, die dem Säftesog des Kompostes entkommen waren, zog aus den Wagenspuren heraus grauwehende Staubfahnen hoch und rauhte mit seiner Raspel die Schlammkrusten vertrockneter Pfützen auf.

Am Dorfrand bildete sich ein Windwirbel; Reisig und wildgewordenes Gekräut begannen zu kreiseln und gaben dabei das stumpfe Ende eines taumeligen Kegels ab, der sich auf seiner Spitze launenhaft fortbewegte, wie die Mine des Schreibgerätes, wenn sie die Höhenschichtlinien einer Reliefkarte abwandert. Nahe bei der hohen grauen Mauer zeigte sich etwas Schwarzes, Schwammiges, Hohlplastisches; die Kegelspitze eilte in unberechenbarem Zickzacksprung darauf zu: es war die leere federleichte Hülle einer schwarzen Katze, einer Katze ohne Substanz, ungreifbar und ausgedörrt. Vom Wirbelwind gejagt, rollte sie über die Straße, kraftlos und knitterig wie ein Zeitungsblatt über den Strand weht, mit großem krakeligen Gebärdenspiel. Der Wind machte seine Brummsaiten an den Spitzen der hohen Gräser fest. Das Katzenphantom hob mit groteskem Satz vom Boden ab und sackte wieder unbeholfen zurück. Eine Windsbraut drückte es flach gegen eine Hecke, forderte den knochenlosen Hampelmann jedoch gleich wieder zum nächsten Walzer. Plötzlich sprang die Katze die Böschung hinunter, da der Weg eine Biegung nahm, und machte sich querüberfeld davon; sie huschte über die grünen Spitzen des keimenden Wintergetreides, bei jeder Berührung elektrische Funken erzeugend, von Stelle zu Stelle purzelnd, wie ein trunkener Rabe und auf die allervollkommenste Weise leer, wie ein ausgetrocknetes Gewächs nur sein kann, dürr wie das alte Stroh von in der Sonne vergessenen Schobern.

VIII

30. März

Mit einem Satz befand sich Jacquemort auf der Straße und atmete die frische Luft ein. Er empfing vielfältige und neue Gerüche, die in ihm eine Flut unzureichend abgeschüttelter Erinnerungen auf den Plan riefen. Es war eine Woche her, daß er die geistige Substanz der schwarzen Katze in ihrer Gesamtheit in sich aufgesogen hatte; seither fiel er von einer Überraschung in die andere und lernte nur mit großer Mühe, sich in dieser komplexen und von heftigen Gefühlen durchpeitschten Welt zurechtzufinden. Es wäre falsch zu sagen, daß er dadurch wesentlich neue Verhaltensformen erworben hätte; seine körperlichen Gewohnheiten und seine maßgeblichen Reflexe erwiesen sich als schon zu tief eingewurzelt und angelernt, als daß sie sich grundlegend beim Kontakt mit denen der schwarzen Katze verändern hätten können, deren proportional schwache Intensität die geringe Wirkung erklärte; er lachte nun über seine Versuche, glauben zu lassen – und auch sich selbst weiszumachen –, daß er die Notwendigkeit verspürte, sich mit dem Fuß am Ohr zu kratzen, oder in Hockstellung zu schlafen, die Fäuste unterm Kinn. Jedoch waren ihm eine Menge von Wünschen und Empfindungen, sogar Gedanken, verblieben, deren geringen Tiefgang und große Anziehungskraft er bei sich verzeichnete. Da war zum Beispiel der Baldrian: er roch, daß ein paar Meter entfernt eine Baldrianstaude wuchs. Er kehrte ihr jedoch entschlossen den Rücken und ging in die dem Dorfe entgegengesetzte Richtung, auf die Steilküste zu. Eine Idee, die er für außerordentlich gut hielt, leitete ihn dabei.

Er gelangte zum steil abfallenden Rand der Küste und entdeckte mühelos einen kaum erkennbaren Pfad, der wahrscheinlich vom Steinschlag gebahnt worden war. Ohne zu zögern betrat er ihn, wobei er den Rücken dem Abgrund zukehrte und seine Hände beim Abstieg zu Hilfe nahm. Als sich Felsbrocken unter seinen Tritten lösten, verspürte er leichte Erregung, doch unzweifelhaft war sein Abstieg von einer behenden Sicherheit gekennzeichnet, die er noch nie an sich wahrgenommen hatte. In wenigen Augenblicken war er am Fuß der Steilküste angelangt. Die Ebbe hatte einen schmalen Streifen Schwemmkies zutage treten lassen, der von zerklüfteten Felsriffen eingerahmt und von tiefen Wasserlachen durchsetzt war. Jacquemort ging eiligen Schrittes auf eine zu. Er näherte sich dem Rand, suchte sich ein bequemes Plätzchen und kauerte sich zusammen; den Ärmel hatte er hochgekrempelt. Seine gespannten Finger streiften den Wasserspiegel.

Etwa zehn Sekunden verstrichen. Da streckte ein kleiner gelber Fisch sein Köpfchen hinter einer grünen Wasserpflanze hervor. Auf dem pflanzlichen Grund der Lache war er kaum zu unterscheiden, doch Jacquemort sah seine zarten Kiemen pulsen, und dabei schlug ihm das Herz höher.

Plötzlich schnellte sein Arm vor, er faßte das Tierchen und führte es an seine Nase. Es roch wirklich gut.

Er leckte sich die Lippen, öffnete den Mund und verschlang mit einem Biß den Kopf des zappelnden Fischs.

Es schmeckte vorzüglich. Und die Lache war voll davon.

IX

16. April

Angel legte Niethammer und Handamboß auf die Werkbank und wischte sich die Stirn am Ärmelaufschlag ab. Er war gerade mit der Beplankung der Steuerbordseite zu Ende gekommen. Die roten Köpfe der Kupfernägel bildeten eine schöngepunktete Linie auf dem hellen geschwungenen Holz. Das Boot nahm Form an. Es ruhte auf einem zum Meer hin ausgerichteten Bock aus Eichenholz, von wo auch zwei eichene Führungsschienen ausgingen, die später den Steilhang hinunterführen sollten.

Die drei Kinder spielten dort in der Nähe mit dem Haufen Sägemehl und Spänen, der eine Ecke der Werkstatt ausfüllte. Ihre Entwicklung war merkwürdig sprunghaft vonstatten gegangen; mittlerweile hatten alle drei, die kleinen Hufeisen an den Füßen, das Gehen erlernt; nur Citroëns Füße bluteten abends noch ein bißchen, Noël und Joël aber, viel gröber und widerstandsfähiger, hielten das aus, und ihre Haut verhornte bereits.

Angel wunderte sich; es war schon Zeit, und das Dienstmädchen kam nicht. Die Kinder mußten doch unbedingt ihr Vesperbrot kriegen. Da fiel ihm plötzlich ein, daß das Dienstmädchen Ausgang hatte. Mit einem Seufzer sah er auf seine Armbanduhr.

Wirklich, Clémentine vergaß immer häufiger, ihnen zu essen zu geben, und wenn er ihr den geringsten Vorwurf machte, antwortete sie frech und mit einer Art hassenswerter und beinahe gerechtfertigter Sicherheit. Angel war unangenehm berührt, wenn er sehen mußte, daß ihn die Kinder dann immer fast ironisch ansahen und sich auf die Seite ihrer Mutter stellten.

Er beobachtete sie und begegnete dem finsteren Blick von Citroën, der ihn verwirrte. Mit etwas Wut im Bauch sagte er sich, daß sie das gekriegt hätten, was sie verdienten. Er selbst verlangte nicht mehr, als sie zu hätscheln und abzuküssen, sah sich aber nie dazu ermuntert.

»Sie mögen es wohl, wenn man sie an der Nase herumführt«, dachte er grollend.

Nichtsdestoweniger ging er auf sie zu.

»Kommt zum Vespern, meine Süßen«, sagte er.

Joël und Noël hoben ihre Nasen und brabbelten leise vor sich hin.

»Mag Antine«, sagte Joël.

»Antine«, wiederholte Noël.

»Clémentine ist nicht da«, sagte Angel. »Kommt mit, wir gehen sie suchen.«

Citroën ging ihm mit würdigen Schritten voraus. Angel streckte den Zwillingen die Hände hin. Ohne sie jedoch zu nehmen, rappelten sie sich in einer Wolke von Sägemehl und -spänen auf und liefen ihrem Bruder unbeholfen hinterdrein. Angel fühlte sich beklommen und nervös. Er folgte ihnen aber trotzdem von weitem, denn der abschüssige Garten stellte eine mögliche Gefahr dar, und trotz seiner Verstimmung wäre ihm die Vorstellung, es könnte ihnen etwas zustoßen, grauenhaft gewesen.

Er erreichte die Haustür eine Sekunde nach ihnen und erwischte sie drinnen noch. Noël rief mit spitzer, gellender Stimme nach seiner Mutter, und Joël machte es ihm wie ein Echo nach.

»Genug jetzt«, sagte Angel, einigermaßen energisch.

Sie blieben verwundert stehen.

»Kommt in die Küche«, fuhr Angel fort.

Er war ein wenig erstaunt, als er nichts angerichtet vorfand. Dieses Vesperbrot hätte sie nun wirklich herrichten können. Er setzte die Kleinen ungeschickt vor ihre Milchschalen und Schnittchen, und während sie sich lautstark vollschlabberten, ging er zur Tür hinüber. Dort wäre er um ein Haar mit Jacquemort zusammengestoßen.

»Sie haben nicht zufällig Clémentine gesehen?« fragte er.

Der Psychiater strich sich katzenhaft mit der Hand übers Ohr.

»Äh... was meinten Sie?« antwortete er, ohne sich zu kompromittieren.

»Lassen Sie dieses kätzische Getue«, sagte Angel.

»Ihnen ist nicht mehr danach zumute, als mir. Und sagen Sie schon, wo meine Frau ist.«

»Ich bedaure«, sagte Jacquemort, »aber ich bin aus Versehen in das Eßzimmer gegangen, dort ist sie.«

»Na und?« brummte Angel.

Er schob Jacquemort zur Seite und ging wütend an ihm vorbei. Der andere folgte ihm. Angel wollte sein Mißbehagen über die eigene Unzuständigkeit gegenüber seinen Sprößlingen in Wut ummünzen, das war deutlich zu sehen, doch Jacquemort vermied es, darauf hinzuweisen.

Angel legte sich einen verletzenden Satz zurecht. Er brauste höchst selten auf, und wenn, dann immer nur wegen der Kinder. Er hätte sich mehr um sie kümmern sollen. Er war gereizt. Sein Herz schlug ihm bis zum Hals. Sie wollte wohl die ganze Welt zum Narren halten.

Er stieß ungehalten die Tür auf und blieb wie angewurzelt stehen. Auf dem Eßtisch, die Hose bis zu den Knien hinuntergekrempelt, lag Clémentine, keuchte und warf sich wie besessen herum. Ihre Hände zu beiden Seiten krampften sich zusammen. Auf der lackierten Tischplatte spannten und entspannten sich ihre Hüften in einer Wellenbewegung, sie zuckten und schlingerten, ihre Schenkel öffneten sich, und ein leises Klagegestöhn kam von ihren Lippen. Einen Augenblick lang blieb Angel wie vor den Kopf geschlagen stehen, dann schritt er rückwärts aus dem Zimmer. Sein Gesicht lief nach und nach purpurrot an. Er schloß die Tür wieder und rannte Hals über Kopf in den Garten zurück. Jacquemort blieb auf der Freitreppe stehen und sah ihn gerade noch in die Allee einbiegen. Dann machte auch er kehrt und ging in die Küche zurück.

»Ich frage mich...«, murmelte er.

Mit ein paar gekonnten Griffen brachte er die von den Rackern angerichtete Verwüstung wieder in Ordnung. Nunmehr gesättigt, plapperten sie fröhlich drauflos. Er wischte ihnen die Gesichter ab und schob sie hinaus.

»Geht mit eurem Papi spielen...«, sagte er.

»Will... Antine...«, sagte Noël.

»Antine...«, sagte Joël.

Citroën sagte nichts und setzte sich in Richtung des Geräteschuppens in Bewegung, gefolgt von seinen Brüdern. Jacquemort wartete einen Augenblick und runzelte die Stirn. Er zögerte, ging dann aber ins Eßzimmer zurück. Diesmal bäuchlings auf dem Tisch, fuhr Clémentine mit ihrem obszönen Gebärdenspiel fort. Der Psychiater testete die Luft im Zimmer. Dann entfernte er sich nur ungern und ging in sein Zimmer zurück. Er streckte sich auf seinem Bett aus und versuchte sich ohne rechte Überzeugung im Schnurren. Zu seinem Leidwesen mußte er sich eingestehen, daß er nicht imstande war, es auf zufriedenstellende Weise fertigzubringen. Hatte die schwarze Katze, die er wenige Wochen zuvor psychoanalysiert hatte, wirklich schnurren können? Und dann dachte er wieder an den eigentlich interessanten Gegenstand: Clémentine. Vielleicht hätte er sie berühren sollen. Er roch an seinen Fingern. Der Duft des Dienstmädchens war zwar noch schwach vorhanden, stammte aber vom Vortag und war nur noch verschwommen wahrzunehmen. Er fühlte sich recht wohl auf seinem Bett, gewiß. Doch was war mit der Frau unten, die sich zweifellos noch immer in ihren Zuckungen wand? Er setzte sich in seinem Bett auf, stand auf, ging wieder nach unten und blieb vor der Eßzimmertür stehen. Er legte das Ohr dran. Nichts mehr. Er trat ein.

Clémentine, halbnackt, schlief jetzt; wenigstens hatte sie aufgehört sich zu bewegen und lag da, die Wange auf dem Tisch, das Hinterteil einladend vorgereckt. Jacquemort wurde ganz anders zumute. Er trat näher heran. Sie wurde unruhig, da sie ihn hörte, und stützte sich auf einem Ellbogen auf. Jacquemort war wie versteinert stehen geblieben.

»Verzeihen Sie bitte«, sagte er. »Mir war, als hätten Sie gerufen.«

Sie sah ganz betreten und mitgenommen aus.

»Was mache ich bloß auf diesem Tisch?« sagte sie.

»Äh... hmm...«, murmelte Jacquemort, »ich

weiß nicht recht. Es muß Ihnen wohl etwas zu heiß geworden sein.«

Da erst wurde sie sich ihres unordentlichen Aufzugs bewußt.

»Ich hatte einen Traum«, fing sie an.

Und dann, wie Angel kurz vorher auch, errötete sie bis unter die Haarwurzeln.

»Es war nämlich...«, setzte sie von neuem an.

Ohne den Versuch, ihre nackten Schenkel zu verhüllen, setzte sie sich auf.

»Wie ich gebaut bin«, murmelte sie, »wissen Sie ja nun wohl schon.«

Jacquemort war fassungslos und brachte kein Wort heraus.

»Ich muß ja ziemlich erregt gewesen sein«, sagte sie, indem sie sich wieder anzukleiden begann.

»Ich fürchte ja...«

»Also, ich weiß nicht«, sagte Clémentine, »ich wollte gerade den Kindern das Vesperbrot machen und... hier bin ich nun.«

Sie befühlte ihren Kopf.

»Irgendwie kommt es mir so vor, als sei ich auf diesen Tisch geworfen worden; ich habe eine Beule.«

»Vielleicht ein Sukkubus«..., sagte Jacquemort.

Sie hatte sich nun ihre Hose wieder zugeknöpft und glättete sich das Haar.

»Nun gut. Sowas kommt eben vor«, schloß sie. »Ich glaubte, daß mir dergleichen erspart bliebe.

Jetzt gehe ich den Kindern ihr Vesperbrot machen.«

»Das haben sie bereits gekriegt«, präzisierte Jacquemort.

Clémentines Gesicht verfinsterte sich.

»Wer hat es ihnen gegeben?«

»Ihr Mann«, sagte Jacquemort. »Und ich war es, der ihnen die Gesichter abgewischt hat.«

»Angel ist hier hereingekommen?«

»Ja«, sagte Jacquemort platt.

Sie stürzte an ihm vorbei und erreichte eiligen Schrittes den Garten. Als sie in die Allee einbog, lief sie schon fast. Jacquemort ging wieder nach oben. Er dachte. Also war er. Aber nur er allein.

X

Angel hatte seinen Niethammer wieder zur Hand genommen und machte sich nun an der anderen Bordseite zu schaffen. Er legte gerade den Handamboß an der Innenseite an, als Clémentine erschien, rot im Gesicht vom schnellen Laufen. Als sie sie erblickten, stießen die Zwillinge ein Freudengekreisch aus, Citroën lief zu ihr und nahm sie bei der Hand. Angel schaute auf, peilte die Lage und zuckte zusammen.

»Wer hat ihnen das Vesperbrot gegeben?« fragte sie.

»Ich«, antwortete Angel trocken.

Etwas in ihrem Tonfall überraschte ihn.

»Und mit welchem Recht?«

»Jetzt reicht's aber!« sagte Angel heftig.

»Ich frage dich, mit welchem Recht du den Kindern das Vesperbrot gemacht hast, wo wir doch übereingekommen sind, daß du dich nicht darum zu kümmern hast?«

Noch ehe sie Zeit gehabt hätte, den Mund wieder zuzumachen, klatschten die Ohrfeigen nur so auf sie nieder. Sie taumelte unter der Wucht der Schläge. Angel war weiß wie ein Leintuch und zitterte vor Wut.

»Genug!« donnerte er.

Dann schien er sich zu beruhigen, während sie sich zaghaft mit der Hand an die Backe faßte.

»Es tut mir leid«, sagte er schließlich. »Aber du gehst zu weit.«

Die Kinder fingen an zu schreien, Citroën bückte sich und hob einen Nagel auf. Er ging zu Angel und rammte ihm mit allen seinen kleinen Kräften den Nagel ins Bein. Angel verzog keine Miene. Clémentine fing zu lachen an; es war ein schluchzendes Lachen.

»Genug sag ich«, wiederholte Angel in gereizter Spannung.

Sie hörte auf.

»Eigentlich«, fuhr er fort, »tut es mir nicht leid. Leid tut mir nur, daß ich nicht fester zugeschlagen habe.«

Clémentine schüttelte den Kopf und ging. Die drei Kinder folgten ihr. Von Zeit zu Zeit wandte sich Citroën um und warf seinem Vater einen vernichtenden Blick zu. Angel blieb in Gedanken versunken zurück. Er ließ die Szene, die sich soeben abgespielt hatte, noch einmal vor seinem inneren Auge abrollen und geriet in betroffene Aufregung; dann sah er im Geist seine Frau auf dem Eßtisch liegen, und Schamröte stieg ihm auf Stirn und Wangen. Er wußte nunmehr, daß er nie wieder nach Hause gehen würde. Im Schuppen gab es genug Sägemehl und Späne, daß man bequem darauf schlafen konnte, und zudem waren die Nächte lau. Er fühlte ein leichtes Jucken am linken Bein. Er beugte sich hinunter und zog den Nagel heraus, eine feine goldgelbe Spitze; auf seiner grünlichen Drillichhose war ein brauner Fleck in der Größe einer Wanze zu sehen. Einfach lächerlich. Die armen Würstchen.

XI

20. Mai

Seit Angels Entschluß, im Schuppen zu wohnen, hielt sich Jacquemort immer seltener im Hause auf. Er fühlte sich in Gegenwart Clémentines nicht mehr wohl. Sie war zu sehr Mutter, auf einer allzu andersartigen Ebene. Nicht, daß er darin etwas Schlechtes gesehen hätte, denn er log nicht, wenn er behauptete, daß er leer war und mit dieser Tatsache ausdrücken wollte, daß er auch keinerlei Kenntnis ethischer Werte besaß. Es störte ihn in rein physischer Hinsicht.

Ausgestreckt in einem Winkel des Gartens, wo im Überfluß das Tatterkraut gedieh, welches dem maßvollen Benutzer Mut und Entscheidungskraft verleiht, kaute Jacquemort zerstreut an einem der kantigen Stengel. Er wartete auf Culblanc, die sich zu ihm gesellen und mit ihm das Ende dieses konturlosen Tages verbringen sollte. Dieser Gedanke an Konturen brachte ihn darauf, mit der Hand den Sitz seiner Hose zu überprüfen. Wie gewöhnlich würde das alles zweifellos wieder ein psychiatrisches Nachspiel haben.

Als er den Kies knirschen hörte, setzte er sich auf. Tollpatschig und drall, in plattfüßigem Gang und mit ausladendem Mieder erschien das Dienstmädchen und setzte sich neben ihm nieder.

»Fertig mit der Arbeit?« fragte er.

»Fertig«, seufzte sie. »Die Kleinen sind im Bett.«

Sie knöpfte bereits ihren Kittel auf, aber Jacquemort bremste sie.

»Wie wär's, wenn wir ein bißchen reden würden?« schlug er vor.

»Deswegen bin ich nicht gekommen«, bemerkte sie. »Das eine möchte ich schon gern, aber plaudern nicht.«

»Ich möchte dir nur eine einzige Frage stellen«, sagte er.

Sie streifte ihr Kleid ab und setzte sich ins Gras. In dem abgelegenen Winkel des Gartens saßen sie wie in einer kleinen Kapsel. Im übrigen gab es nicht das geringste Risiko, überrascht zu werden; weder Angel noch Clémentine würden je hierher kommen. Jacquemort legte seinerseits nun auch die Kleider ab, um sie nicht unruhig werden zu lassen. Sie vermied es, ihn anzuschauen. So ganz nackt im Gras wirkten sie beide etwas lächerlich. Sie wälzte sich erst auf den Bauch, dann stellte sie sich auf alle Viere.

»Ich erwarte Sie«, sagte sie.

»Halt die Klappe«, herrschte sie Jacquemort an. »Und außerdem hab ich diese idiotische Stellung langsam satt.«

»Kommen Sie schon«, sagte sie.

»Es ist nicht auszuhalten!« sagte Jacquemort.

Mit einem unvermuteten Stoß brachte er sie aus

dem Gleichgewicht. Noch ehe sie Zeit gehabt hätte, sich wieder aufzurappeln, hielt er sie am Boden fest und legte sich auf sie. Sie wehrte sich aus Leibeskräften.

»Nein!« schrie sie. »Das nicht! So nicht! Sie Lüstling!«

Jacquemort drückte sie fest auf den Boden.

»Ich will dich gern wieder loslassen«, sagte er, »aber dafür mußt du mir sagen, warum du es nie anders machen willst!«

»Ich will es nicht«, schnob sie.

Er verlieh seiner Übermachtstellung Nachdruck. Er konnte sie nehmen, wann es ihm beliebte.

»Wenn du es mir nicht sagst, mache ich es so.«

Diesmal fing sie vor Wut zu heulen an und stammelte:

»Nein... Gehen Sie weg. Ich will nicht. Mir ekelt vor Ihnen!«

»Was soll das!« protestierte Jacquemort, »bist du völlig übergeschnappt?«

»Ich will nicht reden«, sagte sie.

»Du wirst aber reden«, sagte Jacquemort.

Er neigte den Kopf vor und erwischte eine Brustspitze mit seinen Zähnen.

»Wenn du es mir nicht sagst, beiß ich dir ein Stück ab«, versicherte er mit vollem Mund und daher mit einiger Schwierigkeit.

Er hatte größte Lust, zu lachen, und seine Möglichkeiten erlitten dadurch eine Einbuße. Immerhin mußte er sie doch ein bißchen zu arg gebissen haben, denn sie tat einen Schrei und löste sich endgültig in Tränen auf. Unerbittlich nutzte er das aus, um sie unter Druck zu setzen.

»Ich werde es Ihnen sagen«, jammerte sie. »Aber lassen Sie mich los! Augenblicklich. Augenblicklich!«

»Du wirst mir auch alles sagen?« fragte Jacquemort.

»Ich verspreche es«, sagte sie, »gehen Sie jetzt runter... Schnell... Oh!...«

Jacquemort ließ sie los und streckte sich keuchend aus. Sie war schwer zu halten. Sie setzte sich wieder auf.

»Jetzt rede«, sagte er. »Oder ich fang wieder von vorne an! Warum tust du das? Was steckt da für ein Sinn dahinter?«

»Ich habe es seit jeher so gemacht«, sagte sie.

»Seit wann?«

»Schon ganz von Anfang an.«

»Mit wem hast du es zum ersten Mal gemacht?«

»Mit meinem Vater.«

»Und warum auf diese Weise?«

»Er sagte, er wolle mich dabei nicht anblicken. Er traue sich nicht.«

»Schämte er sich?«

»Sowas kennt man bei uns nicht«, sagte sie hart. Sie hielt ihre Brüste in den Händen, behielt aber die Schenkel angewinkelt und gespreizt. »So also sieht das Schamgefühl aus«, dachte Jacquemort bei sich.

»Wie alt warst du damals?«

»Zwölf.«

»Jetzt verstehe ich, warum er nicht wagte, dich anzusehen.«

»Nein, Sie verstehen gar nichts«, sagte sie. »Er wollte es nicht, weil er sagte, daß ich zu häßlich sei. Und da es mein Vater war, der das sagte, so mußte es wohl stimmen; und jetzt haben Sie mich gezwungen, meinem Vater gegenüber unfolgsam zu sein, und jetzt bin ich ein schlimmes Mädchen.«

»Magst du das eigentlich?«

»Was?«

»Die Art, wie du es machst?«

»Ach, das ist doch Nebensache«, sagte sie. »Wollen Sie nun oder nicht?«

»Aber doch nicht immer so«, sagte Jacquemort. »Die besten Dinge werden mit der Zeit langweilig.«

»Dann sind Sie ja wie die Tiere«, sagte sie.

Sie erhob sich und holte ihren Kittel.

»Was machst du?« sagte Jacquemort.

»Ich geh jetzt. Ich schäme mich vor mir selber!«

»Wegen nichts und wieder nichts«, bemerkte Jacquemort.

»Doch«, gab sie zurück, »ich hätte es nicht tun sollen, schon von allem Anfang an nicht.«

»Wenn du mir etwas mehr erzählen würdest«, sagte Jacquemort, »könnte ich versuchen, deinen Gefühlshaushalt ein wenig in Ordnung zu bringen. Aber leider bist du alles andere als gesprächig!«

»Und dabei hatte es mir Madame noch gesagt«, zeterte sie. »Ich will Sie nie wieder sehen!«

»Dann eben nicht«, sagte der Psychiater trocken. »Ich denk mir schon meinen Teil.«

»Und ich werde Ihnen kein Wort mehr verraten. Ich bin schließlich nicht dazu da, Ihre dreckigen Gelüste zu befriedigen!«

Jacquemort grinste und begann, sich wieder anzukleiden. Niemals hatte er im Ernst damit gerechnet, diese Unglückliche psychoanalysieren zu können. Er würde schon etwas Besseres finden. Er schlüpfte in die Schuhe und stand auf. Sie wimmerte immer noch vor sich hin.

»Ach hau doch ab«, sagte er gelangweilt.

Sie gehorchte schniefend. Sie mußte ihn wirklich abgrundtief hassen. Er lächelte beim Gedanken daran, daß es, so gesehen, eine gelungene Analyse war. Und dann haschte er mit einem leichten Satz einen verspäteten Schmetterling, der gerade vorbeiflatterte, und schluckte ihn befriedigt hinunter.

XII

13. Juli

Vor der Freitreppe des Hauses gab es einen ebenen, kiesbedeckten Vorplatz, auf dem die drei Kinder nach Beendigung ihrer Mahlzeit gerne spielten, dabei den Augenblick erwartend, wo sie vom Dienstmädchen, das soeben den Erwachsenen das Essen servierte, zu ihrem Nachmittagsschläfchen hingelegt würden. Man konnte sie auch von den Eßzimmerfenstern aus überwachen. Der in dieser Richtung sitzende Jacquemort war es, dem diese Aufgabe zugefallen war. Ihm gegenüber rollte Clémentine zerstreut Toastbrotkügelchen zwischen ihren Fingern, ein undankbares Geschäft, dem sie da nachging (und undankbar war es wirklich). Sie sahen einander fast nur noch zu den Mahlzeiten. Sie schien zu wünschen, daß er noch länger in ihrem Hause wohnen blieb, aber sie beschränkte sich im allgemeinen darauf, ihn mit Allerweltsgesprächen abzuspeisen; er seinerseits wagte es kaum, persönliche Themen anzuschneiden.

Culblanc brachte stumm und mit saurer Miene eine Schüssel herein und stellte sie vor Jacquemort hin. Er hob den Deckel und sagte höflich:

»Nehmen Sie sich zuerst, Clémentine, ich bitte Sie.«

»Das ist für Sie«, sagte sie. »Ganz für Sie allein. Eine Katzenleibspeise.«

Sie lächelte leicht maliziös. Er sah genauer hin.

»Aber... das ist ja Lunge!« rief er entzückt aus.

»Ganz recht«, sagte Clémentine.

»Roh wäre sie mir eigentlich noch lieber gewesen«, sagte Jacquemort beiläufig, »aber allein Ihre Aufmerksamkeit ist schon so einfühlend... Clémentine, Sie sind wirklich ein Engel.«

»Ich mag Sie gut leiden«, sagte sie, »aber trotzdem hätte ich nicht mitansehen können, wie Sie sie roh essen.«

»Verständlich«, sagte Jacquemort, indem er sich eine große Portion herausschöpfte. »Aber reden wir von Lunge! Sie läßt an Köstlichkeit alle Mäuse und Vögel dieser Erde weit hinter sich.«

»Ich freue mich, daß es Ihnen schmeckt«, sagte sie.

»Ein Vogel«, gab Jacquemort zu bedenken, »ist nicht zu verachten, wohlgemerkt; aber diese schauderhaft lästigen Federn!...«

»Ja, das ist auch wieder wahr. Das ist eben die Kehrseite der Medaille. Aber wie ist es mit Mäusen?«

»Rein zum Zeitvertreib, ja«, sagte Jacquemort, »aber schmackhaft sind sie nicht.«

»Nun, wie auch immer«, sagte sie, »das erweitert Ihre Geschmacksskala. Das bleibt jedenfalls zu wünschen. An wem arbeiten Sie eigentlich im Augenblick, wenn ich fragen darf?«

»Sie sind so liebenswürdig zu mir«, sagte Jacquemort, »weil Sie wissen, daß Ihr Dienstmädchen mir den Laufpaß gegeben hat.«

»Ja«, sagte sie. »Ich muß zugeben, daß mir das Vergnügen macht. Was haben Sie denn im Dorf so aufgetrieben? Sie gehen ja ziemlich häufig hin, wie mir scheint?«

»Oh!« sagte Jacquemort. »Da ist nicht viel los, wissen Sie. Ich treffe mich ziemlich oft mit La Gloïre!«

»Ich meine jetzt Frauen«, sagte Clémentine.

»Darauf bin ich nicht so aus«, sagte Jacquemort. »Sie wissen ja, daß dieser Kater kastriert war? Ich bin mir da zwar nicht ganz sicher, aber ich glaube doch, daß mich das ein bißchen beeinflußt hat.«

Er log.

»Ich weiß aber, daß Sie auf der Suche sind«, sagte Clémentine.

Jacquemort sah den kleinen Kindern zu, wie sie eins hinter dem anderen im Kreis herumliefen, bis ihnen schwindelte.

»Reden wir von was anderem«, sagte er.

»Sind Sie derjenige, der in meinen Kleiderschränken wühlt?« fragte sie plötzlich.

Jacquemort zögerte erstaunt.

»Wie bitte?«

»Sie haben genau gehört.«

»Nein«, sagte er. »Ich war es nicht. Wie kommen

Sie darauf, daß ich in Ihren Kleiderschränken etwas suchen könnte. Ich habe genügend anzuziehen.«

»Oh...! Das tut nichts zur Sache«, versicherte sie. »Vielleicht irre ich mich auch. Ich hatte den Eindruck, daß mir jemand in regelmäßigen Abständen überall die Finger drin hat. Das müssen selbstverständlich nicht Sie gewesen sein.«

Er wies mit dem Kinn auf das Dienstmädchen, das ihnen gerade den Rücken zukehrte.

»Oh nein«, sagte Clémentine. »Bestimmt nicht. Was sollte es ihr außerdem nützen, wenn sie's verstecken muß? Mir ist es egal. Ich ziehe die Sachen doch nie an. Oder fast nie.«

XIII

24. Juli

»Das hätten wir«, sagte Angel und richtete sich wieder auf.

Er hatte gerade zur Hälfte den Bremsklotz angesägt, der das Boot auf seinen Schienen zurückhielt. Alles war fertig. Ein Boot von zehn Metern Länge aus hellem Holz, den Bug geschnitten wie ein Phönizierschwert, versehen mit einem leichten Bootssteg, für den im Augenblick nur die bronzen schimmernden Halterungen am Rumpf montiert waren. Das stark gewölbte Deck ließ durch die Ausbuckelung im hinteren Teil auf eine darunter befindliche kleine Kajüte schließen. Jacquemort beugte sich vor und betrachtete den Bootsrumpf. Elf Paar mechanische Füße ragten auf die ganze Länge verteilt daraus hervor.

»Das wird ganz schön dahinflitzen«, bemerkte er.

»Ziemlich«, sagte Angel.

»Für einen Amateur«, fuhr Jacquemort fort, »haben Sie sich außerordentlich gut geschlagen.«

»Ich bin kein Amateur«, sagte Angel.

»Also gut«, sagte Jacquemort erneut, »für einen Fachmann haben Sie sich außerordentlich gut geschlagen.«

»Ich bin kein Fachmann«, sagte Angel.

»Was denn sind Sie dann eigentlich?« fragte Jacquemort etwas gereizt.

»Fangen Sie bloß nicht wieder an, Fragen zu stellen. Das ist eine bedauerliche Unart von Ihnen.«

Jacquemort hätte sich erzürnen mögen, sicher, aber sein Temperament ließ es nicht soweit kommen. Er suchte nach passenden Worten für einen Mann, der wegfährt. Für lange Zeit. Auf einem nicht sehr sicheren Boot. Letzten Endes. Und trotz der elf Paar mechanischen Füße.

»Stehen Sie mit Ihrer Frau noch immer auf demselben Fuß?«

»Ja«, sagte Angel. »Es ist eine...«

Er unterbrach sich.

»Es ist nichts. Ich habe dazu nichts zu sagen. Frauen und Männer leben nicht auf derselben Ebene. Aber ich bedaure nichts.«

»Auch nicht Ihre Kinder?«

»Glücklicherweise«, sagte Angel, »kenne ich sie noch gar nicht. So wird es mich nicht schmerzen.«

»Sie werden Ihnen aber fehlen«, versicherte der Psychiater.

»Ich weiß«, sagte Angel. »Aber es gibt immer irgendetwas, das einem fehlt. Soweit es etwas Wichtiges ist.«

»Kinder, die ohne Vater aufwachsen...«, fing Jacquemort an.

»Hören Sie«, sagte Angel, »kommen Sie mir nicht

wieder damit. Ich fahre weg. Ich fahre sowieso weg. Und damit hat sich's.«

»Sie werden absaufen«, sagte Jacquemort.

»Das Glück wird mir nicht beschieden sein.«

»Wie banal Sie sind!« versetzte Jacquemort verachtungsvoll.

»Schamlos banal«, sagte Angel.

»Ich weiß gar nicht, was ich darauf antworten soll.«

»Das versteht sich«, kommentierte Angel sarkastisch. »Jetzt bin ich an der Reihe mit Fragenstellen. Wie weit sind Sie mit Ihren großen Projekten gekommen?«

»Nichts«, sagte Jacquemort. »Bis jetzt habe ich eine Katze gehabt und sonst nichts. Ich habe es auch mit einem Hund versucht, aber die vorangegangene Katze hat einen starken und unangenehmen Konflikt in mir verursacht, und so habe ich damit aufhören müssen. Außerdem hätte ich viel lieber einen Mann. Oder eine Frau; auf jeden Fall ein menschliches Wesen.«

»Mit wem haben Sie im Moment Umgang?«

»Ich werde demnächst das Dienstmädchen vom Hufschmied kennenlernen. Durch die Gemischtwarenhändlerin.«

»Gehen Sie jetzt schon zur Gemischtwarenhändlerin?«

»Nein... ich weiß nicht... die Damenschneiderin,

meinte ich. Lustig übrigens, sie macht alle Kleider Ihrer Frau, nicht wahr?«

»Nie im Leben«, sagte Angel. »Clémentine hat alles von auswärts mitgebracht. Sie geht nie ins Dorf.«

»Da tut sie nicht gut daran«, sagte Jacquemort. »Es gibt da allerhand zu sehen.«

»Ach hören Sie bloß damit auf«, spottete Angel, »die machen einen ja verrückt, alle, wie sie da sind.«

»Das ist zwar wahr, aber doch auch wieder hochinteressant. Auf jeden Fall... ja... nun gut!... Es ist zumindest verwunderlich: die Schneiderin hat die Modelle von allen Kleidern Ihrer Frau. Von allen jedenfalls, die ich an ihr gesehen habe.«

»Ach ja?« sagte Angel wenig beeindruckt.

Er sah das Boot an.

»Ich werde jetzt langsam wegfahren müssen«, sagte er. »Wollen Sie mit mir zusammen eine Probefahrt machen?«

»Sie werden doch wohl nicht einfach so wegfahren wollen...«, sagte Jacquemort erschrocken.

»Doch. Zwar nicht heute, aber wegfahren werde ich ganz einfach so.«

Er näherte sich dem Bremsbalken, den er zur Hälfte angesägt hatte und holte mit dem Arm aus. Mit einem gezielten Fausthieb schlug er das Stück Holz entzwei. Ein lautes Knirschen. Das Boot erbebte und setzte sich in Bewegung. Die mit Talg eingeschmierten Eichenschienen führten quer durch den Garten abwärts und dann beinah senkrecht zum Meer hinunter. Wie ein Pfeil flitzte das Boot davon und traf, in einer stinkenden Rauchwolke von verbranntem Talg verschwunden, außerhalb des Blickfeldes auf dem Wasser auf.

»Jetzt müßte es soweit sein«, sagte Angel nach zwanzig Sekunden. »Kommen Sie, machen wir eine kleine Rundfahrt. Wir wollen sehen, ob es auch schwimmt.«

»Sie sind wohl nicht recht bei Trost«, sagte Jacquemort. »Ein solches Ding von so hoch oben runterschmeißen!«

»Das haut schon hin«, versicherte Angel... »Je höher, desto schöner ist es.«

Sie stiegen, allerdings weniger schnell als das Boot, den Steilhang hinunter. Es war herrliches Wetter, und der Steilhang wimmelte von Pflanzengerüchen und summenden Insekten. Angel hatte Jacquemort freundschaftlich den Arm um die Schulter gelegt. Der Psychiater schwankte in seinen Gefühlen. Er mochte Angel gut leiden, und er hatte Angst.

»Werden Sie auch vorsichtig sein?« sagte er.

»Natürlich.«

»Haben Sie auch Proviant dabei?«

»Ich habe Wasser und Angelschnüre.«

»Sonst nichts?«

»Ich werde Fische fangen. Das Meer hat für alles vorgesorgt.«

»Ah! Sie haben ihn also doch, diesen Komplex«, platzte Jacquemort heraus.

»Kommen Sie mir nicht wieder mit diesen abgeschmackten Plattheiten«, sagte Angel, »ich weiß, die Rückkehr zur Urmutter, dem Meer, immer die gleiche alte Leier. Gehen Sie doch hin und psychoanalysieren Sie Ihre Dorftrottel. Von Müttern hab ich die Schnauze voll.«

»Weil Sie mit dieser Frau da verheiratet sind«, sagte Jacquemort. »Aber Ihre eigene Mutter geht Ihnen doch wohl ab.«

»Nein. Außerdem habe ich gar keine Mutter.«

Sie blieben am Rande des Abgrundes stehen, und Angel beschritt als erster ein schmales abwärtsführendes Felsband. Das Boot war jetzt zu ihren Füßen in Sicht. Jacquemort sah, daß die Schienen sich – nach beinahe lotrechtem Fall – wieder annähernd horizontal richteten, sowie sie mit dem Wasser in Berührung kamen. In Anbetracht seiner Ankunftsgeschwindigkeit hätte sich das Boot mindestens dreihundert Meter vom Ufer entfernt befinden müssen. Er machte eine diesbezügliche Bemerkung.

»Ich hatte da natürlich ein Rückholkabel angebracht«, sagte Angel.

»Gut gemacht«, lobte Jacquemort, ohne begriffen zu haben.

Unter ihren Schritten bevölkerte sich der Kiesstrand mit Echos. Behend ergriff Angel das Ende eines dünnen und geschmeidigen Taus. Langsam näherte sich das Boot dem Ufer.

»Steigen Sie ein«, sagte Angel.

Jacquemort gehorchte. Das Boot schwankte. Sobald man sich darin befand, erschien es einem größer. Angel sprang nun seinerseits an Bord und verschwand nach unten in die Kajüte.

»Ich lasse das Schwert runter«, sagte er, »und dann geht's los.«

»Aber doch nicht im Ernst, oder?« fragte Jacquemort erschrocken.

Angels Kopf tauchte wieder auf.

»Haben Sie keine Angst«, sagte er lächelnd. »Ich bin noch nicht ganz fertig. Frühestens in einer Woche. Heute wird nur eine Probefahrt gemacht.«

XIV

27. Junili

So viele Male war Jacquemort nun schon den Weg ins Dorf gegangen, daß er ihm so trostlos vorkam wie der Flur eines Nachtasyls und so kahl wie ein geschorener Bärtiger. Ein einfacher Fußsteig ist ein Weg wie ein Strich, eine Linie ohne Breitenausdehnung und existiert also so gut wie gar nicht. Auch kürzer war der Weg geworden: bekannte Fußtapfen, schon zurückgelegte Schritte (Wanderschritte, – nicht Negationsschritte). In Unordnung bringen mußte er sie, umkrempeln, – nein, selbst das reichte noch nicht – besser: mit begriffsspaltenden und sinnzersetzenden Parasiten durchseuchen mußte er seine einschichtig-tumben Gedankenläufe, um die Strecke ohne Langeweile zurücklegen zu können. Und trotzdem brachte er sie immer wieder hinter sich. Dabei sang er wohl auch:

Kanonen stehn in Reu und Lied
Wir singen uns ein Abschiedsglied
Und alle Kerzen flennen

Der Schanker weicht
Der Sänger feucht
Die Kammer räucht beim Brennen.

Und alle bekannten, gerade entstehenden und künftigen Lieder; armer Jacquemort, was war er doch für ein dummer Tropf, aber was machte das schon, er selbst sah sich ja nicht. Er kam also ins Dorf, weil das weiter oben schon erwähnt ist, und die schwere dumpfe Käseglocke dieses Dorfes senkte sich herab und stülpte sich über ihn, und da stand er auch schon vor der Wohnung der Gemischtwarenhändlerin (wie er dachte), die aber in Wirklichkeit eine renommierte und verdienstvolle Damenschneiderin war, und er machte:

»Klopf!« (Zweimal)

»Herein!«

Jacquemort trat ein. Drinnen war es dunkel wie in allen Häusern des Dorfes. Blank geputzte Gegenstände schimmerten im Hintergrund. Der abgenutzte mattrote Plattenfußboden war übersät mit Nähgarnresten, Stoffstücken, mit Tausendkorn für Hühner, Hundertkorn für Hähne und Zehnkorn für Liebhaber.

Die alte Schneiderin war alt und nähte ein Kleid.

»Sieh einer an«, sagte sich Jacquemort.

»Sie arbeiten für Clémentine?« fragte er, um die Sache endlich vom Herzen zu haben; denn es genügt, Fragen zu stellen, wenn man ein reines Herz haben will; das Herz ist nämlich ein gut geschütztes und leicht zu unterhaltendes Organ.

»Nein«, sagte sie.

Da gewahrte Jacquemort den Hufschmied.

»Guten Tag«, sagte er freundlich.

Der Hufschmied kam aus seinem Winkel heraus. Er wirkte immer noch furchterregend, aber noch mehr im Dunkeln, denn da war der Eindruck undeutlich und verwischt und vergrößerte sich dadurch noch.

»Was wollen Sie hier?« fragte er.

»Ich komme, um Madame zu besuchen.«

»Sie haben hier nichts verloren«, befand der Hufschmied.

»Ich möchte wissen, wie sich das alles hier zusammenreimt«, fragte Jacquemort. »Diese Kleider hier sind die gleichen wie die von Clémentine, und das gibt mir zu denken.«

»Da haben Sie sich aber umsonst bemüht«, sagte der Hufschmied. »Das sind keine patentierten Kleider, jeder kann sie nachmachen.«

»Man kopiert aber nicht alle Kleider einfach so«, sagte Jacquemort streng. »Das gehört sich nicht.«

»Nur keine losen Reden«, sagte der Hufschmied.

Er hatte wahrhaftig sehr starke Arme. Jacquemort kratzte sich am Kinn, sah zur bauchigen Decke hoch, die mit klebrigen Fliegenfängern voll toter Fliegen verziert war.

»Also, kurz und gut«, sagte Jacquemort, »sie wird es auch weiterhin tun?«

»Ich gebe sie in Auftrag«, sagte der Hufschmied

mit flacher und gefährlicher Stimme. »Und ich bezahle sie auch.«

»Ach wirklich?« sagte Jacquemort weltmännisch. »Für Ihre reizende kleine junge Frau, nehme ich an?«

»Hab keine.«

»Hm... äh...«, fing Jacquemort wieder an. »Doch verraten Sie mir eines«, sagte er, indem er sich anders besann, »nach welchen Modellen kopiert sie sie eigentlich?«

»Sie kopiert sie nicht«, sagte der Hufschmied, »sie sieht sie. Sie macht sie aus dem Kopf nach ihrer Erinnerung.«

»Oh! Oh!« spöttelte Jacquemort. »Da binden Sie mir ja einen ordentlichen Bären auf!«

»Ich binde niemandem einen Bären auf«, hufte der Schmied.

In diesem Augenblick stellte Jacquemort fest, daß die alte Schneiderin wirklich falsche Augen auf ihre geschlossenen Lider gemalt hatte. Der Schmied verfolgte seinen Blick.

»Die aufgemalten Augen sind dazu da, daß man von der Straße aus nichts merkt«, sagte er. Wenn Sie nicht hereingekommen wären, hätten Sie nichts gemerkt.«

»Aber ich habe doch geklopft«, sagte Jacquemort.

»Gewiß«, entgegnete der Hufschmied, »aber da sie nichts sieht, hat sie einfach ›herein!‹ gesagt, ohne sich bewußt zu sein, daß Sie es waren.«

»Aber sie hat immerhin ›herein!‹ gesagt.«

»Na und«, sagte der Hufschmied, »sie ist halt gut erzogen, die alte Schlampe.«

Die Schneiderin nähte gerade an einem Schmuckfaltenmuster an der Taille des Kleides, eines schönen Einteiligen aus weißem Pikee, wie es Clémentine am Vortage getragen hatte.

»Sie arbeitet also wirklich mit geschlossenen Augen?« beharrte Jacquemort erstaunt und im Behauptungston fragend, wie um sich selbst zu überzeugen.

»Es wäre unrecht zu sagen: ›mit geschlossenen Augen‹«, schmiedete der Hufer. »Man hat die Augen noch lange nicht geschlossen, nur weil man die Lider darüber zuklappt. Darunter sind sie immer noch offen. Wenn Sie einen Felsblock vor eine offene Tür rollen, ist sie deshalb noch nicht geschlossen; und genausowenig das Fenster, denn um in die Ferne zu schauen, benutzt man alles andere als die Augen; aber Sie verstehen das ja alles sowieso nicht.«

»Nun gut!« sagte Jacquemort gekränkt, »wenn Sie glauben, daß ich aus Ihrem Gefasel schlau werde, sind Sie wirklich schief gewickelt und obendrein gemein.«

»An mir ist nichts Gemeines«, sagte der Schmied. »Und mit Ihnen habe ich schon gar nichts gemein. Lassen Sie die alte Fose endlich arbeiten und scheren Sie sich zum Teufel.«

»Schon gut«, sagte Jacquemort, »schon recht. Ich geh ja schon.«

»Glänzende Idee«, lobte der Schmied.

»Auf Wiedersehen, Monsieur Jacquemort«, sagte die Schneiderin.

Sie biß den Faden mit den Zähnen ab wie eine Parze, die ihre Schere gerade beim Scherenschleifer hat. Ärgerlich, aber dennoch mit Würde ging Jacquemort ab. Er verschoß noch einen letzten Pfeil.

»Ich geh jetzt Ihr Dienstmädchen vögeln.«

»Meinen Segen haben Sie«, sagte der Schmied. »Die hab ich schon längst vor Ihnen gevögelt, und das ist auch nicht weiter aufregend, kann ich Ihnen sagen, die kriegt ihren langweiligen Arsch nicht in Schwung.«

»Aber ich krieg ihn doppelt in Schwung«, versicherte Jacquemort, »und hinterher wird sie psychoanalysiert.«

Stolz erhobenen Hauptes fand er sich wieder auf der Straße. Drei Schweine gingen vorüber, den Marschtakt durch Grunzen vorgebend. Er versetzte dem dritten, das ihm liederlich vorkam, einen kräftigen Fußtritt in den Hintern und setzte seinen Weg fort, Jacquemort.

XV

27. Junili (später)

Das Dienstmädchen des Hufschmiedes, Nëzrouge genannt, schlief zusammen mit dem jeweiligen Lehrling auf dem Hängeboden oberhalb der Schmiede. Der Lehrling ging ziemlich häufig ein, das schwer schuftende Dienstmädchen jedoch hielt sich gut, besonders seit der Schmied davon Abstand genommen hatte, wie ein über die Ufer tretender Fluß ihr Bett zu überfluten. Der Lehrling kam nicht in Frage. Erschöpft wie er war, konnte man nichts mit ihm anfangen. Ein armseliger Schlappschwanz, ganz und gar beischlafunfähig. Er schlief einfach ein. In diesem Augenblick schlief er zufällig einmal nicht. Das nicht. Er stand an der Esse und hielt das Feuer in Gang. Jacquemort sah ihn beim Hereinkommen und drang in die Werkstatt vor, die von Ruß starrte, allen Säuberungsversuchen von Nëzrouge zum Trotz.

»Tag, Lehrling«, sagte Jacquemort.

Der Lehrling murmelte »guten Tag« und hielt sich dabei vorsichtshalber gleich den Ellbogen vors Maul, da nämlich unter den Besuchern der lustige Brauch herrschte, ihm im Vorbeigehen eins draufzuhauen: da dieser Lehrling ja auf Eisen einschlug, war es nur recht und billig, daß er dafür seinerseits auch etwas abkriegte.

»Dein Meister ist nicht da«, stellte Jacquemort fest.

»Nicht da«, bestätigte der Junge nach Überprüfung des Sachverhalts.

»Nun, dann geh ich eben wieder!« sagte Jacquemort.

Er ging aus der Werkstatt, bog nach links ums Haus, betrat den Hof, stieg die Holztreppe am Hause hoch und befand sich in einem öden, mit rohen Dielen bedeckten Flur. Rechts unter der Dachschräge lag die Kammer von Nëzrouge. Gleich daneben gab es eine hohe Tür, dahinter wohnte der Meister. Links war an einem Mauervorsprung erkennbar, daß des Meisters Räumlichkeiten drei Viertel des Stockwerkes einnahmen und mit der rechten Trennwand an Nëzrouges Kammer angrenzten, eine simple aber praktische Anordnung.

Jacquemort trat ein, ohne anzuklopfen. Das Mädchen saß auf dem Bett und las eine Zeitung von vor sieben Jahren. Die Neuigkeiten brauchten eben ihre Zeit, bis sie ins Dorf gelangten.

»Aha«, sagte der Psychiater, »man tut etwas für die Bildung?«

Die kindlich naive Masche paßte zu ihm wie Gamaschen auf eine Jauchepumpe.

»Lesen wird man doch wohl noch dürfen«, sagte Nëzrouge patzig.

»Was sind diese Bauern doch schwierig handzuhaben«, dachte Jacquemort.

Nëzrouges Kammer wies wenig Komfort auf. Ein abgescheuerter Fußboden, nackte weißgekalkte Wände und Dachbalken mit querverlaufenden Dachsparren, auf denen, von den Verschalungsbrettern getragen, kleine Schiefertafeln ruhten. Alles war tüchtig verstaubt. Möblierung: Bett und Tisch, auf diesem ein Wasserkübel, für jeden nur erdenklichen Zweck. In einer Ecke eine Truhe für die wenigen Habseligkeiten des Mädchens.

Diese mönchische Schlichtheit kitzelte aus Jacquemort den geilen, auf Mädchenfrischfleisch versessenen Atheisten heraus, der er, wenn er sich's nur recht überlegte, durchaus hätte sein können.

Er setzte sich neben sie auf die quietschende eiserne Bettstatt... einen anderen Platz gab es nicht.

»Was hast du seit dem letzten Mal Schönes gemacht?« fragte er.

»Gar nichts«, sagte sie.

Sie fuhr in ihrer Lektüre fort, las auch ihre Seite zu Ende, faltete dann die Zeitung zusammen und steckte sie unter das Kopfkissen.

»Zieh dich aus und leg dich aufs Bett«, sagte Jacquemort.

»Oh je! lieber nicht«, sagte das Mädchen, »wenn dann der Meister heimkommt, muß ich mich wieder anziehen und die Suppe kochen.«

»Aber doch nicht um diese Zeit«, sagte Jacquemort. »Und außerdem ist der Meister gar nicht da, er ist bei der Schneiderin.«

»Dann kommt er sicher hinterher gleich nach Hause«, sagte sie.

Sie überlegte einen Augenblick und fügte hinzu:

»Aber wir werden trotzdem unsere Ruhe haben.«

»Warum?« wollte Jacquemort wissen.

»Das ist immer so, wenn er von dort heimkommt«, sagte das Mädchen. »Aber weshalb wollen Sie eigentlich, daß ich mich ausziehe?«

»Das ist die unerläßliche Ausgangsbedingung für jede gute Psychoanalyse...«, sagte Jacquemort im Oberlehrerton.

Sie errötete. Ihre Hand legte sich auf ihren kleinen spitzen Halsausschnitt.

»Oh...!« sagte sie und senkte den Blick. »Nicht einmal mein Meister hat sich jemals getraut, sowas mit mir zu machen.«

Jacquemort kräuselte eine Augenbraue. Was hatte sie schon davon kapiert? Aber wie sollte man sie überhaupt danach fragen?

»Ääh...«, murmelte sie, »ich weiß nicht, ob ich dafür sauber genug bin... vielleicht haben Sie das nicht so gern...«

Jacquemort ahnte was... Eine Geheimsprache.

»Die Psychoanalyse...«, begann er.

»Warten Sie«, flüsterte sie. »Noch nicht.«

Die Kammer war durch eine Luke in der Dachschräge erhellt. Sie erhob sich und hatte wenige Sekunden darauf aus der Truhe einen alten Vorhang geholt, den sie vor dem kleinen viereckigen Fenster befestigte. Das Tageslicht drang schwach durch den bläulichen Stoff und verlieh der Dachkammer das Aussehen einer unterirdischen Grotte.

»Das Bett wird aber quietschen«, sagte Jacquemort und entschloß sich, seine Psychoanalyse auf ein wenig später zu verschieben. »Wir sollten deinen Strohsack vielleicht lieber auf den Boden legen.«

»Ja...«, sagte sie erregt.

Er roch, wie ihr Schweißgeruch die Kammer erfüllte. Sie mußte schon klitschnaß sein. Das würde der Sache durchaus förderlich sein.

XVI

27. Junili (noch später)

Schwere Tritte auf der Holztreppe ließen sie aus ihrer erschöpften Umarmung hochfahren. Jacquemort rappelte sich schleunigst auf und löste sich von dem halb auf dem Strohsack, halb auf dem Fußboden liegenden Mädchen.

»Das ist er...«, flüsterte er.

»Hier kommt er nicht rein«, murmelte sie nur. »Er geht in sein Zimmer.«

Sie ruckelte ein wenig mit dem Becken.

»Hör auf damit!« protestierte Jacquemort. »Ich kann nicht mehr.«

Sie gehorchte.

»Werden Sie wiederkommen und mich psycho... dingsbumsen«, sagte sie mit wohligrauher Stimme. »Ich mag das. Das tut so gut.«

»Ja, ja«, sagte Jacquemort noch ganz und gar erregt von allem.

Zehn Minuten mußten doch immerhin vergehen, bis sich die Lust wieder einstellte. Frauen haben da leider nicht das nötige Feingefühl.

Die Tritte des Meisters erschütterten jetzt den Hausflur aus nächster Nähe. Seine Zimmertür öffnete sich kreischend und fiel ins Schloß. Jacquemort kniete am Boden und spitzte die Ohren. Auf allen

Vieren näherte er sich geräuschlos der Wand. Plötzlich traf ein dünner Lichtstrahl sein Auge. Irgendwo in der Trennwand mußte ein Astloch sein. Mit der Hand sich nach der Lichtquelle vortastend, fand er auch sogleich das Loch im Brett und heftete sein Auge daran, nicht ohne ein leichtes Zögern; er zog den Kopf auch sofort wieder zurück. Er hatte den Eindruck, ebensogut gesehen zu werden, wie er selbst sehen konnte. Durch Anwendung seiner Vernunft jedoch erlangte er seine Sicherheit wieder und legte sich erneut auf seinen Beobachtungsposten.

Das Bett des Schmiedes befand sich direkt unterhalb desselben. Eigenartigerweise ein äußerst niedriges Bett und ganz ohne jedes Bettzeug. Nichts als eine Matratze mit straff darüber gespanntem Leintuch, nicht einmal die unvermeidliche, rotbezogene und sich busig bauschende Daunendecke, die man sonst auf allen Betten des Landes antrifft.

Er spähte alle Winkel des Zimmers aus und sah als erstes den Schmied mit nacktem Oberkörper und von hinten. Er schien in einem heiklen Vorhaben begriffen. Seine Hände waren nicht zu sehen. Doch da hoben sie sich und vollführten eine Bewegung, als wollten sie mit etwas auf jemanden draufklopfen. Dann kamen sie an seinen Gürtel zurück und machten sich an der Schnalle zu schaffen. Diese gab nach; seine Hose fiel und ließ dabei seine wuchtigen, durchnervten und wie Palmstämme behaarten Beine zutage treten. Er trug eine angeschmutzte baumwollene Unterhose, die ihrerseits nun auch fiel. Jacquemort hörte ein Gemurmel. Er konnte aber nicht gleichzeitig spähen und lauschen.

Der Schmied befreite seine nackten Füße aus Unterhose und Beinkleid, wandte sich um und kam mit schlenkernden Armen zum Bett heran. Dort setzte er sich hin. Wiederum war Jacquemort unwillkürlich zurückgewichen, als er ihn näherkommen sah. Aber er hielt es vor Neugierde nicht aus und legte sich unverzüglich wieder mit dem Auge an die Öffnung. Nicht einmal, als er Nëzrouge zu sich herankommen hörte, rührte er sich und sagte sich, er würde ihr schon einen ordentlichen Tritt verpassen, wenn sie ihn in Unannehmlichkeiten brächte. Und dann sagte er sich gar nichts mehr, denn da blieb ihm das Herz stehen. Vor sich erblickte er jetzt das, was ihm der Rücken des Schmiedes bisher verborgen hatte. In einem Kleid aus weißem Pikee stand da ein wunderschöner, menschenähnlicher Roboter aus Bronze und Stahl, dem Bilde Clémentines täuschend nachgeformt, und bewegte sich jetzt in unirdischem Gang auf das Bett zu. Der Schein einer für Jacquemort nicht sichtbaren Lampe zauberte Reflexe auf ihre feinen Gesichtszüge, und das schimmernde, auf Atlaspolitur gebrachte Metall ihrer Hände funkelte wie sündhaft teures Geschmeide.

Der Automat blieb stehen. Jacquemort sah, wie

der Schmied vor Ungeduld schwer atmete. Mit einer geschickten Bewegung griffen die metallenen Hände in den Halsausschnitt des Kleides und zerrissen es mühelos. Der weiße Stoff fiel in Fetzen zu Boden. Jacquemort starrte hingerissen auf die straffhäutigen Brüste, die biegsamen Hüften und die wahren Wunderwerke von Knie- und Schultergelenken. Behutsam legte sich die mechanische Puppe auf das Bett. Jacquemort prallte zurück. Er tastete um sich, stieß dann gewaltsam das Dienstmädchen zur Seite, das soeben bemüht war, ihn wieder auf Vordermann zu bringen, und suchte fieberhaft nach seinen Hosen. Er hatte seine Armbanduhr in der Hosentasche gelassen. Beim ungewissen Licht der Dachluke sah er nach: dreiviertelfünf.

Seit dem Tag, da er sie im Eßzimmer überrascht hatte, zog sich Clémentine täglich um halb fünf in ihr Zimmer zurück, um – wie sie sagte – ein Schläfchen zu machen. Im selben Augenblick, da die stählernen Hüften der Puppe den Schmied in Ekstase versetzten, krampfte Clémentine im Haus am Steilhang auf ihren Laken die schlanken Finger zusammen und keuchte ebenfalls vor Lust.

Jacquemort wurde von Mal zu Mal erregter, wenn er sich dem Loch in der Wand näherte. Ohne Scheu blickte er hindurch. Gleichzeitig suchte seine Hand nach dem Körper Nëzrouges, die darüber zwar selig war, aber nichts begriff. »Wirklich, ich muß schon sagen, diese Bauern sind ganz eigenwillig zivilisierte Burschen«, sagte sich Jacquemort, während er dem Schmied zuschaute.

XVII

39. Junili

Die Füße im Wasser, die Hosenbeine hochgekrempelt und die Schuhe in der Hand stand Jacquemort da und starrte blöde das Boot an. Er wartete auf Angel, das Boot wartete auch. Angel kam gerade wieder den Steilhang herunter, mit Wolldecken und einem letzten Wasserkanister ausgerüstet. Er hatte sich einen Seemannsanzug aus gelbem Ölzeug angezogen. Eilig überquerte er die kleine Kiesbucht und ging auf Jacquemort zu. Dieser fühlte sich sehr beklommen.

»Stehen Sie bloß nicht so mit Ihren Schuhen in der Hand in der Landschaft herum«, sagte Angel. »Sie sehen ja aus wie ein Ochse im Frack.«

»Mir ist ganz wurscht, wie ich aussehe«, antwortete der Psychiater.

»Und lassen Sie Ihren Bart in Ruhe!«

Jacquemort ging wieder auf trockenen Boden zurück und stellte seine Pantinen auf einem großen Felsbrocken ab. Als er den Kopf hob, sah er den Gleitschienenstrang des Bootes oberhalb der Felskante der Steilküste verschwinden.

»Ich werd ganz trübsinnig, wenn ich das Zeug hier sehe«, sagte er.

»Aber nein«, sagte Angel. »Sorgen Sie sich nicht.«

Er schritt behend über den elastischen Steg, der auf das Boot führte. Jacquemort rührte sich nicht.

»Wozu brauchen Sie Blumentöpfe?« fragte er, als Angel wieder erschien.

»Hab ich vielleicht nicht das Recht, Blumen mitzunehmen?« fragte der andere aggressiv zurück.

»Aber ja, gewiß doch«, sagte Jacquemort. Dann fügte er noch hinzu: »Womit wollen Sie sie eigentlich begießen?«

»Mit Wasser«, sagte Angel. »Wie Sie vielleicht wissen, regnet es auch auf dem Meer.«

»Da haben Sie recht«, bestätigte der andere.

»Und ziehen Sie nicht so eine Fleppe«, sagte Angel. »Sie machen mich ja ganz krank. Sieht ja fast so aus, als würden Sie einen Freund verlieren!«

»Das trifft zu«, sagte Jacquemort. »Ich mag Sie gut leiden.«

»Nun, ich Sie auch«, sagte Angel. »Aber wie Sie sehen, gehe ich trotzdem. Man bleibt nicht etwa, weil man bestimmte Menschen liebt; man geht, weil man andere verachtet. Einzig und allein das Schlimme treibt einen zum Handeln an. Von Hause aus sind wir alle feige.«

»Ich weiß nicht, ob es Feigheit ist«, sagte Jacquemort, »aber es schmerzt mich.«

»Damit es nicht zu sehr nach Feigheit aussieht, habe ich zusätzlich ein paar Schwierigkeitsgrade eingebaut: kein Proviant, ein kleines Leck im Kiel und äußerst wenig Wasser. Ob das reicht? Was glauben Sie?«

»Sie Trottel«, brummte Jacquemort wütend.

»Auf diese Weise«, fuhr Angel fort, »bleibt es, moralisch gesehen, Feigheit, physisch jedoch ein Wagnis.«

»Das ist gar kein Wagnis, das ist einfach idiotisch«, sagte Jacquemort. »Das dürfen Sie nicht verwechseln. Und außerdem, was ist – in moralischer Hinsicht – schon Feiges dran? Man ist nicht feig, weil man jemand nicht liebt, oder weil man ihn nicht mehr liebt. Das ist nun einmal so, oder?«

»Wir reden wieder aneinander vorbei«, sagte Angel. »Immer, wenn wir miteinander zu reden anfangen, entzweien wir uns in unseren Grundauffassungen. Das ist ein weiterer Grund für mich, wegzufahren; auf diese Weise pflanze ich Ihnen wenigstens keine schlimmen Ideen mehr ein.«

»Wenn Sie glauben, daß mir die anderen bessere einpflanzen...«, brummte Jacquemort.

»Ach ja, stimmt, verzeihen Sie. Beinahe hätte ich Ihre famose Innere Leere vergessen.«

Angel lachte und sprang wieder in den Bauch des Bootes. Fast gleichzeitig tauchte er daraus wieder hervor, während sich ein leichtes Grollen vernehmen ließ.

»Alles geht in Ordnung«, sagte er. »Ich kann losfahren. Übrigens ist es mir lieber, daß sie sie allein aufzieht. Ich wäre sicherlich mit ihr nicht einer Meinung, und ich hasse Diskussionen.«

Jacquemort schaute ins klare Wasser, das die Kieselsteine und Algenbänke größer erscheinen ließ. Das schöne Meer bewegte sich kaum, ein leichtes Plätschern allenfalls, weich wie feuchte Lippen, die aufeinandertreffen. Er senkte den Kopf.

»Ach was«, sagte er, »machen Sie keine schlechten Witze!«

»Wirklich gute hab ich nie machen können«, sagte Angel. »Hier bin ich wenigstens zu etwas gezwungen. Ein Zurück wird es nicht geben.«

Flink ging er über den Bootssteg an Land und holte aus seiner Hosentasche eine Schachtel Streichhölzer. Er bückte sich, rieb eines an und entflammte das Ende einer mit Talg eingeschmierten Zündschnur, die ein Stück über die Stapellaufschienen hinausreichte.

»Auf diese Weise«, sagte er, »müssen Sie nicht mehr daran denken.«

Die bläuliche Flamme kroch voran, von den beiden sorgsam überwacht. Dann wurde sie gelb, blähte sich, fing an zu laufen, und das Holz begann sich knisternd zu schwärzen. Angel ging wieder an Bord und warf den Bootssteg an den Strand zurück.

»Nehmen Sie den nicht mit?« fragte Jacquemort und wandte den Blick von der Flamme ab.

»Brauch ich nicht«, sagte Angel. »Ich muß Ihnen

noch etwas gestehen: ich kann Kinder nicht ausstehen. Leben Sie wohl, mein Lieber.«

»Auf Wiedersehen, Sie altes Arschloch«, sagte Jacquemort.

Angel lächelte, aber seine Augen glitzerten tränenfeucht. Hinter Jacquemort loderte und zischte das Feuer. Angel ging unter Deck. Man hörte ein gewaltiges Gebrodel, und die mechanischen Füße begannen im Wasser zu stampfen. Er kam wieder herauf und ergriff die Ruderpinne. Schon hatte das Boot einige Fahrt erlangt und legte nun schnell vom Ufer ab, den Bug bei zunehmender Beschleunigung höher und höher aus dem Wasser hebend. Als es seine volle Kraft ausgefahren hatte, schien es, als ob es inmitten einer Gischtkrause auf dem ruhigflachen Wasserspiegel dahinliefe. Angel hob in der Ferne einen Puppenarm. Jacquemort erwiderte das Zeichen. Es war sechs Uhr abends. Das Feuer prasselte nun schon wild, und der Psychiater mußte sich den Schweiß vom Gesicht wischen und das Feld räumen. Ein willkommener Vorwand. Eine dichte Rauchsäule stieg, von Orange durchzuckt, in majestätischen Schwadenschwüngen auf. Sie ließ die Steilküste in mächtigen Spiralwindungen unter sich und fuhr dann nahezu senkrecht in den Himmel.

Jacquemort lief ein Schauer über den Rücken. Er ertappte sich dabei, daß er schon seit einigen Minuten miaute. Ein bedauerndes, mit Schmerz vermischtes Miauen, wie das eines Katers, der gerade kastriert worden ist. Er schloß den Mund wieder und zog sich unbeholfen die Schuhe an. Bevor er sich an den Aufstieg machte, warf er noch einen Blick aufs Meer hinaus. Die noch lebendigen Strahlen der Sonne ließen in weiter Ferne ein schmales Etwas aufblitzen, das wie ein Wasserfloh über den Meeresspiegel lief. Oder wie eine Wasserwanze. Oder eine Spinne. Oder einfach wie etwas, das ganz allein auf dem Wasser dahinkrabbelte, mit Angel ganz allein an Bord.

XVIII

39. Junigust

Sie saß an ihrem Fenster und betrachtete sich im Leeren. Vor ihr über den Steilhang hingestreckt lag der Garten und ließ sich von der Sonne seinen Graspelz lecken, eine letzte Liebkosung vor Sonnenuntergang. Clémentine fühlte sich sehr abgespannt und verlegte sich ganz auf die Überwachung ihres Innenlebens.

In sich selbst verloren, schrak sie hoch, als es vom fernen Kirchturm Viertel nach fünf schlug.

Eiligen Schrittes verließ sie das Zimmer. Im Garten waren sie nicht. Auf einen Verdacht hin stieg sie die Treppe hinunter und begab sich entschlossen in die Küche. Von der Waschküche her drangen die Echos von Culblancs großer Wäsche herüber, sowie sie die Tür öffnete.

Die Kinder hatten sich einen Stuhl vor das Buffet geschoben. Noël hielt ihn mit beiden Händen. Auf dem Stuhl stand Citroën und reichte Joël ein Stück Brot nach dem anderen aus dem Korb herunter; der Marmeladentopf stand noch auf der Sitzfläche des Stuhles zwischen Citroëns Beinen. Die verschmierten Wangen der Zwillinge verrieten den schon stattgehabten Genuß der Frucht ihrer Expedition.

Sowie sie ihre Mutter kommen hörten, fuhren sie

herum, und Joël zerfloß sogleich in Tränen, knapp gefolgt von Noël. Nur Citroën ließ sich nicht aus der Ruhe bringen. Er nahm ein letztes Stück Brot und biß hinein, während er sich umdrehte und neben dem Marmeladentopf Platz nahm. Er kaute bedächtig und ohne Hast.

Beim Gedanken daran, daß sie gerade wieder einmal die Vesperzeit nicht eingehalten hatte, wurde Clémentine von Gewissensbissen gepeinigt, die noch heftiger waren als das Mißvergnügen, das sie empfand, wenn sie bisweilen zu spät nach Hause kam. Citroëns Gebaren, diese frech-herausfordernde Miene, setzte das I-Tüpfelchen auf das seiner Brüder; wenn er seinerseits auch klare Front machte, so hatte er doch, wie jene auch, das Gefühl, etwas Verbotenes getan zu haben; er hatte offensichtlich den Eindruck, seine Mutter wolle sie alle drei absichtlich schikanieren, ihm sein Vesperbrot nicht gönnen; und diese Vorstellung schmerzte Clémentine so sehr, daß sie beinahe in Tränen ausgebrochen wäre. Im Bemühen jedoch, ihre Küche nicht in ein Jammertal ausarten zu lassen, brachte sie es fertig, ihre überreizten Tränendrüsen zu drosseln.

Sie ging auf die Kinder zu und nahm Citroën in die Arme. Er sträubte sich bockig. Sanft küßte sie ihn auf seine sonnenbraune Wange.

»Mein armer Schnurzel«, sagte sie zärtlich. »Diese böse Mami hat das Vesperbrot vergessen. Kommt mit, dafür gibt's jetzt eine große Tasse Schokolade.«

Sie setzte ihn wieder auf den Boden. Der Tränenfluß der Zwillinge versiegte schlagartig, und freudekreischend stürzten sie ihr entgegen. Sie rieben ihre schmutzigen Gesichter an ihren schwarz bestrumpften Beinen, während sie an den Herd trat, um eine Kasserolle vom Haken zu nehmen und mit Milch zu füllen. Sprachlos sah Citroën sie mit seinem Stück Brot in der Hand an. Seine gerunzelte Stirn glättete sich. Seine Augen glitzerten vor Tränen, aber er blieb noch unschlüssig. Sie lächelte ihm scheinheilig zu. Da lächelte er scheu zurück, wie ein blaues Eichhörnchen.

»Du wirst schon sehen, wie du mich jetzt liebhaben wirst«, murmelte sie fast zu sich selber. »Du wirst mir nichts mehr vorzuwerfen haben.«

»Es ist soweit, sie können sich allein ernähren, sie brauchen mich nicht mehr«, sagte sie sich nicht ohne Bitterkeit. »Womöglich können sie gar schon Wasserhähne allein aufdrehen.«

Nicht weiter schlimm. Das ließ sich alles wettmachen. Sie würde ihnen so viel Liebe geben. Sie würde ihnen dermaßen viel Liebe geben, daß das ganze Leben dieser Kinder, gehäkelt wie es war aus lauter Zuneigung und Fürsorge, ohne ihre Gegenwart den Sinn verlöre.

Gerade als sie ihren Blick zum Fenster schweifen

ließ, sah sie dichte Rauchschwaden dort unten beim Werkschuppen aufsteigen. Es war die Stapellauframpe für das Boot, die brannte.

Sie ging hinaus, um nachzusehen; hinter ihr brabbelten die drei Kleinen. Sie ahnte bereits, was der Brand zu bedeuten hatte, ohne es überprüfen zu müssen. Ihr letztes Hindernis war nun aus dem Weg geräumt.

Der Schuppen krachte und prasselte. Verkohlte Holzstücke fielen vom Dach. Unbewegt betrachtete Jacquemort, vor der Tür stehend, die Glut. Clémentine legte ihm die Hand auf die Schulter. Er fuhr zusammen, sagte aber nichts.

»Angel ist fort?« fragte Clémentine.

Er nickte mit dem Kopf.

»Sobald alles niedergebrannt ist«, sagte Clémentine, »werden Sie mit dem Dienstmädchen zusammen die Trümmer wegräumen. Das wird einen herrlichen Spielplatz für die Kleinen abgeben. Ich werde ihnen ein Turn- und Klettergerüst bauen lassen. Das heißt, *Sie* werden es ihnen bauen. Die lieben Kleinen werden sich königlich amüsieren.«

Er war sichtlich erstaunt und sah, daß Widerrede zwecklos war.

»Sie können das«, versicherte sie. »Mein Mann hätte es auch gut hingekriegt. Er war sehr geschickt. Ich hoffe, die Kleinen schlagen ihrem Vater nach.«

DRITTER TEIL

I

55. Janupril

»Jetzt sind es schon vier Jahre und etliche Tage, daß ich hier bin«, sagte sich Jacquemort.

Sein Bart war länger geworden.

II

59. Janupril

Ein feiner, unangenehmer Nieselregen stäubte nieder, man mußte husten. Der Garten zerfloß klebrig. Das Meer war kaum zu sehen, es war aus demselben Grau wie der Himmel, und in der Bucht beugte sich der Regen der Willkür des Windes und schraffierte die Luft mit schrägen Strichen.

Wenn es regnet, kann man gar nichts unternehmen. Dann spielt man eben in seinem Zimmer. Noël, Joël und Citroën spielten in ihrem Zimmer. Sie spielten Sabbern. Citroën zottelte auf allen Vieren den Teppichrand entlang und machte bei jedem roten Fleck halt. Er beugte den Kopf hinunter und ließ den Speichel tropfen. Noël und Joël folgten ihm und versuchten, an denselben Stellen zu sabbern. Ein erlesenes Vergnügen, fürwahr.

Nichtsdestoweniger regnete es. Clémentine stand in der Küche und rührte einen Milchbrei an. Sie hatte zugenommen. Sie schminkte sich nicht mehr. Sie kümmerte sich um ihre Kinder. Als sie in der Küche fertig war, ging sie nach oben, um ihre Überwachung wieder aufzunehmen. Gerade als sie ins Zimmer trat, schimpfte Culblanc mit den Kleinen.

»Ihr seid widerlich. Richtige kleine Schweinigel seid ihr.«

»Es regnet draußen«, bemerkte Citroën, dem gerade ein schöner langer Speichelfaden gelungen war.

»Es regnet draußen«, wiederholte Joël.

»Es regnet«, sagte Noël bündiger.

Allerdings hatte er im selben Augenblick eine erhebliche Kraftanstrengung zu bewältigen.

»Und wer soll eure Schweinereien wegputzen?«

»Du«, sagte Citroën.

Clémentine kam herein. Sie hatte die letzten Worte gehört.

»Selbstverständlich Sie«, sagte sie. »Dafür sind Sie ja da. Die armen kleinen Kerle haben doch wohl noch das Recht, sich zu vergnügen. Finden Sie, daß das Wetter so gut ist?«

»Das ist gegen jeden gesunden Menschenverstand«, sagte Culblanc.

»Jetzt reicht's aber«, sagte Clémentine. »Sie können wieder an Ihre Bügelei gehen. Ich kümmere mich um die Kleinen.«

Das Dienstmädchen ging hinaus.

»Sabbert, meine Schätzchen«, sagte Clémentine. »Wenn's euch Spaß macht, sabbert ruhig weiter.«

»Wir haben aber keine Lust mehr«, sagte Citroën.

Er stand auf.

»Kommt«, sagte er zu seinen Brüdern, »wir spielen Zug.«

»Krieg ich denn kein Küßchen?« sagte Clémentine.

»Nein«, sagte Citroën.

»Nein«, sagte Joël.

Noël sagte nichts. Das war die einzige noch verbleibende Möglichkeit der Aussageverknappung.

»Habt ihr eure Mami denn nicht mehr lieb?« fragte Clémentine und kniete sich hin.

»Doch«, sagte Citroën. »Aber wir spielen jetzt Zug. Du mußt in den Zug einsteigen.«

»Also gut! Dann steig ich eben ein«, sagte Clémentine. »Hopla! Alles einsteigen!«

»Schrei« sagte Citroën. »Du bist die Pfeife! Ich bin der Zugführer.«

»Ich auch«, sagte Joël und fing an, »tschu tschu« zu machen.

»Ich...«, begann Noël.

Dann schwieg er.

»Oh meine süßen Lieblinge«, sagte Clémentine.

Sie küßte sie rundum ab.

»Schrei«, sagte Citroën. »Wir halten.«

Joël fuhr langsamer.

»Ich muß schon sagen«, sagte Clémentine, vom vielen Schreien ganz heiser, »der fährt verteufelt gut, euer Zug. Kommt jetzt euren Brei essen.«

»Nein«, sagte Citroën.

»Nein«, sagte Joël.

»Mir zuliebe«, sagte Clémentine.

»Nein«, sagte Citroën.

»Nein«, sagte Joël.

»Dann weine ich aber«, sagte Clémentine.

»Das kannst du gar nicht«, bemerkte Noël geringschätzig, durch die wahrhaft anmaßende Bemerkung seiner Mutter aus seiner gewohnten Wortkargheit herausgerissen.

»Ach so! Ich kann nicht weinen?« sagte Clémentine.

Sie brach in Tränen aus, aber Citroën brachte sie sogleich zum Stillstand.

»Nein«, sagte er, »du kannst es nicht. Du machst nur hu, hu, hu. Wir hingegen machen aaah.«

»Also dann: ah, ah, aah!« sagte Clémentine.

»Das ist es nicht«, sagte Joël. »Paß auf.«

Dann brachte Noël, angesteckt von der Stimmung im Raum, eine Träne zuwege. Spielerisch befeuert, fuhr Joël damit fort. Citroën weinte nie. Aber er war sehr traurig. Vielleicht sogar verzweifelt.

Clémentine wurde unruhig:

»Aber ihr weint ja echt! Citroën! Noël! Joël! Hört auf mit dem Theater, meine Schätzchen! Meine Kleinchen! Meine Lieblinge! Nun weint doch nicht! Was ist denn bloß los mit euch?«

»Du Abscheuliche!« schrie Joël jämmerlich.

»Du Böse!« kreischte Citroën wütend.

»Scheuß!« brüllte Noël am lautesten.

»Aber meine Lieblinge! Nicht doch! Es war nicht so gemeint! Es war ja nur ein Spaß! Also, ihr bringt mich noch ganz durcheinander!«

»Ich will aber keinen Brei!« sagte Citroën und fing erneut an zu kreischen.

»Will aber keinen Brei!« sagte Joël.

»Will kein!« sagte Noël.

Wenn sie aufgeregt waren, fielen Joël und Noël wieder in die Babysprache zurück.

Gänzlich aus der Fassung geraten, liebkoste und küßte Clémentine die drei.

»Meine armen Kerlchen«, sagte sie. »Nun gut, dann essen wir ihn eben später. Jetzt nicht.«

Alles hörte auf, wie von einem Zauber gebannt.

»Komm Boot spielen«, sagte Citroën zu Joël.

»Boot«, schloß Noël.

Sie machten sich von Clémentine davon.

»Laß uns in Ruhe«, sagte Citroën. »Wir spielen.«

»Ich laß euch ja schon«, sagte Clémentine. »Wollt ihr, daß ich hierbleibe und stricke?«

»Nebenan«, sagte Citroën.

»Geh nach nebenan«, sagte Joël. »Hü, Boot!«

Clémentine seufzte und ging widerwillig hinaus. Sie hätte sie gerne noch ganz klein und brav gehabt. Wie am ersten Tag beim Stillen. Sie senkte den Kopf und hing der Erinnerung nach.

III

73. Februni

Jacquemort, versackt in Düsternis,
Lenkt hin zum Dorfe seine Schritte,
Kam näher schon der Lebensmitte,
Doch stumpf war des Gewissens Biß.
Sein Ich war leer, soviel ist klar,
Auch Fortschritt kaum bemerkbar war,
Das Wetter grau; es nieselt leise,
Und Schlamm bedeckt wie Eierspeise,
Des Wandrers Stiefel stellenweise...

Ein Vogel schrie. – »Ah! Verdammt nochmal«, sagte Jacquemort. »Jetzt hast du mich drausgebracht. Und dabei hatte es so gut angefangen. Von jetzt an werde ich von mir selbst nur mehr in der dritten Person reden. Das inspiriert mich.« – Er ging, er ging immerzu. Die Hecken beiderseits des Weges hatten sich während des Winters mit Eider-Eiderenten (das sind die Kinder der Eiderenten, genauso wie Gentlemen's Gentlemen die Kinder der Gentlemen sind) bevölkert, und all diese kleinen Eiderenten, die sich haufenweise in den Weißdornbüschen aufhielten, ließen es künstlich schneien, wenn sie sich mit heftigen Schnabelbewegungen die Bäuche kratzten. Die frischen grünen Gräben am Wegrand, bis obenhin voll Wasser und von Fröschen nur so wimmelnd, machten sich in Erwartung der Julembertrockenheit noch einen guten Tag.

»Man hat mich drangekriegt«, fuhr Jacquemort fort. »Dieses Land hat mich drangekriegt. Als ich ankam, war ich ein junger Psychiater voll Schwung, und jetzt bin ich ein junger Psychiater ganz ohne jeden Schwung. Das ist gewiß ein großer Unterschied. Und das verdanke ich alles diesem verrotteten Dorf. Diesem verdammten, widerwärtigen Dorf. Meinem ersten Besuch beim Alteleutemarkt. Jetzt finde ich den Alteleutemarkt sichtlich selber schon lustig, jetzt haue ich den Lehrlingen unbeabsichtigt eine runter, und La Gloïre habe ich auch schon schlecht behandelt, weil ich sonst Scherereien gehabt hätte. Nun ja! Aber jetzt ist Schluß damit! Ich werde mich wieder mit aller Energie an die Arbeit machen.« Dies sagte sich Jacquemort. Was sich in einem Menschenhirn so alles abspielen kann, ist unglaublich, das gibt zu denken.

Der Weg ächzte unter Jacquemorts Tritten. Er quatschelte und glitschelte und glumste und glukkerte. Am Himmel krächzten einige sehr malerische Raben, lautlos jedoch, da der Wind in die andere Richtung wehte.

»Wie kommt es«, dachte Jacquemort plötzlich, »daß es hier keine Fischer gibt? Das Meer ist doch in nächster Nähe und voll von Krabben, Arapeden und anderen eßbaren Schalentieren. Warum nur? Warum? Warum? Warum? Warum?«

Weil es eben keinen Hafen gab. Er war so entzückt darüber, die Lösung gefunden zu haben, daß er sich selbstgefällig zulächelte.

Der Kopf einer großen braunen Kuh ragte aus einer Hecke. Er näherte sich ihr, um ihr einen guten Tag zu wünschen; sie blickte in die entgegengesetzte Richtung, deshalb rief er sie an. Als er ganz nahe herankam, sah er, daß es nur ein abgeschnittener und auf einem Spieß aufgepflanzter Kopf war; eine bestrafte Kuh, ganz ohne Zweifel. Ein Schild war auch dabei, jedoch in den Graben gefallen. Jacquemort hob es auf und las das Gemisch aus Schlamm und Buchstaben: – Das nächste – Fleck – Mal – Fleck – gibst – Fleck – du – Fleck – mehr Milch. – Fleck. Fleck. Fleck.

Er schüttelte gequält den Kopf. Er hatte sich immer noch nicht daran gewöhnen können. Das mit den Lehrlingen mochte ja noch angehen... Aber die Tiere. Er ließ das Schild wieder fallen. Fliegendes Getier hatte Augen und Nase der Kuh zerfressen, daher sah sie einer Krebskranken lächerlich ähnlich.

»Noch eine für La Gloïre«, sagte er. »Auch das wird wieder an ihm hängenbleiben. Und Gold wird er auch wieder kriegen. Nur wird ihm das nichts nützen, weil er sich nichts damit kaufen kann. Also ist es das Einzige, was einen Wert hat. Es ist ohne Preis.«

So hat Jacquemort nach all den Jahren,
Als muntren Schritts er weiterlief,
Ein Argument als positiv
Für wahren Goldeswert erfahren.

»Da sieh einer an, sowas!« sagte sich Jacquemort. »Nun finde ich doch meinen ursprünglichen Schwung wieder. Wobei der Gegenstand dieser Erkenntnis ja eigentlich bedeutungslos bleibt, zumal es eine konstruierte Situation ist, in der La Gloïre sich befindet, und folglich das Gold für ihn keinen Sinn hat. Und außerdem regt mich Gold nicht weiter auf; aber immerhin hat es mir wieder hundert Meter weitergeholfen.«

Das Dorf tauchte auf. Auf dem roten Bach streifte La Gloïre mit seinem Boot auf der Pirsch nach Abfall umher. Jacquemort rief ihn an. Als das Boot ganz nahe bei ihm war, sprang er hinein.

»Nun?« sagte er leutselig. »Was gibt es Neues?«

»Nichts«, antwortete La Gloïre.

Jaquemort fühlte, wie im Hintergrund seines Schädels ein Gedanke Gestalt annahm, den er seit dem Morgen mit sich herumgetragen hatte.

»Sagen Sie«, schlug er vor, »wie wär's, wenn wir zu Ihnen nach Hause gingen? Ich würde Ihnen gern ein paar Fragen stellen.«

»Na gut«, sagte La Gloïre, »warum nicht? Gehen wir. Erlauben Sie?«

Wie von einer Feder geschnellt, sprang er ins Wasser. Dabei zitterte er schon vor Kälte. Keuchend arbeitete er sich zu einem treibenden Brocken Abfall vor und schnappte ihn geschickt mit dem Mund. Es war eine sehr kleine Hand. Mit Tinte befleckt. Er kletterte wieder an Bord.

»Da schau her«, sagte er und besah das Ding eingehend, »hat sich der Bankert von Chärles doch wieder geweigert, seine Schönschreibübungen zu machen.«

IV

98. Aprigust

»Mir graut wirklich immer mehr vor diesem Dorf«, sagte sich Jacquemort, während er sich im Spiegel betrachtete.

Er hatte sich soeben den Bart gestutzt.

V

99. Aprigust

Clémentine hatte Hunger. Beim Mittagessen nahm sie kaum mehr etwas zu sich, dann war sie nämlich damit beschäftigt, ihre drei Kleinen zu atzen. Sie überprüfte ihre Zimmertür und drehte den Schlüssel im Schloß um. Sie war beruhigt. Niemand würde hereinkommen. Sie ging wieder in die Mitte des Zimmers zurück, lockerte sich leicht den Gürtel ihres Leinengewandes. Verstohlen besah sie sich im Schrankspiegel. Sie trat ans Fenster und schloß es gleichfalls. Dann ging sie an den Schrank. Sie ließ sich jetzt Zeit, kostete das Verstreichen der Minuten voll aus. Den Schlüssel zum Schrank trug sie an einem dünnen Lederriemen am Gürtel. Im Schrank roch es übel. Es roch nach Aas, genauer gesagt. Darin lag ein Schuhkarton, aus dem der Geruch kam. Clémentine nahm ihn heraus und schnupperte daran. In der Schachtel hatte ein Rest Beefsteak auf einer Untertasse gerade den Zustand der Verwesung erreicht. Eine saubere Verwesung, ohne Fliegen und Maden. Es wurde einfach grün und stank. Schauderhaft. Sie strich mit dem Finger über das Beefsteak, betastete es. Es gab leicht nach. Sie roch an ihrem Finger. Ziemlich faulig. Genüßlich nahm sie das Beefsteak zwischen Daumen und Zeigefinger und biß sorgfältig hinein, wobei sie darauf achtete, den Mund schön voll zu bekommen. Das war leicht, weil es sehr zart war. Gemächlich kaute sie und nahm dabei sowohl die etwas seifige Konsistenz des beizig schmeckenden Fleisches wahr, das ihr hinter den Backen ein säuerlich prickelndes Gefühl verursachte, sowie den strengen Geruch, der der Schachtel entströmte. Sie aß die Hälfte davon, legte den Rest in die Schachtel zurück, die sie wieder an ihren primitiven Aufbewahrungsort zurückschob. Daneben lag ein Käsedreieck in ungefähr gleichem Zustand gänzlich verlassen auf dem Teller. Sie tunkte den Finger hinein, leckte ihn ab, das alles mehrmals. Widerwillig schloß sie den Schrank, ging hinüber ins Badezimmer und wusch sich die Hände. Dann legte sie sich aufs Bett. Diesmal würde sie sich nicht erbrechen. Das wußte sie. Jetzt würde sie alles in sich behalten. Man mußte nur Hunger haben, dafür würde sie schon sorgen. Auf jeden Fall mußte das Prinzip triumphieren: die besten Happen für die Kinder; sie lachte beim Gedanken, daß sie sich in ihren Anfängen damit begnügt hatte, Reste aufzuessen, die Fettränder von Koteletts und Schinken von ihren Tellern wegzuholen, die milchgetränkten Butterbrotschnitten, die um ihre Frühstückstassen herumlagen, zu vertilgen. Aber das kann schließlich jeder. Alle Mütter tun das. Das ist durchaus üblich. Mit den Pfirsichschalen war es da schon etwas schwieriger gewesen. Wegen des samtenen Gefühls auf der Zunge. Aber selbst Pfirsichschalen sind ein Klacks; außerdem essen sie die meisten Leute zusammen mit dem Fruchtfleisch. Sie hingegen ließ alle diese Speisereste verfaulen. Die Kinder verdienten dieses Opfer wirklich – je schrecklicher es war, je übler es roch, desto mehr hatte sie das Gefühl, ihre Liebe zu ihnen zu festigen, sie zu beweisen, als ob aus den Peinigungen, die sie sich selber zufügte, etwas Reineres und Wahreres erstehen könnte – alle ihre Verspätungen mußte sie wieder gutmachen, jede Minute, die sie nicht an sie gedacht hatte.

Doch blieb sie auf unbestimmte Weise unbefriedigt, da sie sich noch nicht dazu hatte durchringen können, auch Maden zu sich zu nehmen. Es war ihr auch durchaus bewußt, daß sie mogelte, wenn sie die aus der Speisekammer zurückbehaltenen Lebensmittelreste vor Fliegen schützte. Möglicherweise fiel das alles einmal auf die Kleinen zurück...

Morgen würde sie einen Versuch machen.

VI

107. Aprigust

»Wie bin ich doch unruhig«, sagte sich Clémentine, mit beiden Ellbogen am Fenster aufgestützt.

Der Garten färbte sich unter der Sonne golden.

»Ich weiß nicht, wo Noël, Joël noch Citroën sind. In diesem Augenblick könnten sie in den Brunnen gefallen sein, könnten sie giftige Früchte gegessen, von einem Jungen, der auf dem Weg mit seiner Armbrust spielt, einen Pfeil ins Auge bekommen haben, die Tuberkulose erwischen, wenn ihnen ein Kochscher Bazillus in die Quere kommt, beim Riechen an zu stark duftenden Blumen das Bewußtsein verlieren, von einem Skorpion gestochen werden, den der Großvater eines Dorfkindes, der unlängst vom Lande der Skorpione zurückgekehrte weltberühmte Forscher, mitgebracht hat, von einem Baum herunterfallen, zu schnell rennen und sich dabei ein Bein brechen, am Wasser spielen und dabei ertrinken, die Steilküste hinunterklettern, dabei straucheln und sich das Genick brechen, sich an einem alten rostigen Stück Draht aufritzen und sich dabei den Wundstarrkrampf zuziehen; sie werden an das andere Ende des Gartens gehen, dort einen Stein umwenden, unter diesem Stein wird eine kleine gelbe Larve liegen, aus der sogleich ein Insekt ausschlüpft, das ins Dorf fliegen, in den Stall eines wilden Stiers eindringen und diesen in der Nasengegend stechen wird; der Stier bricht aus seinem Stall aus und demoliert alles; und da läuft er auch schon den Weg hoch in Richtung des Hauses, er ist wie von Sinnen und läßt ganze Büschel schwarzen Haares an den Berberitzenhecken zurück, wenn er sich bei den Wegbiegungen in die Kurve legt; genau vor dem Haus rammt er mit gesenktem Kopf einen schweren, von einem alten, halbblinden Gaul gezogenen Karren. Unter dem Anprall bricht der Karren auseinander, und ein Metallteil wird in schwindelnde Höhen hinaufkatapultiert; vielleicht ist es eine Schraube, ein Bolzen, eine Mutter, ein Nagel, ein Deichselbeschlag, ein Haken vom Geschirr, ein Splint von den Rädern, die, schon einmal kaputt, mit handbehauenen Eschenschienen repariert worden waren; das Eisenstück jedenfalls saust in den blauen Äther hinauf. Es fliegt über das Gartengitter, mein Gott, es fällt, fällt immer tiefer, im Fallen streift es den Flügel einer Flugameise und zerfetzt ihn, die Ameise kann nicht mehr steuern, verliert ihre Flugstabilität, trudelt über den Bäumen, wie eine Ameise mit einem Tragflächenschaden eben, und geht plötzlich auf den Rasen nieder, wo, mein Gott, Joël, Noël und Citroën sitzen; die Ameise fällt auf Citroëns Wange, trifft womöglich auf Marmeladespuren, sticht ihn...«

»Citroën! Wo bist du?«

Clémentine war aus dem Zimmer gestürzt und schrie wie außer sich, wobei sie die Treppe im gestreckten Galopp hinunterraste. In der Vorhalle unten stieß sie mit dem Dienstmädchen zusammen.

»Wo sind sie? Wo sind meine Kinder?«

»Aber die schlafen doch«, antwortete die andere erstaunt. »Das ist doch die Zeit für ihren Mittagsschlaf!«

Nun ja! Diesmal war alles noch gut abgegangen, aber es wäre doch ganz leicht vorstellbar gewesen. Sie ging wieder in ihr Zimmer hoch. Ihr Herz klopfte. Es ist entschieden zu gefährlich, sie allein im Garten zu lassen. Auf jeden Fall mußte man ihnen verbieten, Steine umzuwenden. Man weiß nie, was man unter so einem Stein findet. Giftige Asseln, Spinnen, deren Stich tödlich ist, Kakerlaken, die Tropenkrankheiten übertragen können, gegen die man bisher kein Mittel gefunden hat, vergiftete Nadeln, von einem mörderischen Arzt bei seiner Flucht ins Dorf dort versteckt, nach der Ermordung von elf Patienten, die er dazu gebracht hatte, ihr Testament zu seinen Gunsten zu ändern, ein niederträchtiger Betrug, von einem diensthabenden jungen Assistenzarzt aufgedeckt, einem sonderbaren Heiligen mit rotem Bart.

»Was Jacquemort wohl gerade treibt?« dachte sie bei dieser Gelegenheit, oder auch umgekehrt. »Ich sehe ihn kaum mehr. Mir soll es recht sein. Unter dem Vorwand, daß er zugleich Psychiater und

Psychoanalytiker sei, würde er sich womöglich in die Erziehung von Joël, Noël und Citroën einmischen. Und mit welchem Recht, müßte man sich fragen. Die Kinder gehören ihrer Mutter. Weil sie sie unter Schmerzen zur Welt bringt, gehören sie ihrer Mutter. Und nicht ihrem Vater. Und ihre Mütter lieben sie, folglich haben sie das zu tun, was diese ihnen sagen. Sie wissen nämlich besser als jene, was sie brauchen, was gut für sie ist, was bewirkt, daß sie möglichst lange Kinder bleiben. Das ist ähnlich wie mit den Füßen der Chinesinnen. Den Chinesinnen werden die Füße in ganz spezielles Schuhwerk gesteckt. Vielleicht sind es Bandagen. Oder kleine Schraubstöcke. Oder Gußeisenformen. Auf jeden Fall richtet man es so ein, daß die Füße ganz klein bleiben. Dasselbe müßte man mit den Kindern insgesamt machen. Sie am Größerwerden hindern. In diesem Alter sind sie einfach viel besser dran. Da haben sie noch keine Sorgen. Auch keine Bedürfnisse. Und erst recht keine schlimmen Wünsche. Später werden sie größer. Sie werden ihren Aktionsbereich erweitern. Sie werden hinaus in die Welt wollen. Und das bedeutet lauter neue Risiken. Sowie sie aus dem Garten gehen, kommen tausend neue Gefahren auf sie zu. Was sag ich tausend? Zehntausend. Und dabei hab ich nicht mal großzügig geschätzt. Man muß um jeden Preis verhindern, daß sie den Garten verlassen. Schon im Garten selber lauert eine unübersehbare Menge von Gefahren. Da kann ein plötzlicher Windstoß einen Ast abbrechen und sie erschlagen. Braucht nur ein Regenschauer niederzugehen, und sie sind gerade in Schweiß gebadet vom Pferdspielen oder Zugspielen oder Räuber- und Gendarm-Spielen oder von irgendeinem anderen gängigen Spiel, und sie werden vom Regenschauer überrascht: schon haben sie sich eine Lungenentzündung eingefangen oder eine Rippenfellentzündung oder eine Erkältung, oder einen rheumatischen Anfall, oder Kinderlähmung, oder Typhus, oder Scharlach, oder die Masern, oder die Windpocken, oder diese neue Krankheit, deren Namen niemand weiß. Und wenn ein Gewitter losbricht. Blitz und Donner. Ich weiß nicht, es könnten auch diese Ionisationsphänomene auftreten, von denen in letzter Zeit so viel die Rede ist, der Name allein ist ja schon schlimm genug, erinnert einen immer an Inanition, dementsprechend fürchterlich wird es auch sein. Passieren kann noch allerhand anderes. Wenn sie aber aus dem Garten hinausgingen, wäre es natürlich noch viel schlimmer. Daran wollen wir im Augenblick gar nicht denken. Die haben erstmal genug zu tun, wenn sie alle Möglichkeiten des Gartens ausschöpfen wollen. Aber wenn sie dann einmal größer werden, du liebe Zeit...! Ja, das sind die zwei Dinge, die mich am meisten schrecken: daß sie größer werden und daß sie sich aus dem Garten entfernen. Gegen wieviele Gefahren man da Vorkehrungen wird treffen müssen! Nun, es ist wahr, als Mutter muß man gegen alles gerüstet sein. Aber lassen wir das. Darüber werde ich mir später noch den Kopf zerbrechen; zwei Dinge aber gehen mir nicht aus dem Kopf: das Größerwerden und das Fortgehen. Aber im Augenblick will ich mich auf den Garten beschränken. Nur auf den Garten allein, die Zahl der Unfälle ist ja enorm. Ach ja, richtig, der Kies auf den Alleen. Wie oft hab ich nicht schon gesagt, daß es unsinnig ist, die Kinder mit dem Kies spielen zu lassen. Wenn sie ihn schlucken? Das kann man gar nicht sofort bemerken. Und drei Tage später setzt es dann eine Blinddarmentzündung. Dann muß schnellstens operiert werden. Und wer soll das machen? Jacquemort? Der ist kein Arzt. Der Dorfarzt vielleicht? Da gibt es nur einen Tierarzt. Sie würden ganz einfach sterben. Nachdem sie Qualen erlitten hätten. Das Fieber. Ihr Wehgeschrei. Nein, schreien würden sie nicht, aber stöhnen, das wäre noch viel schrecklicher. Und kein Eis. Unmöglich, Eis aufzutreiben, um es ihnen auf den Bauch zu legen. Die Temperatur würde steigen und steigen, die Quecksilbersäule würde den Höchstwert übersteigen. Dann platzt das Thermometer. Und ein Glassplitter zerschneidet Joël das Auge, während er mitansieht, wie Citroën leidet. Er blutet. Er wird das Auge verlieren. Kein Mensch kann ihn verarzten.

Alles muß sich um Citroën kümmern, der immer leiser stöhnt. Den allgemeinen Aufruhr ausnutzend, schleicht Noël sich in die Küche. Ein Topf heißes Wasser auf dem Herd. Er hat Hunger. Man hat ihm sein Vesperbrot nicht gegeben, natürlich, wegen der beiden kranken Brüder hat man das einfach vergessen. Er steigt auf den Stuhl vor dem Herd. Um den Marmeladentopf herunterzuholen. Das Dienstmädchen aber hat ihn etwas weiter nach hinten gestellt als gewöhnlich, weil ihr ein Staubkorn ins Auge geraten ist. Das käme nicht vor, wenn sie etwas gründlicher zusammenfegte. Er beugt sich vor. Er rutscht aus. Er fällt in den Topf. Er hat gerade noch Zeit, einen Schrei auszustoßen, einen einzigen, dann ist er tot, aber er zappelt noch mechanisch wie die Krabben, wenn man sie lebendig ins kochende Wasser wirft. Er wird rot wie eine Krabbe. Er ist tot. Noël!«

Clémentine stürzte auf die Tür zu. Sie rief nach dem Dienstmädchen.

»Ja Madame.«

»Ich verbiete Ihnen hiermit, Krabben zum Mittagessen zu servieren.«

»Aber es gibt gar keine, Madame. Es gibt Roastbeef und Bratkartoffeln.«

»Ich verbiete es Ihnen trotzdem.«

»Ist recht, Madame.«

»Und machen Sie nie mehr Krabben. Auch keinen Hummer, noch Krebse, noch Langusten.«

»Gut, Madame.«

Sie ging in ihr Zimmer zurück. »Wäre es vielleicht nicht gar besser, alles kochen zu lassen, während sie schlafen, und alles nur kalt zu essen? Damit es niemals Feuer gäbe, wenn sie wach und aufgestanden wären? Versteht sich, daß die Zündhölzer sorgsam unter Verschluß gehalten würden. Das geschieht bereits. Das abgekochte Wasser, das sie immer trinken, könnte man ja am Abend aufsetzen, wenn sie schon im Bett sind. Glücklicherweise war sie auf das Abkochen des Wassers gekommen. Die Mikroben verlieren ihre Virulenz, wenn sie erst einmal gut durchgekocht sind. So weit, so gut, aber was war mit all dem, was sie sich so in den Mund stecken, wenn sie im Garten spielen. Dieser Garten! Man dürfte sie eigentlich gar nicht mehr in den Garten gehen lassen. Der ist ja auch nicht gesünder als ein sauberes Zimmer. Ein wirklich sauberes, täglich gescheuertes Zimmer ist fraglos besser als jeder Garten. Sicher, auf den Bodenfliesen können sie sich erkälten. Aber im Garten nicht weniger. Dort gibt es genauso starke Zugluft. Und nasses Gras noch dazu. Ein sauberes Zimmer dagegen... Ach ja, das ist allerdings wahr: die Gefahr mit den Bodenfliesen bleibt: Daran werden sie sich garantiert schneiden. Die Pulsadern werden sie sich daran aufschneiden, und weil sie eine Dummheit gemacht haben, trauen sie sich wie gewöhnlich nichts zu sagen; das Blut rinnt und rinnt, und Citroën wird ganz blaß. Joël und Noël weinen und Citroën blutet. Die Tür ist abgesperrt, weil man gerade Besorgungen machen gegangen ist, und Noël fürchtet sich vor dem Blut und versucht, durch das Fenster auszusteigen und um Hilfe zu rufen und schon klettert er auf die Schultern von Joël, hält sich ungeschickt fest, fällt und verletzt sich seinerseits am Hals, an der Halsschlagader; in wenigen Minuten ist er tot, sein kleines Gesicht ist ganz weiß. Das ist unmöglich, nein, nur kein abgesperrtes Zimmer...«

Wie eine Wahnsinnige stürzte sie aus ihrem Zimmer und brach in jenes hinein, in dem die drei Kleinen schliefen. Die Sonne erhellte die rosaroten Wände durch die Ritzen in den Jalousien; man hörte nichts außer dem leichten Hauch der drei regelmäßigen Atemzüge. Noël regte sich und grunzte. Citroën und Joël lächelten im Schlaf, die Fäuste halb geöffnet, entspannt und harmlos lagen sie da. Clémentines Herz schlug überlaut. Sie verließ das Zimmer und ging in ihr eigenes zurück. Diesmal ließ sie die Türen offen.

»Ich bin eine gute Mutter. Ich denke an alles, was passieren könnte. An alle Unfälle, die sie riskieren, denke ich schon im voraus. Ganz zu schweigen von den Gefahren, die sie laufen werden, wenn sie einmal größer sind. Oder, wenn sie einmal aus dem Garten hinauskommen. Nein. Das spare ich mir noch auf. Ich habe schon gesagt, daß ich mich später darum kümmern werde. Ich habe noch Zeit, ich habe noch genügend Zeit. Es gibt jetzt schon genug Katastrophen, die ich mir ausmalen kann. So viele Katastrophen. Ich liebe sie, weil ich immer daran denke, was ihnen Schlimmes zustoßen könnte. Um entsprechende Vorkehrungen zu treffen. Um jetzt schon vorzubauen. Ich gefalle mir nicht etwa darin, blutrünstige Unglücksfälle heraufzubeschwören. Sie drängen sich mir auf. Das beweist, daß ich an ihnen hänge. Daß ich für sie verantwortlich bin. Sie sind von mir abhängig. Sie sind meine Kinder. Ich muß alles tun, was in meiner Macht steht, um sie vor den unzähligen Gefahren zu bewahren, die ihnen auflauern. Die kleinen Engel. Unfähig wie sie sind, sich zu verteidigen, zu wissen, was gut für sie ist. Ich liebe sie. Es geschieht zu ihrem Wohl, daß ich an das alles denke. Mir macht es beileibe kein Vergnügen. Es läuft mir kalt dabei über den Rücken, wenn ich mir vorstelle, sie könnten giftige Beeren essen, sich ins feuchte Gras setzen, einen Ast auf den Kopf bekommen, in den Brunnen fallen, über den Rand der Steilküste hinunterrollen, Steine verschlucken, von Ameisen gebissen, von Bienen, Käfern und Dornen gestochen, von Vogelschnäbeln zerhackt werden, sie könnten auch an Blumen riechen, zu heftig daran riechen, ein Blütenblatt dringt ihnen ins Nasenloch, verstopft die Nase, dringt ins Gehirn, sie sterben, sie sind noch so klein, sie fallen in den Brunnen, ersaufen, ein Ast fällt ihnen auf den Kopf, eine Bodenfliese springt, das Blut, das Blut...«

Sie konnte nicht mehr. Ohne ein Geräusch erhob sie sich und begab sich auf leisen Sohlen ins Kinderzimmer. Sie setzte sich auf einen Stuhl. Von ihrem Platz aus sah sie sie alle drei. Sie schliefen einen traumlosen Schlummer. Nach und nach nickte auch sie ein, verkrampft und unruhig wie sie war. Manchmal zuckte sie im Schlaf zusammen wie ein Hund, der von der Wildhatz träumt.

VII

135. Aprigust

»Uff«, sagte sich Jacquemort, als er ins Dorf kam, »das ist nun schon gut das tausendste Mal, daß ich in dieses verfluchte Kaff komme, und diese Strecke kann mir nichts Neues mehr bieten. Allerdings hindert sie mich auch nicht daran, etwas anderes zu erfahren. Nun ja, einmal wird man sich wohl eine Zerstreuung leisten können.«

Überall hingen Anschläge. Weiße Plakate mit violettem Aufdruck, zweifellos mit einer Vervielfältigungsmaschine abgezogen. HEUTE NACHMITTAG LUXUS-VORSTELLUNG... und so weiter. Die Vorstellung sollte in der Remise hinter dem Pfarrhaus stattfinden. Sie war allem Anschein nach vom Pfarrer veranstaltet.

Auf dem roten Bach keine Spur von La Gloïre. Er mußte sich weiter entfernt, hinter der Biegung befinden. Aus den grauen Häusern kamen Leute im Sonntagsgewand, das heißt, wie zu einem Begräbnis angezogen. Die Lehrlinge blieben zu Hause. Damit sie das nicht allzu schwer ankam, bearbeitete man sie an solchen Vorstellungstagen derart mit Fußtritten, daß sie sich glücklich schätzten, den ganzen Nachmittag über allein zu Hause bleiben zu dürfen.

Jacquemort kannte nunmehr jeden Winkel, jeden

Umweg und jede Abkürzung. Er überquerte den großen Platz, auf dem nach wie vor der Alteleutemarkt abgehalten wurde, ging am Schulhaus entlang; wenige Minuten später bog er um die Kirche, um sich beim Schalter, an dem einer der Chorknaben des Pfarrers saß, eine Eintrittskarte zu kaufen. Er nahm einen teuren Platz, um gute Sicht zu haben. Dann betrat er die Remise. Einige Personen saßen bereits darin, andere kamen nach ihm. Am Tor der Remise riß ein zweiter Chorknabe die Hälfte seines Billets ab oder, genauer gesagt, zerriß das ganze Billett in zwei Hälften, wovon er ihm eine zurückgab. Ein dritter Chorknabe wies gerade einer Familie die Sitzplätze an, und Jacquemort wartete darauf, daß er sich seiner annähme, was auch sogleich geschah. Die drei Chorknaben trugen ihre Festtracht, roten Rock, Käppchen und Weißzeug aus reiner Spitze. Der letzte nahm Jacquemorts Billett und geleitete den Psychiater bis zu den Orchesterfauteuils. Der Pfarrer hatte alles, was in der Kirche an Stühlen vorhanden war, in die Remise gepfercht; es waren dermaßen viele Stühle, daß es an manchen Stellen nichts als Stühle gab, die einen auf den anderen, so daß man sich überhaupt nicht hinsetzen konnte; aber umsomehr Karten würde man verkaufen können.

Jacquemort setzte sich auf seinen Platz und gab dem Chorknaben, der sich ein Trinkgeld zu erhoffen schien, widerwillig eine Ohrfeige; er ging, ohne Weiteres abzuwarten. Dieses Weitere hätte zweifellos in ein paar ordentlichen Püffen bestanden; es war natürlich, daß sich Jacquemort nicht in aller Öffentlichkeit gegen die Landessitten auflehnte, trotz des Ekels, den er solchen Praktiken gegenüber immer empfand. Verlegen und mißmutig beobachtete er die Vorbereitungen zum Spektakel.

In der Mitte der Remise, zu allen vier Seiten von Kirchenstühlen umringt, war ein Boxring mit allen Schikanen aufgebaut; er wurde von vier geschnitzten und durch starke Metallzüge verankerten Pfosten gebildet, zwischen die man purpurrote Samtkordeln gespannt hatte. Auf zwei gegenüberliegenden Pfosten waren lediglich ein paar vertraute Szenen aus dem Leben Jesu dargestellt: Jesus, wie er sich am Wegrand die Füße kratzt, Jesus, wie er einen Liter Roten aussäuft, Jesus beim Angeln, kurz: eine Zusammenfassung der klassischen sulpizianischen Bildwelt. Die beiden anderen Pfosten hingegen waren von viel originellerem Charakter. Der linke, der Jacquemort am nächsten stand, sah einem großen Dreizack ähnlich, mit den Spitzen nach oben weisend und über und über mit höllischen Schnitzmotiven verziert, von denen einige geeignet schienen, einen Dominikaner zum Erröten zu bringen. Oder gleich mehrere Dominikaner. Oder sogar den Chef der Jesuiten. Der letzte Pfosten, in Form eines Kreuzes, zeigte auf die nichtswürdigste Weise des Pfarrers Ebenbild, nackt und von hinten, wie er gerade einen Kragenknopf unterm Bett sucht.

Pausenlos strömten Leute herein, und der Lärm der hin- und hergerückten Stühle, die Flüche derer, die keinen Platz fanden, weil sie sich zu knausrig gezeigt hatten, die schrillen Schreie der Chorknaben, der strenge Geruch der Füße im Verein mit dem Geächze irgendwelcher auf dem Markt erstandener Greise, die man hierhergeschleppt hatte, um sie während der Pausen zwicken zu können, das alles gab die seichte Atmosphäre einer Sonntagsvorstellung ab. Plötzlich hörte man ein gewaltiges Kratzgeräusch, wie von einer schlecht aufgelegten Schallplatte, und eine donnernde Stimme drang aus einem Lautsprecher, den Jacquemort im Hochblicken, an einem Balken befestigt, direkt oberhalb des Rings gewahrte. Schon nach wenigen Sekunden erkannte er die Stimme des Pfarrers; trotz der schlechten Tonqualität konnte man dem Faden seiner Rede folgen.

»So geht das nicht!« brüllte er zur Einleitung.

»Ah! Ah! Ah!« schrie die Menge, von der Abwechslung entzückt.

»Gewisse unter euch haben durch schmierigen Geiz und unwürdige Knickerigkeit die Lehren der Heiligen Schrift in den Schmutz ziehen wollen. Sie haben schlechte Plätze gekauft. Dafür werden sie sich nicht hinsetzen dürfen! Dies hier ist eine Luxus-vorstellung im Zeichen GOttes, eines Luxuswesens, und wer sich unter diesen Umständen weigert, luxuriös zu handeln, dem wird die Strafe der Bösen widerfahren, die auf ewig in der Hölle auf schäbigen Holzkohlefeuern, auf Torffeuern und sogar auf Feuern von dürrem Gras, wenn nicht gar von trockenem Mist braten werden.

»Geld zurück! Geld zurück!« schrien diejenigen, die keinen Platz zum Sitzen hatten.

»Euer Geld kriegt ihr mitnichten zurück. Setzt euch so gut ihr könnt, oder setzt euch auch nicht, GOtt ist das völlig egal. Wir haben auf eure Stühle andere Stühle draufgestellt, mit den Beinen nach oben, um euch klarzumachen, daß sie bei diesen Sitzplatzpreisen selbst für Stühle gerade noch gut genug sind. Schreit, protestiert wie ihr wollt, GOtt ist Luxus und Schönheit, ihr braucht euch nur teurere Karten zu kaufen. Wer das wünscht, kann sich sein Gewissen dadurch reinwaschen, daß er einen Zuschlag entrichtet, er wird jedoch seinen schlechten Platz trotzdem behalten. Wiedergutmachung hat noch nichts mit Vergebung zu tun.«

Man fand, daß der Pfarrer ein bißchen über die Schnur haute. Jacquemort fuhr herum, da er großen Splitterlärm vernahm. Da sah er den Hufschmied auf den billigen Plätzen stehen. In jeder Hand hielt er einen Stuhl und schlug beide gegeneinander. Beim zweiten Anprall zersplitterten die Stühle zu zündholzgroßen Stücken. Kurzerhand schleuderte er die Trümmer in Richtung der Kulissen, die durch einen gespannten Vorhang angedeutet waren. Das war das Signal. Alle diejenigen, welche schlechte Plätze hatten, packten die Stühle, die ihnen so zuwider waren, und fingen an, sie kurz und klein zu schlagen. Wer nicht die Kraft dazu besaß, reichte sie einfach an den Hufschmied weiter.

Bei all dem Heidenlärm flogen die Trümmer durch die Luft, sich gewaltsam einen Weg durch den Spalt bahnend, der zwischen den beiden Vorhanghälften klaffte. Ein glücklicherer Treffer als die anderen zerbrach die Vorhangstange. Durch den Lautsprecher hörte man den Pfarrer toben:

»Ihr habt kein Recht dazu! Der Luxus-GOtt verachtet eure schlechten Manieren, eure schmutzigen Strümpfe, eure gelbgefleckten Unterhosen, eure schwarzen Hemdkrägen und den Belag auf euren Zähnen. GOtt verwehrt das Paradies den mageren Saucen, den schlecht garnierten Hähnchen, den ausgemergelten Karrengäulen, GOtt ist ein herrlicher Silberschwan, GOtt ist ein Saphirauge in einem funkelnden Dreieck, ein Diamantauge auf dem Grunde eines goldenen Nachtgeschirrs, GOtt, das ist die Wollust der Karate, das sind die großen Geheimnisse aus Platin, die hunderttausend Ringe der Kurtisanen von Malampia, GOtt, das ist eine brennende Kerze, getragen von einem Bischof in Samt, GOtt lebt im wertvollen Metall, in flüssigen Perlen, im siedenden Quecksilber, im Kristall des Äthers. GOtt sieht euch, ihr Drecksäue, und er schämt sich für euch...«

Bei dem verbotenen Wort fingen die Leute, und selbst jene, die einen Sitzplatz hatten, zu schimpfen an.

»Jetzt langt's, Pfarrer! Wo bleibt deine Vorstellung?«

Die Stühle flogen immer lebhafter.

»Er schämt sich für euch! Ihr Rüpel, ihr Mistsäue, ihr Schwachköpfe, ihr seid der Schmutzlappen der Welt, die Kartoffeln im Suppentopf des Himmels, die Brennesseln im Garten Gottes, ihr seid... zum Grausen seid ihr, bääääh!«

Ein besser als die übrigen gezielter Stuhl hatte den Vorhang soeben ganz heruntergerissen, und man erblickte den Pfarrer in Unterhosen, wie er vor seinem Mikrophon herumtanzte und sich dabei die Arme über den Schädel hielt.

»Die Vorstellung, Pfarrer!« brüllte die Menge wie aus einem Munde.

»Gut! Drecksgesindel! Schon gut!« sagte der Pfarrer. »Gleich geht's los!«

Der Lärm verstummte sogleich. Die Stühle waren jetzt beinah alle besetzt, und die Chorknaben drängelten sich um den Pfarrer. Einer davon hielt ihm einen braunen, rundlichen Gegenstand hin, in welchen der Pfarrer eine Hand steckte. Dasselbe geschah mit der anderen Hand. Danach zog sich der Pfarrer einen prachtvollen, schreiendgelben Morgenmantel über und sprang hinkend in den Ring. Sein Mikrophon hatte er mitgebracht und befestigte es über seinem Kopf auf einer dafür vorgesehenen Schnur.

»Heute«, kündigte er ohne weitere Umschweife an, »werde ich vor euren Augen in zehn Runden zu je drei Minuten mit Kraft und Standhaftigkeit gegen den Teufel kämpfen!«

Ein ungläubiges Gemurmel wurde in der Menge laut.

»Lacht nicht!« schrie der Pfarrer. »Wer das nicht glaubt, soll herschauen!«

Er gab ein Zeichen, und der Küster kam wie der Blitz aus den Kulissen gefahren. Ein starker Geruch von verbranntem Schwefel breitete sich aus.

»Vor acht Tagen«, erklärte der Pfarrer, »habe ich folgendes herausgefunden: mein Küster ist der Teufel!«

Der Küster spie lässig eine ziemlich schöne Stichflamme. Trotz seines langen Morgenmantels konnte man recht gut seine stark behaarten Beine und die gespaltenen Hufe sehen.

»Ein Bravo für ihn!« schlug der Pfarrer vor.

Ein ziemlich schlapper Applaus ertönte. Der Küster schien verärgert.

»Was könnte GOtt mehr gefallen«, röhrte der Pfarrer, »als einer jener glorreichen und aufwendigen Kämpfe, in deren Veranstaltung sich die römischen Imperatoren so trefflich hervortaten, sie, die Liebhaber des Luxus schlechthin?«

»Genug!« sagte jemand, »Wir wollen Blut sehen!«

»Gut!« sagte der Pfarrer, »Oh, sehr gut sogar! Dann sage ich euch nur noch eines: ihr seid elende Banausen!«

Er ließ seinen Morgenmantel fallen; zwei Chorknaben dienten ihm als Betreuer; der Küster hatte niemanden. Die Chorknaben stellten Waschbecken, Fußschemel und Handtuch bereit, und der Pfarrer schob den Gebißschutz in den Mund. Der Küster sprach nur ein kabbalistisches Zauberwort, und schon ging sein nachtschwarzer Morgenmantel auf seinem Leib in Flammen auf und verschwand in einer roten Rauchwolke. Er grinste verschlagen und fing an, sich mit Schattenboxen ein bißchen einzuwärmen. Der Pfarrer sah bleich aus und schlug ein Kreuzzeichen. Da protestierte der Küster:

»Bitte keine Tiefschläge schon vor Beginn, mein lieber Pfarrer!«

Der dritte Chorknabe schlug kräftig mit einem Hammer gegen ein Kupferblech. Der Küster, der sich bislang in seiner Ecke aufgehalten hatte, kam in die Mitte des Rings vor. Beim Marmeladenbüchsendeckelgongschlag gab es ein allgemeines Ah!

Sofort ging der Teufel mit kurzen rechten Haken

zum Angriff über und durchbrach bei jedem dritten die Abwehr des Pfarrers. Letzterer jedoch erwies sich als Beherrscher eines beachtlichen Beinspiels; genauer gesagt, zweier fleischiger, feister, aber trotz ihrer Ungleichheit sehr gelenkiger Beine. Der Pfarrer konterte mit gestreckten Geraden von rechts und versuchte, damit seinen Gegner auf Distanz zu halten. Als der Küster seine Deckung aufgab, um eine Serie von Seitenhieben abzufeuern, nutzte er das aus und landete eine Linke in der Herzgegend, worauf der Küster einen abscheulichen Fluch ausstieß. Die Menge applaudierte. Der Pfarrer wollte sich gerade in die Brust werfen, als ihn ein unvermuteter Aufwärtshaken voll in die Kinnlade traf, was ihm schwer zu schaffen machte. Mit einer schnellen Serie von Linken brachte der Teufel ihm sodann eine Verletzung am rechten Auge bei. Er schien begierig darauf zu sein, eine Probe von der Vielseitigkeit seiner Kampftechnik zu geben. Schon traten am Körper der beiden Männer rote Flecken auf, und der Pfarrer war schon etwas außer Atem. Als der Küster ihn umklammerte, sagte er zu ihm:

»Vade retro!...«

Da fing der Küster zu lachen an, daß er sich die Seiten halten mußte; das nutzte der Pfarrer aus, ihm zwei ordentliche Gestreckte voll in die Fresse zu knallen. Das Blut spritzte. Fast zur gleichen Zeit erklang der Gong, und die beiden Gegner zogen sich jeder in seine Ecke zurück. Der Pfarrer war sogleich von seinen drei Chorknaben umringt. Die Menge klatschte Beifall, weil anständig Blut geflossen war. Der Teufel nahm einen Benzinkanister zur Hand, tat einen kräftigen Zug und spie dann eine schöne rußende Feuergarbe in die Luft, wobei das Mikrophonkabel leicht verbrutzelte. Die Menge klatschte noch heftiger. Jacquemort fand, daß sich der Pfarrer wacker schlug, sowohl als Veranstalter, als auch als Kämpfer. Die Idee, den Teufel leibhaftig auftreten zu lassen, schien ihm vorzüglich.

Unterdessen tupften die Chorknaben dem Pfarrer sorgfältig den Schweiß ab. Er schien nicht in allzu guter Verfassung zu sein, und große blutunterlaufene Male wurden an verschiedenen Stellen seiner Anatomie sichtbar.

»Zweite Runde!« verkündete das Kind am Gong, und es machte Bomm!

Diesmal schien der Teufel entschlossen zu sein, die ganze Chose vor Rundenende zu erledigen. Er griff an wie ein Verrückter und ließ dem Pfarrer kaum Zeit zum Atmen. Es war ein richtiger Hagel von Schlägen, der da herabregnete, sofern man vom Regen überhaupt sagen kann, daß er hagelt. Der Pfarrer ging zwischendurch immer wieder in die Knie und hängte sich sogar ein-, zweimal in die Seile, sehr zum Verdruß seiner Helfer. Doch dann machte er sich eine kleine Unterbrechung zunutze, ergriff mit beiden Händen den Kopf des Küsters und stieß ihm das Knie wuchtig gegen die Nase. Da ging der Teufel seinerseits mit einem lauten Aufschrei zu Boden.

Und wie aus einer Kehle riefen alle Chorknaben glücklich aus:

»Er schummelt! Es lebe der Pfarrer!«

»Es ist eine Schande!« versicherte der Teufel und rieb sich unter allen Anzeichen heftigsten Schmerzes die Nase.

Der Pfarrer war kreuzfidel und bog sich vor Lachen; aber es war eine Finte des Teufels gewesen, der sich jetzt plötzlich auf ihn stürzte und ihm zwei fürchterliche Leberhaken verpaßte und einen aufwärtigen Schwinger, welchen der Pfarrer, ohne es zu wollen, mit Hilfe seines linken Auges abfing. Welches sich daraufhin schloß.

Der Gong ertönte, dem Pfarrer zum Glück. Er spülte sich mehrmals den Mund aus und ließ sich ein großes rohes Beefsteak vors Auge binden, mit einem Loch darin, durch welches er hätte hindurchsehen wollen, wäre sein Auge noch dazu imstande gewesen. Der Teufel gab in der Zwischenzeit eine Reihe von Späßen zum besten, die großen Anklang fanden: besonders, als er unversehens die Hose herunterließ und der alten Kolonialwarenhändlerin den Hintern zeigte, erntete er großen Beifall.

Mitten in der dritten Runde, die sich für ihn noch schlechter anließ, zog der Pfarrer heimtückisch, während er mit einer Hand abwehrte, am Mikrophonkabel, das er vorher mit einem Trickmechanismus präpariert hatte. Sogleich klinkte sich der Lautsprecher aus und fiel auf den Kopf des Küsters, der wie vom Blitz gefällt zu Boden ging. Stolz drehte der Pfarrer mit über dem Kopf gekreuzten Fäusten eine Runde durch den Ring.

»Ich bin Sieger durch technischen K.O.«, verkündete er. »GOtt ist es, der durch mich gesiegt hat, dieser GOtt des Luxus und des Reichtums! GOtt war es! Und das in drei Runden!«

»Oh! Ah! Oh!« erklang es aus der Menge.

Die Dorfbewohner blieben einen Augenblick lang stumm, weil sich alles äußerst schnell abgespielt hatte. Und dann protestierten sie, weil sie die Minute im Durchschnitt teuer zu stehen gekommen war. Jacquemort war etwas unruhig geworden, er hatte das Gefühl, daß alles ein schlimmes Ende nehmen würde.

»Rück das Geld raus, Pfarrer!« schrie die Menge.

»Nein!« sagte der Pfarrer.

»Geld zurück! Pfarrer!«

Ein Stuhl kam geflogen, dann ein zweiter. Der Pfarrer sprang aus dem Ring. Ein wahrer Regen von Stühlen prasselte auf ihn nieder.

Jacquemort verdrückte sich zum Ausgang hin; da erhielt er einen Faustschlag hinters Ohr. Instinktiv ging er in Stellung und erwiderte den Schlag. Er erkannte seinen Widersacher im selben Augenblick, als er ihm mit der Faust die Zähne einschlug. Es war der Schreiner, der, seinen Mundinhalt ausspuckend, niedersank. Jacquemort besah seine Finger; er hatte zwei Knöchel gebrochen. Er leckte das Blut ab. Ein Gefühl der Beschämung überkam ihn. Er schüttelte es jedoch mit einem Schulterzucken ab.

»Was macht es schon...«, dachte er. »La Gloïre ist dazu da, es mir abzunehmen. Ich hätte ja ohnehin wegen der Ohrfeige, die ich dem Chorknaben gegeben habe, bei ihm vorbeischauen müssen.«

Er verspürte immer noch Lust, sich zu prügeln. Er schlug auf alles ein, was ihm unterkam. Er schlug blindlings um sich; es erleichterte ihn ungemein, Erwachsene zu prügeln.

VIII

135. Aprigust

Eben als Jacquemort die Türe von La Gloïres Behausung aufmachte, war letzterer im Begriff, sich anzukleiden. Er hatte soeben in der Wanne aus Massivgold ein Bad genommen, und schlüpfte nun, da er seine alte Arbeitskleidung weggehängt hatte, in einen prunkvollen, mit Goldbrokat ausgeschlagenen Morgenrock. Überall lag Gold herum, das Innere des alten Hauses schien ganz aus wertvollen Metallen zu bestehen. Gold quoll aus Truhen; Geschirr, Sessel, Tische, alles funkelte golden. Beim ersten Mal hatte das Schauspiel Jacquemort in helles Erstaunen versetzt, nun aber betrachtete er es mit derselben Gleichgültigkeit, die er allen nicht direkt mit seiner Manie verbundenen Dingen gegenüber an den Tag legte; das heißt, er sah es überhaupt nicht mehr.

La Gloïre sagte ihm guten Tag und wunderte sich, ihn in diesem Zustand zu sehen.

»Ich habe mich geprügelt«, sagte Jacquemort. »Bei der Vorstellung vom Pfarrer. Alle haben sich geprügelt. Er selber auch, aber unredlich. Deshalb haben sich die anderen ja auch eingeschaltet.«

»Entzückt über diesen Vorwand«, sagte La Gloïre.

Er zuckte die Achseln.

»Ich...«, sagte Jacquemort, »äh... ich schäme

mich ein bißchen; weil ich mich auch mitgeprügelt habe; und da ich sowieso bei Ihnen vorbeischauen wollte, habe ich gleich etwas Bargeld mitgebracht...«

Er hielt ihm eine Rolle Goldmünzen hin.

»Natürlich...«, murmelte La Gloïre bitter. »Das haben Sie sich ja schnell angewöhnt. Aber bringen Sie Ihre Kleider wieder ein wenig in Ordnung. Sie brauchen nicht zu verzagen. Ich nehme Ihnen Ihr Schamgefühl schon ab.«

»Vielen Dank«, sagte Jacquemort. »Und wie wär's, wenn wir jetzt unsere Sitzung wieder aufnähmen?«

La Gloïre ließ die Rolle Goldmünzen in eine Salatschüssel aus vergoldetem Silber fallen und legte sich ohne ein Wort zu sagen auf das niedrige Bett, das im hinteren Teil des großen Zimmers stand. Jacquemort setzte sich neben ihn.

»Erzählen Sie«, sagte er. »Entspannen Sie sich und reden Sie. Wir waren letzthin bis zu Ihrer Geschichte in der Schule gekommen, wo Sie diesen Ball gestohlen hatten.«

La Gloïre legte sich die Hand über die Augen und fing zu sprechen an. Jacquemort jedoch hörte nicht sogleich hin. Er war verblüfft. Im selben Augenblick, da der Alte sich die Hand auf die Stirn gelegt hatte, war es ihm, – aber vielleicht war es auch eine Täuschung – als ob er durch die Handfläche hindurch den fiebrigen und unruhigen Blick seines Patienten gesehen hätte.

IX

136. Aprigust

An Tagen, an denen Jacquemort sich intellektuell fühlte, zog er sich in Angels Bibliothek zurück und las. Es gab dort nur ein einziges Buch, was auch völlig ausreichte, ein vorzügliches enzyklopädisches Wörterbuch, in dem Jacquemort alphabetisch, wenn auch nicht logisch geordnet und nach Sachgruppen klassifiziert, die wesentlichen Elemente all dessen vorfand, aus dem sich gewöhnliche Bibliotheken zusammensetzen; hier allerdings in einem einzigen leider so unhandlichen Band versammelt.

Gewöhnlich verweilte er bei der Seite der Flaggen, die farbig war, und wo der Text, weil entschieden aufgelockerter als auf den anderen Seiten, dem Geist Entspannung und Erholung gönnte. Die elfte Flagge von links, ein blutiger Zahn auf schwarzem Grund, ließ ihn an jenem Tag an die kleinen wilden Hyazinthen denken, die man in den Wäldern findet.

X

1. Julember

Die drei Kinder spielten im Garten, knapp außer Sichtweite des Hauses. Sie hatten sich ihr eigenes Plätzchen ausgesucht: dort gab es Steine, Erde, Gras und Sand in zweckdienlichen Proportionen. Auch Sonne gab es da und Schatten, Trockenes und Feuchtes, Hartes und Weiches, Mineralisches und Pflanzliches, Lebendes und Totes.

Sie sprachen wenig. Mit einem eisernen Spaten hoben sie, ein jeder für sich, eine viereckige Grube aus. Von Zeit zu Zeit stieß der Spaten auf einen interessanten Gegenstand, den sein Besitzer sogleich heraushob, um ihn zum Haufen der vorangegangenen Funde zu legen.

Nach hundert Spatenstichen hielt Citroën inne.

»Stop!« sagte er.

Joël und Noël gehorchten.

»Ich habe einen grünen«, sagte Citroën.

Er zeigte ihnen einen kleinen schimmernden Gegenstand, der aussah wie ein Smaragd.

»Hier ist der schwarze«, sagte Joël.

»Und hier der goldene«, sagte Noël.

Sie legten die drei Gegenstände in Form eines Dreiecks auf dem Boden aus. Sorgfältig verband sie Citroën mit dürren Reisern. Und dann setzten sie sich ein jeder an eine Spitze des Dreiecks und warteten.

Plötzlich brach inmitten der drei Gegenstände das Erdreich auf. Eine winzige weiße Hand erschien, eine zweite folgte. Die Hände klammerten sich an die Ränder der Öffnung und eine klar durchscheinende Silhouette von zehn Zentimetern Höhe tauchte in dem Dreieck auf. Es war ein kleines Mädchen mit langen blonden Haaren. Es warf den drei Kindern Kußhändchen zu und begann zu tanzen. Es tanzte einige Minuten lang, ohne jemals aus dem Dreieck herauszutreten. Und dann blieb es plötzlich stehen, blickte zum Himmel und versank ebenso schnell im Erdboden, wie es aufgetaucht war. Anstelle der drei farbigen Steine blieben nur drei gewöhnliche Kieselsteine zurück.

Citroën stand auf und zerstreute die Reiser.

»Ich hab genug davon«, sagte er. »Ein anderes Spiel.«

Schon hatten sich Joël und Noël wieder ans Graben gemacht.

»Ich bin sicher, daß wir noch andere Sachen finden«, sagte Noël.

In diesem Augenblick stieß sein Spaten auf etwas Hartes.

»Ein riesiger Kieselstein«, sagte er.

»Laß sehen!« sagte Citroën.

Ein schöner gelber Kieselstein mit schimmernden

Äderungen. Er leckte daran, um herauszufinden, ob er auch so gut war, wie er aussah. Fast. Sand knirschte unter seinen Zähnen. In einer Vertiefung des Kiesels klebte eine ebenfalls gelbe, kleine Schnecke. Er sah genau hin.

»Diese hier«, sagte Citroën, »ist keine gute. Du kannst sie zwar essen, aber es ist keine von den guten. Die blauen sind es, die einen fliegen lassen.«

»Gibt es auch blaue?« fragte Noël.

»Ja«, sagte Citroën.

Noël kostete die gelbe. Sehr gesund. Jedenfalls besser als die Erde. Weich. Und klebrig. Kurz gesagt, schmackhaft.

Indessen hatte Joël seinerseits seinen Spaten unter einen schweren Stein gezwängt. Und wie schwer der war! Zwei schwarze Schnecken darunter.

Eine hielt er Citroën hin, der sie interessiert betrachtete, aber dann wieder an Joël zurückreichte. Unterdessen kostete Joël die seine.

»Nicht aufregend«, sagte er. »Schmeckt wie Tapioca, würde ich sagen.«

»Ja«, sagte Citroën, »aber die blauen sind gut. Schmecken wie Ananas.«

»Wirklich?« fragte Joël.

»Und danach kann man fliegen«, sagte Noël.

»Man fliegt aber nicht gleich«, sagte Citroën. »Vorher muß man arbeiten.«

»Man könnte ja vielleicht gleich arbeiten«, sagte

Noël. »Wenn man dann eine blaue findet, könnte man immerhin sofort losfliegen.«

»Oh«, sagte Joël, der in der Zwischenzeit gegraben hatte, »ich habe ein ganz schönes, neues Samenkorn gefunden.«

»Zeig her«, sagte Citroën.

Es war ein Samenkorn beinahe von der Größe einer Nuß.

»Man muß fünfmal draufspucken«, sagte Citroën, »dann wächst es.«

»Bist du sicher?« fragte Joël.

»Ganz sicher«, sagte Citroën. »Aber man muß es dabei auf ein frisches Blatt legen. Geh eines holen, Joël.«

Aus dem Samenkorn wuchs ein winziger Baum mit rosaroten Blättern. In dem zierlichen Geäst aus Silberdraht flatterten Singvögel. Der größte war gerade so groß wie der Nagel von Joëls kleinem Finger.

XI

347. Julember

»Schon sechs Jahre, drei Tage und zwei Stunden ist es her, daß ich mich hier in diesem vermaledeiten Dorf vergraben habe«, sagte sich Jacquemort, während er sein Abbild im Spiegel betrachtete.

Sein Bart hielt sich jetzt in einer mittleren Länge.

XII

348. Julember

Jacquemort wollte gerade ausgehen, als er Clémentine im Flur begegnete. Er sah sie kaum mehr. Seit Monaten. Die Tage verrannen auf so stetige und verstohlene Weise, daß man ihre Zahl nicht mehr wahrnahm. Sie hielt ihn an.

»Wohin gehen Sie in diesem Aufzug?«

»Wie gewöhnlich«, antwortete Jacquemort, »gehe ich meinen alten Freund La Gloïre besuchen.«

»Psychoanalysieren Sie ihn immer noch?« fragte Clémentine.

»Hm.. ja«, sagte Jacquemort.

»Das dauert aber lange.«

»Das muß gründlich gemacht werden.«

»Ihr Kopf wird größer«, bemerkte Clémentine.

Er wich etwas zurück, da sie ihn aus nächster Nähe ansprach, und er aus ihrem Atem einen unbeschreiblich aasigen Gestank herausroch.

»Das kann schon sein«, sagte Jacquemort, »er wird mir aber mit der Zeit so transparent, daß ich mir schon langsam Sorgen mache.«

»Nun, es hat wirklich nicht den Anschein, daß Sie sehr glücklich dabei sind«, sagte Clémentine. »Sie hatten ja ziemlich lange nach jemand Geeignetem gesucht.«

»Alle meine Analysanden haben mich im Stich gelassen, einer nach dem andern«, sagte Jacquemort. »Ich habe auf La Gloïre zurückgreifen müssen, weil er als einziger übrig blieb. Aber ich kann Ihnen sagen, daß sein mentaler Inhalt nicht sonderlich dazu angetan ist, seinen Empfänger zu erheitern.«

»Sind Sie schon weit?« fragte Clémentine.

»Wie meinen Sie?«

»Ist Ihre Psychoanalyse schon weit gediehen?«

»Mein Gott, es geht«, sagte Jacquemort. »Eigentlich sehe ich dem Augenblick, wo ich mit der Sondierung der untersten Schichten beginne, mit ziemlicher Beunruhigung entgegen. Aber das ist ja alles nicht so wichtig. Und Sie, wie geht's denn Ihnen so die ganze Zeit? Man sieht Sie nicht mehr bei den Mahlzeiten. Weder mittags noch abends.«

»Ich esse in meinem Zimmer«, sagte Clémentine mit Befriedigung in der Stimme.

»Ach so!« sagte Jacquemort.

Er musterte die Figur der jungen Frau.

»Es klappt offensichtlich trotzdem ganz gut«, sagte er schlicht.

»Ich esse nicht mehr als ich muß«, sagte Clémentine.

»Und die allgemeine Verfassung ist gut?« fragte er plump.

»Das kann ich leider nicht sagen. Ja und nein.«

»Was fehlt Ihnen denn?«

»Wenn ich ehrlich sein soll«, erklärte sie, »ich habe Angst.«

»Angst wovor?«

»Ich habe Angst um meine Kinder. Ununterbrochen. Es kann ihnen alles Mögliche zustoßen. Und das stelle ich mir vor. Oh! Die einfachsten Dinge; wegen irgendwelcher Unmöglichkeiten und Hirngespinste zerbreche ich mir nicht den Kopf; nein, die bloße Aufzählung dessen, was passieren könnte, macht mich schon wahnsinnig. Und ich kann gar nicht umhin, daran zu denken. Und dabei beziehe ich noch nicht einmal all die Gefahren ein, die ihnen außerhalb des Gartens drohen; glücklicherweise sind sie, bis jetzt wenigstens, noch nicht auf den Gedanken gekommen, hinauszugehen. Aber im Moment möchte ich mir das gar nicht vorstellen, sonst wird mir jetzt schon ganz schwindelig.«

»Aber denen passiert schon nichts«, sagte Jacquemort. »Kinder wissen mehr oder weniger unbewußt, was gut für sie ist, und bringen sich kaum je in eine mißliche Lage.«

»Glauben Sie?«

»Ich bin ganz sicher«, sagte Jacquemort. »Sonst wären wir beide wohl kaum da, weder Sie noch ich.«

»Da haben Sie nicht ganz unrecht«, sagte Clémentine. »Aber diese Kinder sind so verschieden von allen anderen.«

»Ja, ja«, sagte Jacquemort.

»Und ich liebe sie so sehr. Ich glaube, ich liebe sie so sehr, daß ich an alles gedacht habe, was ihnen in diesem Haus und in diesem Garten zustoßen könnte, und darüber mache ich kein Auge mehr zu. Sie können sich gar nicht vorstellen, was für eine Menge an Unfallsmöglichkeiten da zusammenkommt. Begreifen Sie, welche Prüfung es für eine Mutter bedeutet, die ihre Kinder so liebt, wie ich sie liebe? Aber in einem Haus gibt es dermaßen viel zu tun, daß ich nicht jeden Augenblick hinter ihnen stehen und auf sie aufpassen kann.«

»Und das Dienstmädchen?«

»Die ist dumm«, sagte Clémentine. »Mit ihr leben sie noch gefährlicher als ganz allein. Sie hat überhaupt kein Feingefühl, und ich würde die Kinder am liebsten so schnell wie möglich ihrem Einfluß entziehen. Sie hat nicht die mindeste Eigeninitiative. Nehmen wir nur an, die Kinder graben im Garten mit ihren Spaten etwas tiefer, stoßen auf eine Ölquelle, das Öl spritzt hoch und ertränkt sie alle, da wüßte sie nicht was tun. Die Ängste, die ich ausstehe! Ach! Und alles nur, weil ich sie liebe.«

»In der Tat«, sagte Jacquemort. »Ich stelle fest, daß Sie in Ihren Vorsichtsmaßnahmen nichts außer acht lassen.«

»Aber da sind auch noch andere Dinge, die mich quälen«, sagte Clémentine. »Ihre Erziehung. Ich zittere bei dem Gedanken, sie in die Dorfschule zu schicken. Selbstverständlich kommt es gar nicht in Frage, daß sie da allein hingehen. Aber ich kann sie doch nicht von diesem Mädchen hinbringen lassen. Da passiert ihnen bestimmt ein Unglück. Ich werde selbst gehen; Sie werden mich von Zeit zu Zeit vertreten, wenn Sie mir versprechen, ganz vorsichtig zu sein. Doch nein, ich glaube wirklich, daß ich da selber hingehen muß. Übrigens braucht man sich im Augenblick gar nicht so sehr den Kopf über ihren Unterricht zu zerbrechen, noch sind sie ja sehr jung; der Gedanke, sie könnten sich aus dem Garten entfernen, bringt mich derart durcheinander, daß mir noch gar nicht zu Bewußtsein gekommen ist, was das alles an Risiken mit sich bringt.«

»Lassen Sie doch einen Hauslehrer kommen«, sagte Jacquemort.

»Daran habe ich natürlich auch gedacht«, antwortete Clémentine, »aber ich muß Ihnen gestehen, daß ich eifersüchtig bin. Es ist ganz blöd, aber doch ganz verständlich; ich könnte es nie ertragen, wenn sie sich an jemand anderen binden würden als an mich. Nun, wenn es ein guter Hauslehrer ist, werden sie zwangsweise eine sehr starke Bindung zu ihm eingehen; wenn es ein schlechter ist, lege ich keinen Wert darauf, daß sie ihm in die Hände fallen. Wie auch immer, großes Vertrauen in die Schule habe ich seit jeher nicht gehabt, aber immerhin gibt es dort einen wirklichen Lehrer; wohingegen das Problem mit dem Hauslehrer praktisch unlösbar erscheint.«

»Der Pfarrer würde wohl einen sehr traditionellen Hauslehrer abgeben...«, sagte Jacquemort.

»Ich bin nicht sehr religiös, und ich sehe keinen Grund, weshalb meine Kinder es werden sollten.«

»Ich glaube nicht, daß sie bei diesem Pfarrer große Gefahr laufen«, sagte Jacquemort. »Er hat eine ziemlich gesunde Auffassung von der Religion und dürfte wohl in den seltensten Fällen eine Bekehrung bewirkt haben.«

»Der Pfarrer würde sich niemals dazu bereit erklären«, fiel ihm Clémentine ins Wort, »und das Problem bleibt bestehen. Sie werden eben ins Dorf gehen müssen.«

»Nun ja«, sagte Jacquemort, »wenn Sie es recht überlegen, es fährt ja sowieso nie ein Auto auf dieser Strecke. Oder höchst selten.«

»Eben«, sagte Clémentine, »es kommt so selten eines vorbei, daß man an gar nichts Böses denkt, und wenn dann zufällig eins daherkommt, ist es um so gefährlicher. Schon beim bloßen Gedanken läuft's mir kalt über den Rücken.«

»Sie reden ja schon wie der heilige Bimbam«, sagte Jacquemort.

»Hören Sie auf zu spotten«, sagte Clémentine. »Ich sehe wirklich keine andere Lösung, als sie selbst hinzubegleiten und wieder abzuholen. Was wollen Sie, wenn man seine Kinder liebhat, nimmt man jedes Opfer auf sich.«

»Damals, als Sie sie noch, ohne sie zu stillen, alleingelassen hatten, um auf Ihren Felsen herumzuklettern, haben Sie diese Konflikte noch nicht so gespürt«, bemerkte Jacquemort.

»Ich kann mich nicht erinnern, sowas je gemacht zu haben«, sagte Clémentine. »Und wenn ich es gemacht habe, muß ich wohl krank gewesen sein. Auf jeden Fall steht es Ihnen am wenigsten zu, mir das vorzuhalten. Sie wissen genau, daß es sich um eine Zeit gehandelt hat, wo Angel noch da war, und wo seine bloße Gegenwart ausgereicht hat, mich aus dem Häuschen zu bringen. Mittlerweile aber hat sich alles geändert, und ich bin diejenige, der die ganze Verantwortung für ihre Erziehung zufällt.«

»Befürchten Sie nicht, sie zu sehr von sich abhängig zu machen?« gab der Psychiater ein wenig beschämt zu bedenken.

»Was wäre natürlicher? Diese Kinder sind mein ein und alles, sie sind der einzige Grund, weshalb ich existiere; dafür ist es auch recht und billig, daß sie sich als Gegenleistung daran gewöhnen, sich unter allen Umständen auf mich zu verlassen.«

»Trotzdem meine ich«, sagte Jacquemort, »daß Sie die Gefahr übertreiben... denn unter diesen Umständen können Sie sie überall lauern sehen; nur ein Beispiel... ich wundere mich, daß Sie ihnen den Umgang mit Papier erlauben; mit dem Papier könnten sie sich schneiden, und wer weiß, vielleicht hat die Frau, die damit den Block Briefpapier eingepackt hat, ihre Familie einfach mit Arsenik vergiftet und vorher die genaue Dosis auf dem ersten Blatt abgewogen, dieses Blatt Papier kann also vergiftet und gefährlich sein... bei der ersten Berührung kann eines Ihrer Kinder tot umfallen... warum lecken Sie ihnen da nicht gleich den Hintern?...«

Sie dachte einen Augenblick nach.

»Sie wissen«, sagte sie, »... die Tiere machen das durchaus bei ihren Jungen... vielleicht sollte es eine gute Mutter auch tun...«

Jacquemort sah sie an.

»Ich glaube, Sie lieben sie wirklich«, sagte er sehr ernst. »Und im Grunde ist an der Geschichte mit dem Arsenik ja nichts Unwahrscheinliches dran, wenn man es sich recht überlegt.«

»Es ist zum Verrücktwerden«, sagte Clémentine aufgewühlt.

Sie brach in Tränen aus.

»Ich weiß nicht, was ich tun soll... ich weiß nicht, was ich tun soll...«

»Beruhigen Sie sich«, sagte Jacquemort, »ich werde Ihnen helfen. Ich bin mir gerade darüber klargeworden, daß es ein sehr komplexes Problem ist. Aber das läßt sich sicher in Ordnung bringen. Gehen Sie nach oben und legen Sie sich etwas hin.«

Sie ging.

»So also sieht eine Leidenschaft aus«, sagte sich Jacquemort, indem er seinen Weg wieder aufnahm.

Er hätte sie gern am eigenen Leibe erfahren. Aber in Ermangelung dessen konnte er sie immerhin beobachten.

Ein vager Gedanke, den in Worte zu fassen er nicht imstande war, quälte ihn indes. Ein verschwommener Gedanke. Ein nebuloser Gedanke. Auf alle Fälle würde es interessant sein, den Standpunkt der Kinder zu erfahren.

Aber das eilte nicht so sehr.

XIII

7. Oktember

Sie spielten auf dem Rasen unter dem Fenster ihrer Mutter. Immer weniger duldete sie, daß sie sich entfernten. Vorerst schaute sie ihnen noch zu, verfolgte jede ihrer Bewegungen und versuchte, in ihren Blikken zu lesen. Joël schien weniger lebhaft als gewöhnlich und hängte sich ganz ins Schlepptau seiner Brüder. Mit einem Mal stand er auf, befühlte seinen Hosenboden und sah seine Brüder an. Sie fingen an, um ihn herumzutanzen, als ob er ihnen etwas besonders Lustiges erzählt hätte. Joël rieb sich mit seinen Fäustchen die Augen und weinte sichtlich.

Clémentine verließ ihr Zimmer, lief die Treppe hinunter und war wenige Augenblicke später auf dem Rasen.

»Was ist los, mein kleiner Liebling?«

»Bauchweh!« schluchzte Joël.

»Was hast du denn gegessen? Hat dir dieses dumme Mensch wieder etwas Unrechtes gegeben, mein armer Engel.«

Joël stand breitbeinig da, zog den Bauch ein und streckte den Hintern heraus.

»Ich hab in die Hose gemacht!« schrie er verzweifelt.

Citroën und Noël setzten eine mißbilligende Miene auf.

»Er ist eben noch ein Baby!« sagte Citroën. »Macht er doch glatt noch in die Hose!«

»Und was für ein Baby!« sagte Noël.

»Nun kommt schon«, sagte Clémentine, »wollt ihr wohl nett zu ihm sein! Es ist nicht seine Schuld. Komm, mein Goldschatz, jetzt werden wir dir erstmal eine schöne saubere Hose anziehen, und dann kriegst du noch einen großen Löffel Süßwurz-Elixier.«

Citroën und Noël waren vor Neid und Staunen ganz baff.

Joël trottete ganz getröstet hinter Clémentine her.

»Das ist die Höhe«, sagte Citroën, »da macht er in die Hose und kriegt auch noch einen Löffel Süßfurz-Lixier.«

»Ja«, sagte Noël. »Ich will auch was davon.«

»Ich versuch mal zu drücken«, sagte Citroën.

»Ich auch«, sagte Noël.

Beide drückten aus Leibeskräften, daß ihre Wangen violett anliefen, aber es kam nichts.

»Ich schaff's nicht«, sagte Citroën. »Ich habe nur ein bißchen Pipi gemacht.«

»Schade«, sagte Noël, »dann kriegen wir eben keine Lixiere. Dafür verstecken wir aber den Bären von Joël.«

»Sieh mal an!« sagte Citroën, ganz erstaunt darüber, Noël einen so langen Satz sagen zu hören.

Er dachte nach und fügte hinzu:

»Die Idee ist gut, aber er darf ihn auch nicht wiederfinden.«

Noëls Stirn furchte sich angestrengt. Er suchte. Er drehte seinen Kopf nach rechts und nach links auf der Suche nach einer Eingebung. Citroën war auch nicht müßig und ließ seine Neuronen fieberhaft arbeiten.

»Schau mal!« sagte er. »Dort hinten!«

Dort hinten, das war der freie Platz, wo das Dienstmädchen immer auf hochgespannten eisernen Drähten die Wäsche aufhängte. Am Fuße eines der weißgestrichenen Pfosten, zwischen denen die Wäschedrähte gespannt waren, zeichnete sich der Umriß des Schemels ab.

»Wir verstecken ihn auf einem Baum«, sagte Citroën. »Wir nehmen dazu Blanches Schemel. Schnell, bevor sie wiederkommt.«

Sie liefen, so schnell ihre Beine sie tragen konnten.

»Aber«, keuchte Noël im Laufen, »er könnte ihn sich doch wieder herunterholen...«

»Nein«, sagte Citroën. »Verstehst du, wir zwei zusammen können den Schemel anheben, er allein schafft es nicht.«

»Glaubst du?« fragte Noël.

»Du wirst schon sehen«, sagte Citroën.

Sie kamen zum Schemel. Der war viel größer, als er von weitem ausgesehen hatte.

»Wir müssen aufpassen, daß er nicht umfällt«,

sagte Citroën, »sonst können wir ihn nicht wieder aufstellen.«

So gut sie es vermochten, schleppten sie das Ding davon.

»Mensch, ist der schwer!« sagte Noël nach zehn Metern.

»Beeil dich«, sagte Citroën. »Gleich kommt sie wieder.«

XIV

»So!« sagte Clémentine. »Jetzt bist du wieder ganz sauber.«

Sie warf den Wattebausch in den Topf. Joël stand mit dem Rücken zu ihr. Sie hatte ihn gerade kniend saubergemacht. Sie zögerte und sagte dann zu ihm:

»Bück dich, mein Herzchen.«

Joël beugte sich nach vorn, die Ellbogen auf die Schenkel gestützt. Sie nahm behutsam seine Popobacken, spreizte sie ein wenig auseinander und fing an zu lecken. Sorgfältig. Gewissenhaft.

»Was machst du da, Mami?« fragte Joël erstaunt.

»Ich putze dich, mein Liebling«, sagte Clémentine und unterbrach ihr Geschäft. »Ich möchte, daß du genauso sauber bist wie ein Katzenbaby oder ein Hundebaby.«

Es war nicht einmal erniedrigend. Und im Grunde recht natürlich. Was für ein Trottel, dieser Jacquemort! Unfähig, sowas zu begreifen. Dabei ist es das Wenigste. Und außerdem würde sie auf diese Weise sichergehen, daß sie sich keine Ansteckung mehr holen würden. Da sie sie ja liebte, konnte ihnen nichts von dem, was sie tat, schaden. Nichts. Eigentlich hätte sie sie ja von oben bis unten so säubern müssen.

Sie richtete sich auf und zog Joël die Hose wieder an, ganz in Gedanken versunken. Ganz neue Horizonte taten sich da auf.

»Geh zu deinen Brüdern, mein Schätzchen«, sagte sie.

Joël rannte davon. Am Fuß der Treppe fuhr er sich mit dem Finger auf der Hose zwischen die Hinterbacken, weil er dort noch ein bißchen feucht war. Er zuckte die Achseln.

Clémentine ging langsam wieder in ihr Zimmer zurück. So gut hatte das nun auch wieder nicht geschmeckt. Ein Zipfelchen Beefsteak würde ihr jetzt guttun.

Sie von oben bis unten auf diese Weise säubern, ja, das wär's.

Oft hatte sie sich schon gesagt, wie außerordentlich gefährlich es wäre, wenn sie sie baden ließe. Nur einen Augenblick der Unachtsamkeit. Man schaut weg, oder man bückt sich zum Beispiel nach der Seife, die weggeflutscht ist, die sich außer Reichweite hinter den Fuß des Waschbeckens verkrümelt hat. In diesem Augenblick entsteht ein ungeheurer Überdruck in der Wasserleitung, weil wie aus heiterem Himmel ein glühender Meteorit mitten ins Reservoir gefallen ist und sich, ohne zu explodieren, bis in die Hauptleitung hat vorarbeiten können, wahrscheinlich durch seine rasende Geschwindigkeit; da er nun aber festgeklemmt ist, fängt er an, das Wasser in den Röhren zu verdampfen, und eine Schockwelle (schönes Wort übrigens, Schockwelle) pflanzt sich mit großer Geschwindigkeit fort, dadurch fließt natürlich ungleich mehr Wasser als zuvor, so daß, während man sich nach der Seife bückt – außerdem ist es ja ein Verbrechen, Seifen in dieser Form zu verkaufen; eiförmig und rutschig, daß sie einem mir nichts dir nichts aus der Hand glitschen und weiß Gott wo landen, vielleicht sogar ins Wasser plumpsen und dabei einem Kind eine Mikrobe ins Nasenloch spritzen; – aber da kommen auch schon die Wassermassen daher, der Wasserspiegel steigt, das Kind erschrickt zu Tode, schluckt Wasser, kriegt keine Luft mehr – davon kann man bekanntlich sterben – sein armes Gesicht ganz violett – erstickt...

Sie wischte sich die feuchte Stirn ab und schloß den Kleiderschrank, ohne sich etwas daraus zu nehmen. Ihr Bett. Das brauchte sie jetzt sofort, ihr Bett.

XV

Etwas verärgert kehrte Joël zu seinen Brüdern zurück. Diese hatten den Spaten wieder zur Hand genommen und gruben, ohne irgendeine Bemerkung von sich zu geben.

»Glaubst du, daß wir auch noch eine blaue finden?« fragte Noël Citroën.

Joël blickte interessiert auf.

»Nein«, sagte Citroën, »ich habe dir ja schon gesagt, daß sie sehr selten sind. Auf fünfhundert Millionen kommt jeweils nur eine blaue.«

»Das ist doch blanker Unsinn«, entschied Joël, der sich wütend wieder an die Arbeit machte.

»Schade, daß er sie gegessen hat«, sagte Citroën. »Sonst würden wir vielleicht auch schon fliegen.«

»Gottseidank ist es seiner«, sagte Noël. »Mir würde es sehr auf die Nerven gehen, wenn meiner weg wäre.«

Ostentativ drückte er seinen Plüschteddy an sich.

»Mein Dumuzo!« sagte er zärtlich.

Joël, den Blick hartnäckig zu Boden gerichtet, arbeitete sich gerade verbissen durch eine kleine Kiesader.

Die Anspielung auf den Bären gab ihm einen Stich ins Herz. Wo war seiner? Er wollte den Kopf nicht heben, obwohl er ein leicht prickelndes Gefühl in den Augen verspürte.

»Sehr zufrieden sieht er nicht gerade aus«, stichelte Noël.

»Waren wohl nicht gut, die Lixiere?« fragte Citroën ironisch.

Joël gab keine Antwort.

»Er stinkt immer noch«, sagte Noël. »Kein Wunder, daß Poirogale abgehauen ist.«

Joël wußte, daß seine Stimme zittern würde, wenn er antwortete; und gerade das wollte er nicht. Er konnte kaum noch sehen, was er tat, sein Blick verschleierte sich immer mehr, aber er konzentrierte sich auf seine Kieselsteine. Und urplötzlich vergaß er den Bären, seine Brüder und alles um sich herum.

Eine hinreißende Schnecke von allerreinstem Kobaltblau kroch langsam über einen der Kiesel, die den Boden seiner Grabungsstelle bedeckten. Mit verhaltenem Atem betrachtete er sie. Mit zitternden Fingern hob er sie behutsam auf und führte sie verstohlen zum Mund. Die Spötteleien seiner Brüder drangen nur mehr durch einen dichten Freudennebel zu ihm.

Er schluckte die blaue Schnecke hinunter und erhob sich.

»Ich weiß ganz genau, daß ihr ihn versteckt habt«, sagte er mit Gewißheit in der Stimme.

»Nie im Leben«, sagte Citroën. »Der ist ganz allein

dort hinaufgeklettert, weil er nicht bei einem Papi bleiben wollte, der so übel riecht.«

»Das ist mir gleich«, sagte Joël, »ich geh ihn jetzt holen.«

Alsogleich hatte auch er den Schemel wenige Meter vom Baum entfernt entdeckt, und sodann den Baum selbst, auf dem Poirogale bequem zwischen zwei Ästen sitzend in gemütlichem Plausch mit einem Grünspecht begriffen war.

Jetzt galt es zu fliegen. Er breitete entschlossen die Arme aus und bewegte die Hände auf und ab. Citroën hatte es gesagt.

Als seine Fersen in Noëls Nasenhöhe waren, packte dieser Citroën beim Arm.

»Er hat eine gefunden...«, murmelte er.

»Auch gut«, sagte Citroën. »Das beweist mindestens, daß ich recht gehabt habe, wie du ja siehst.«

Der Grünspecht rührte sich nicht von der Stelle, als er Joël daherkommen sah, der sich's jetzt neben seinem Bären bequem machte und zu seinen Brüdern hinunterrief:

»Na, was ist, kommt ihr nicht?« schlug er spöttisch vor.

»Nein«, sagte Citroën. »Das macht uns keinen Spaß.«

»Uns aber schon«, sagte Joël. Und zum Grünspecht gewandt fragte er: »Oder nicht?«

»Oh ja, uns macht's großen Spaß«, bestätigte der

Grünspecht. »Aber wißt ihr, im Irisbeet drüben gibt's blaue Schnecken haufenweise.«

»Och«, sagte Citroën, »ich hätte auf jeden Fall welche gefunden. Im Notfall kann man sie ja auch mit blauer Farbe anmalen...«

Er ging auf das Irisbeet zu, gefolgt von Noël. Joël holte sie unterwegs ein. Er hatte Poirogale auf der Astgabel zurückgelassen.

»Wir werden viele davon essen«, sagte er, »dann können wir recht hoch hinauffliegen.«

»Eine tut's auch«, sagte Citroën.

Als Clémentine aus dem Haus trat, bemerkte sie den Schemel auf dem Rasen. Sie lief näher, um besser zu sehen. Sie sah den Baum. Und auf dem Baum Poirogale, gemütlich in seine Astgabel gelehnt.

Sie fuhr sich mit der Hand ans Herz und stürzte in den Garten, dabei lauthals nach ihren Kindern rufend.

XVI

8. Oktember

»Ich wage kaum, Ihnen nicht recht zu geben«, sagte Jacquemort, »aber man sollte doch nichts überstürzen.«

»Es ist die einzige Lösung«, sagte Clémentine. »Man kann das Problem drehen und wenden, wie man will. Das wäre alles nicht passiert, wenn es diesen Baum nicht gegeben hätte.«

»Liegt die Schuld nicht vielleicht eher beim Schemel?« gab Jacquemort zu bedenken.

»Natürlich. Nie hätte sie den so herumstehen lassen dürfen. Aber das ist ein anderes Kapitel. Und dafür wird sie auch bestraft werden, wie sie es verdient. Aber Sie verstehen doch wohl, daß ohne diesen Baum Citroën und Noël niemals auf die Idee gekommen wären, den Bären außer Reichweite von Joël zu verstecken? Dieser Baum ist an allem schuld. Außerdem stellen Sie sich bloß vor, daß er sogar versuchen hätte können, einfach hinaufzuklettern, um seinen Bären herunterzuholen, der arme Kerl.«

»Andererseits gibt es wieder Leute«, sagte Jacquemort, »die der Ansicht sind, daß die Baumkletterei gut für Kinder ist.«

»Nicht für meine Kinder!« sagte Clémentine. »Mit Bäumen kann allerhand passieren. Man kann nie wissen. Da fressen Termiten die Wurzeln an, und plötzlich fallen sie auf einen drauf, oder ein dürrer Ast bricht ab und erschlägt einen, oder der Blitz fährt hinein, der Baum geht in Flammen auf, der Wind schürt das Feuer, trägt Funken ins Kinderzimmer, und sie verbrennen!... Nein, es ist eine viel zu große Gefahr, Bäume im Garten zu haben. Auch möchte ich Sie fragen, ob Sie so freundlich sind, ins Dorf zu gehen, und die Männer zu bitten, sie alle umzuhauen. Die Hälfte davon können sie sich mitnehmen; ich behalte den Rest zum Heizen.«

»Welche Männer?« fragte Jacquemort.

»Oh, was weiß ich, Baumbeschneider, Holzfäller... ja, Holzfäller, ganz recht. Ich bitte Sie, zu veranlassen, daß man mir ein paar Holzfäller heraufschickt. Ist das so schwierig?«

»Oh nein«, sagte Jacquemort. »Ich geh schon. Man soll nichts auf die lange Bank schieben.«

Er erhob sich und machte sich auf ins Dorf.

XVII

Am Nachmittag kamen die Männer. Sie brachten zahlreiche eiserne Gerätschaften mit, Spitzeisen, Klammern und Kohlenbecken. Jacquemort sah sie daherkommen: er kam gerade von einem Spaziergang zurück, blieb stehen und ließ sie vorbei. Es waren ihrer fünf; überdies hatten sie noch zwei Lehrlinge mitgenommen, der eine etwa zehnjährig, schmächtig und rachitisch, der andere ein wenig älter, mit einer schwarzen Binde über dem linken Auge und einem komisch verdrehten Bein.

Einer der Männer machte Jacquemort ein Zeichen; er war es, mit dem Jacquemort den Preis der ganzen Operation ausgehandelt hatte; sie hatten sich schließlich geeinigt, Clémentines Vorschlag anzunehmen: die Hälfte der Bäume für die Holzfäller, die andere Hälfte für das Haus. Der Schuldbetrag würde sich vergrößern, falls sie wünschte, daß das Holz kleingeschnitten und ins Haus gebracht würde.

Jacquemort war ganz beklommen zumute. Wenn er ihnen auch keinen sentimentalen Wert beimaß – wie es einem ohne Erinnerung geborenen Individuum im Erwachsenenalter ja wohl auch nicht zukommt – so waren ihm diese Bäume doch wegen ihrer wahrscheinlich funktionellen Schönheit und ihrer anarchischen Einförmigkeit lieb und teuer geworden. Er fühlte sich ihnen innerlich nahe genug, daß er weder das Bedürfnis verspürte, mit ihnen zu reden, noch ihnen Oden zu widmen; aber er liebte den matten Widerschein des Sonnenlichts auf den gelackt anmutenden Blättern, das Schattenpuzzlespiel, für das sich die Blätter dem Tag als Schablonen hingaben, das leise, lebendige Geflüster der Zweige und den Geruch ihrer Ausdünstung am Abend nach einem heißen Tag. Er liebte die spitzen Zungen der Drachenbäume, die schuppig-geriffelten Strünke der stämmigen Palmen, die glatten und frischen Gliedmaßen der Eukalyptusbäume, die hochaufgeschossenen linkischen und zu schnell gewachsenen Mädchen glichen, wie sie liebenswert-ungraziös ihren wertlosen grünspanüberzogenen Kupferschmuck spazierenführen, nachdem sie sich Mutters Parfumfläschchen über den Kopf geleert haben. Er bewunderte die Kiefern, wie sie, bei ihrem unnahbar ernsten Äußeren, schon beim geringsten Berührungskitzel so bereitwillig ihr duftendes Harz verströmen konnten. Und er liebte auch die krüppeligen Eichen, die wie große, bullige und struppige Hunde dahockten. Er liebte überhaupt alle Bäume. Alle hatten eine eigene Persönlichkeit, ihre eigenen Sitten und ihre eigenen Schrullen und Vorlieben, aber alle waren sie sympathisch. Indes, die erstaunliche Mutterliebe Clémentines rechtfertigte ihre Opferung.

Die Männer blieben mitten im Rasen stehen und legten ihre Geräte ab. Sodann griffen zwei von ihnen zur Hacke und begannen zu graben, während die Lehrlinge mit großen Erdschaufeln, die länger waren als sie selbst, die aufgeworfene Erde wegräumten. Schnell zog sich der Graben hin. Jacquemort war denselben Weg wieder zurückgekommen und verfolgte diese Verrichtungen mit argwöhnischer Aufmerksamkeit. Die Lehrlinge häuften die Erde am Rand des Grabens auf und stampften sie fest, so daß ein breiter und niedriger Wall entstand.

Als die Arbeiter den Graben für tief genug befanden, hörten sie auf zu hacken und stiegen heraus. Ihre Bewegungen waren langsam und gesetzt, und ihre braunen, erdigen Kleider verliehen ihnen eine Ähnlichkeit mit großen Erdkäfern, die mit dem Vergraben ihrer Nachkommenschaft beschäftigt sind. Die Lehrlinge hoben immer noch Grund aus und häuften die Erde schwitzend und wie besessen an den Grabenrändern entlang auf. Gewissermaßen als Ermunterung kriegte in regelmäßigen Abständen jeder eine saftige Ohrfeige verpaßt. Unterdessen waren die drei übrigen Erdarbeiter zum Gartengitter gegangen und kamen nun zurück, wobei sie einen Handwagen, hochbeladen mit Knüppelholz von einem Meter Länge, hinter sich her auf das Plateau zogen. Sie stellten das ungefüge Fahrzeug neben dem Graben ab. Dann begannen sie, die Holzknüppel quer über die von den Lehrlingen soeben festgestampfte Erdunterlage zu legen. Sie reihten sie sorgfältig und lückenlos aneinander und versetzten jedem Ende einen kräftigen Hieb, um dem Ganzen festen Halt zu geben. Nachdem der Unterstand fertiggestellt war, nahmen sie wieder die Schaufeln zur Hand und machten sich daran, die Holzknüppel wieder mit Erde zu bedecken. Jacquemort winkte einen der Lehrlinge zu sich heran.

»Was machen die da?« fragte Jacquemort und gab ihm widerstrebend einen Tritt gegen das Schienbein.

»Das ist der Unterstand«, sagte der Lehrling, die Hand schützend vors Gesicht haltend; dann empfahl er sich und rannte zu seinen Kumpanen zurück. Die ihn bei der Ohrfeigenverteilung nicht zu kurz kommen ließen.

An diesem Tag schien keine Sonne, und der bleierne Himmel schimmerte in fahlem und unangenehmem Glanz. Jacquemort fröstelte es ein bißchen, aber er wollte dennoch weiter zusehen.

Der Unterstand schien jetzt fertig zu sein. Nacheinander stiegen die fünf Männer die sanft abschüssige, an einem Grabenende angebrachte Rampe hinunter. Alle fünf fanden im Unterstand Platz. Die Lehrlinge machten gar keinen Versuch, ihnen zu folgen, da sie sich schon im vorhinein das Resultat solchen Unterfangens ausmalen konnten.

Die Männer kamen wieder herauf. Vom Haufen

der Gerätschaften nahmen sie Haken und Spitzeisen. Die beiden Lehrlinge machten sich an den Kohlenbecken zu schaffen und fachten aus Leibeskräften die Glut an. Auf einen Befehl des Gruppenführers hin beeilten sie sich, die schweren glühendheißen Kohlenbecken aufzuheben und folgten damit den Männern zum ersten Baum. Jacquemort wurde zunehmend unruhiger. Das erinnerte ihn an den Tag, an dem man am Scheunentor den unzüchtigen Hengst gekreuzigt hatte.

Am Fuße einer zehn Meter hohen Dattelpalme stellte man das erste Kohlenbecken ab, und jeder steckte eines seiner Werkzeuge in die Glut. Das zweite wurde auf die gleiche Weise neben einem benachbarten Eukalyptusbaum hingestellt. Die Lehrlinge fingen an, in die Glut zu blasen, diesmal aber mit großen Lederblasebälgen, auf die sie mit aneinandergelegten Füßen sprangen. Unterdessen legte der Anführer sein Ohr vorsichtig an den Stamm der Dattelpalme, bald hierhin, bald dahin. Plötzlich hielt er inne und machte eine rote Markierung auf die Rinde. Der stämmigste der vier Holzfäller zog seinen Haken aus dem Feuer; es war eher ein pfeilförmiges Eisen als ein richtiger Haken, ein gestählter Harpunenspeer dessen hellrote Zacken in der schweren Luft rauchten. Mit einer entschlossenen Bewegung nahm er erst sicheren Stand, holte weit aus und harpunierte den glatten Stamm genau in der

Mitte der roten Markierung. Schon hatten die Lehrlinge im Laufschritt das Kohlenbecken weggebracht, und schon machte einer seiner Kameraden dasselbe beim Eukalyptusbaum. Und dann liefen die beiden Harpuniere, so schnell sie ihre Beine tragen konnten, zum Unterstand zurück und verschwanden darunter. Die Lehrlinge kauerten sich am Eingang, neben den Kohlenbecken, nieder.

Der Blätterschopf der Dattelpalme fing an zu zittern, zuerst kaum merklich, dann lebhafter, und Jacquemort biß die Zähne zusammen. Ein so spitzes und markerschütterndes Klagegeheul brach los, daß man sich die Ohren zuhalten mußte. Der Stamm der Dattelpalme geriet ins Schwingen, und mit jedem Ausschlag beschleunigte sich der Rhythmus der Schreie. Das Erdreich zu Füßen der Dattelpalme barst und öffnete sich. Der unerhörte Ton durchbohrte die Luft, zerriß die Trommelfelle, widerhallte im ganzen Garten und schien sich an der tiefhängenden Wolkendecke zu brechen. Mit einem Mal riß sich der Strunk aus der Erde, und der lange gekrümmte Stamm schlug in Richtung des Unterstandes der Länge nach hin. Doch da sprang und tanzte er auch schon über den Boden, näherte sich nach und nach dem Graben und stieß immer noch dieses unerträgliche Geheul aus. Wenige Sekunden später fühlte Jacquemort zum zweiten Mal den Boden erbeben. Der Eukalyptus war nun seinerseits auch umgestürzt. Er schrie nicht; er keuchte wie ein wildgewordener Schmiedeblasebalg, und seine silbrigen Zweige schlangen sich um ihn, wühlten tief den Boden auf beim Versuch, den Graben zu erreichen. Die Dattelpalme erreichte in diesem Augenblick das äußere Ende der Knüppeldecke und begann unter schnell aufeinanderfolgenden Kontraktionen darauf herumzuhämmern; aber schon nahm das Wehgeschrei an Stärke ab, und der Rhythmus wurde immer langsamer und langsamer. Der schwächlichere Eukalyptusbaum lag als erster still, einzig seine dolchklingenförmigen Blätter zitterten noch nach. Die Männer stiegen aus dem Graben. Ein letztes Mal schnellte die Dattelpalme hoch. Aber der Mann, auf den sie es abgesehen hatte, sprang lässig beiseite und brachte ihr einen kräftigen Hieb mit der Axt bei. Daraufhin war alles stumm. Nur noch ein paar Schauerwellen durchliefen die graue Säule. Noch ehe alles zuende war, hatten sich die Holzfäller zu den benachbarten Bäumen aufgemacht.

Jacquemort stand wie angewurzelt da, außer sich und mit schmerzendem Schädel stierte er sie an. Als er sah, wie die Harpune zum dritten Mal ins zarte Holz eindrang, konnte er nicht mehr länger an sich halten, er wandte sich um und floh zur Steilküste. Er lief und lief, und die Luft um ihn vibrierte vom Wutgeschrei und Wehgeheul des Baummassakers.

XVIII

11. Oktember

Nun war alles still. Alle Bäume lagen mit den Wurzeln in der Luft auf der Erde, die von riesigen Löchern übersät war, wie nach einem Bombenangriff von innen heraus. Es sah aus wie große leere, ausgetrocknete, trostlose Abszesse. Die fünf Männer waren ins Dorf zurückgekehrt, und die zwei Lehrlinge wurden mit dem Auftrag zurückgelassen, die Baumkadaver zu Kleinholz zu verarbeiten und dieses aufzustapeln.

Jacquemort sah sich das Desaster an. Nur noch etwas Buschwerk und Unterholz war übriggeblieben. Es gab nun gar nichts mehr zwischen seinen Augen und dem Himmel, der nun plötzlich befremdlich nackt und schattenlos war. Von rechts hörte man das Klappern einer Heckenschere. Der jüngere der beiden Lehrlinge kam vorüber, eine lange, zweigriffige, weiche Blattsäge hinter sich herschleifend.

Jacquemort seufzte tief und ging ins Haus zurück. Er stieg die Treppe hoch. Im ersten Stock lenkte er seine Schritte sogleich zum Kinderzimmer. Clémentine saß dort und strickte, während sie den Kindern Gesellschaft leistete. Im hinteren Teil des Zimmers besahen sich Noël, Joël und Citroën Bilderbücher und lutschten dabei Bonbons. Die Tüte mit den Bonbons lag in ihrer Mitte.

Jacquemort trat ein.

»Es ist vorbei«, sagte er. »Sie sind umgehauen.«

»Ah! Umso besser«, sagte Clémentine. »Jetzt werde ich um so vieles ruhiger sein.«

»Ist das alles, was Sie dazu zu sagen haben?« fragte Jacquemort. »Haben Sie den Lärm denn nicht gehört.«

»Ich habe kaum darauf geachtet. Ich nehme an, es ist normal, daß Bäume beim Umfallen Lärm machen.«

»Selbstverständlich...«, sagte Jacquemort.

Er sah die Kinder an.

»Wollen Sie sie immer noch im Haus behalten? Nun sind es schon drei Tage, daß sie nicht hinausgekommen sind. Jetzt laufen sie keine Gefahr mehr, wissen Sie!«

»Haben die Männer aufgehört zu arbeiten?« fragte Clémentine.

»Es ist nur noch das Holz kleinzumachen«, sagte Jacquemort. »Aber wenn Sie Angst um die Kleinen haben, werde ich auf sie aufpassen. Ich glaube, man sollte sie ein wenig frische Luft schnappen lassen.«

»Oh ja!« sagte Citroën. »Wir gehen mit dir spazieren!«

»Auf geht's!« sagte Noël.

»Seien Sie aber vorsichtig!« empfahl Clémentine. »Verlieren Sie sie auch nicht eine Sekunde lang aus den Augen. Ich würde vor Unruhe sterben, wenn ich denken müßte, daß Sie nicht auf sie aufpassen.«

Jacquemort verließ das Zimmer; die Kinder sprangen vor ihm her. Alle vier liefen sie die Treppe hinunter.

»Vorsicht, daß sie nicht in die Löcher fallen«, rief ihnen Clémentine noch nach. »Und daß sie nicht mit dem Werkzeug spielen.«

»Ja, ja!« sagte Jacquemort auf halber Höhe.

Sowie sie draußen waren, galoppierten Noël und Joël zur Stelle, von wo das Geräusch der Baumhacke herkam. Jacquemort folgte ihnen ohne Eile, in Begleitung von Citroën.

Der jüngere der Lehrlinge, der ungefähr zehn Jahre alt war, hieb gerade einer Kiefer die Äste ab. Der Stahl der Baumhacke hob sich und sauste nieder, feine Späne schwirrten mit jedem Hieb auf, und Harz erfüllte die Luft mit seinem nüsternkräuselnden Duft. Joël suchte sich einen bequemen Beobachtungsposten und blieb fasziniert stehen. Noël verweilte neben ihm, etwas im Hintergrund.

»Wie heißt du?« fragte Noël nach einem Augenblick.

Der Lehrling hob sein armseliges Gesicht.

»Weiß nicht«, sagte er, »Jean vielleicht.«

»Jean!« wiederholte Noël.

»Ich heiße Joël«, sagte Joël, »und mein Bruder heißt Noël.«

Jean gab keine Antwort. Die Baumhacke sauste mit trister Gleichförmigkeit nieder.

»Was machst du da, Jean?« fragte Citroën, der gerade dazugekommen war.

»Das da«, sagte Jean.

Noël hob einen Span auf und roch daran.

»Das muß sicher Spaß machen«, sagte er. »Machst du das immer?«

»Nein«, sagte Jean.

»Schau mal«, sagte Citroën. »Kannst du auch so weit spucken?«

Jean sah leidenschaftslos zu. Eineinhalb Meter. Er versuchte es seinerseits und schaffte mehr als das Doppelte.

»Oh!« sagte Noël.

Citroën war voll ehrlicher Bewunderung.

»Du spuckst ja verflixt weit«, sagte er voll Achtung.

»Mein Bruder spuckt viermal so weit«, sagte Jean, der Wertschätzung von Hause aus nicht gewohnt war und sich daher bemühte, das peinliche Lob auf einen Würdigeren abzuwälzen.

»Nun ja«, sagte Citroën, »dann muß der wirklich auch ganz schön weit spucken!«

Der Ast hing nur mehr an ein paar Fasern. Beim darauffolgenden Hieb wurde er abgetrennt, er sprang durch die Elastizität der Zweige sogleich wieder hoch und fiel dann zur Seite. Jean schob ihn mit der Hand weg.

»Vorsicht!« sagte Jean.

»Du bist aber stark!« sagte Noël.

»Ach«, sagte Jean, »das ist noch gar nichts. Mein Bruder ist noch viel stärker als ich.«

Trotzdem nahm er den nächsten Ast mit einigem Schwung in Angriff und ließ große Späne auffliegen.

»Sieh dir das an«, sagte Citroën zu Joël.

»Er könnte ihn beinahe mit einem einzigen Hieb abhacken«, sagte Noël.

»Ja«, sagte Citroën.

»Beinahe«, präzisierte Noël. »Immerhin doch nicht ganz mit einem Hieb.«

»Ich könnte ihn mit einem einzigen Hieb abhauen, wenn ich wollte«, sagte Jean.

»Das glaub ich gern«, sagte Citroën. »Hast du schon jemals einen Baum mit einem einzigen Hieb umgehauen?«

»Mein Bruder hat das gemacht«, sagte Jean. »Einen richtigen Baum.«

Er wurde sichtlich lebendiger.

»Wohnst du im Dorf?« fragte Citroën.

»Ja«, sagte Jean.

»Wir haben einen Garten«, sagte Citroën. »Das macht ungeheuer viel Spaß. Gibt es im Dorf noch andere Jungen, die so stark sind wie du?«

Jean zögerte einen Augenblick, aber die Ehrlichkeit obsiegte.

»Oh ja«, sagte er, »haufenweise!«

»Aber du«, sagte Noël, »du bist doch schon mindestens neun?«

»Zehn«, berichtigte Jean.

»Glaubst du, ich könnte auch Bäume umhauen, wenn ich zehn wäre?« fragte Citroën.

»Das weiß ich nicht«, sagte Jean. »Das ist sehr schwer, wenn man nicht weiß, wie!«

»Würdest du mir das einmal leihen?« sagte Citroën.

»Was?« sagte Jean. »Meine Baumhacke?«

»Ja, deine Baumhacke«, sagte Citroën mit sichtlichem Genuß am Wort.

»Versuch's mal«, sagte Jean großzügig. »Aber sie ist schwer, damit du's weißt.«

Citroën erhob sich respektvoll. Jean benutzte die Gelegenheit, um sich ausgiebig in die Hände zu spucken. Was Citroën sah, und ihm die Baumhacke darauf mit einer gewissen Verlegenheit zurückgab.

»Warum spuckst du dir in die Hände?« fragte Noël.

»Alle Männer machen das«, sagte Jean. »Davon werden die Hände härter.«

»Glaubst du, daß meine Hände davon auch härter werden?« fragte Citroën. »Vielleicht werden sie sogar so hart wie Holz...!«

»Weiß ich nicht«, sagte Jean.

Er machte sich wieder an seine Arbeit.

»Hast du schon einmal in deinem Garten nach Schnecken gegraben?« fragte Citroën.

Jean schniefte den Rotz hoch, während er sich die Frage durch den Kopf gehen ließ, und spuckte dann eine beträchtliche Menge der grünen Masse über eine wahrhaft verblüffende Entfernung.

»Oh!« sagte Noël. »Hast du das gesehen?«

»Ja«, sagte Citroën.

Interessiert hockten sie sich auf den Boden.

»Mein Bruder hat schon einmal einen Totenknochen gefunden«, sagte Jean. »Beim Graben.«

Sie hörten zu, jedoch ohne rechte Leidenschaft. Jacquemort stand daneben und betrachtete das sonderbare Quartett. Er war ein wenig verwirrt.

XIX

27. Oktember

Er schrak aus dem Schlaf hoch. Es wurde an seine Tür geklopft. Noch ehe er Zeit gehabt hätte, zu antworten, trat Clémentine ein.

»Guten Morgen«, sagte sie geistesabwesend.

Sie schien gänzlich verstört.

»Was ist los?« fragte Jacquemort beunruhigt.

»Nichts!« sagte Clémentine. »Es ist zu dumm, ich habe einen Alptraum gehabt.«

»Schon wieder ein Unglück?«

»Nein. Sie gingen aus dem Garten hinaus. Das verfolgt mich richtig.«

»Legen Sie sich wieder hin«, sagte Jacquemort, indem er sich im Bett aufsetzte. »Ich werde mich darum kümmern.«

»Worum?«

»Regen Sie sich nicht auf.«

Sie schien ein wenig beruhigt.

»Wollen Sie damit sagen, daß Sie etwas für ihre Sicherheit tun können?«

»Ja«, sagte Jacquemort.

Immer der gleiche nebulose Gedanke. Aber diesmal würde sie ihm eine konkrete Maßnahme abverlangen.

»Gehen Sie wieder zu Bett«, wiederholte er. »Ich

ziehe mich gleich an. Ich komme bei Ihnen vorbei, sobald ich die Angelegenheit in Ordnung gebracht habe. Die Kleinen werden wohl schon auf sein, denke ich?«

»Sie sind im Garten«, sagte Clémentine.

Sie ging hinaus und schloß die Tür hinter sich.

XX

»Nicht so«, sagte Citroën. »So.«

Er legte sich bäuchlings ins Gras und hob durch eine nicht wahrnehmbare Bewegung der Hände und Füße dreißig Zentimeter vom Boden ab. Dann plötzlich schoß er vorwärts und vollführte zehn Zentimeter weiter einen meisterhaften Looping.

»Nicht zu hoch«, warnte Noël. »Flieg nicht höher als der Busch. Sonst sieht man uns.«

Joël unternahm seinerseits einen Versuch, hielt aber auf dem Scheitelpunkt der Schleife an und glitt wieder in die Ausgangsposition zurück.

»Da kommt jemand!« flüsterte er, sowie er auf dem Boden angelangt war.

»Wer ist es?« fragte Citroën.

»Es ist Onkel Jacquemort.«

»Spielen wir Kieselsteine«, ordnete sein Bruder an.

Alle drei setzten sich nieder, den Spaten in der Hand. Wie vorhergesehen, erschien Jacquemort wenige Minuten später.

»Guten Tag, Onkel Jacquemort«, sagte Citroën.

»Guten Tag, Onkel«, sagte Joël.

»Guten Tag«, sagte Noël. »Setz dich zu uns.«

»Ich komme, ein bißchen mit euch zu plaudern«, sagte Jacquemort und setzte sich zu ihnen.

»Was sollen wir dir denn erzählen?« sagte Citroën.

»Mein Gott«, sagte Jacquemort, »dies und jenes. Was habt ihr gerade gemacht?«

»Wir suchen Kieselsteine«, sagte Citroën.

»Das macht euch großen Spaß, nicht wahr«, sagte Jacquemort.

»Sehr großen Spaß«, sagte Noël. »Das spielen wir jeden Tag.«

»Ich hab ein paar recht schöne gestern auf dem Weg ins Dorf gesehen«, sagte Jacquemort, »aber wie ihr seht, habe ich sie euch nicht mitbringen können.«

»Och, das macht nichts«, sagte Joël, »hier gibt's ja auch genügend.«

»Das ist wahr«, gab Jacquemort zu.

Ein kurzes Schweigen trat ein.

»Es gibt noch eine Menge anderer Dinge auf der Straße«, bemerkte Jacquemort harmlos.

»Ja«, sagte Citroën. »Es gibt überall eine Menge Dinge, das ist schon wahr. Wir sehen sie durch das Gitter hindurch. Wir übersehen den ganzen Weg bis hinunter zur Biegung.«

»Ach ja«, sagte Jacquemort, »aber nach der Biegung?«

»Oh«, sagte Citroën, »nach der Biegung wird es ja wohl das Gleiche sein.«

»Dort ist das Dorf, etwas weiter unten«, sagte Jacquemort.

»Mit solchen Jungen wie Jean«, sagte Citroën.

»Ja.«

Citroën schien reichlich angeekelt.

»Er spuckt sich in die Hände«, bemerkte er.

»Er arbeitet«, sagte Jacquemort.

»Spucken sich alle, die arbeiten, in die Hände?«

»Natürlich«, antwortete Jacquemort. »Damit sie den rechten Arbeitseifer kriegen.«

»Und vergnügen sie sich auch«, fragte Joël, »die Jungen im Dorf?«

»Sie spielen zusammen, wenn es Zeit zum Spielen ist. Aber sie arbeiten hauptsächlich. Sonst würden sie Prügel bekommen.«

»Wir«, sagte Citroën, »wir spielen immer zusammen.«

»Und dann gibt es da auch noch die Messe«, sagte Jacquemort.

»Was ist das, die Messe«, fragte Noël.

»Nun ja, das ist ein Haufen Leute in einem Saal, in einem sehr großen Saal, und dann gibt's da auch noch einen Herrn Pfarrer, der wunderschön verzierte Kleider trägt, und der spricht zu den Leuten, und die werfen ihm dann Steine in die Fresse.«

»Du sagst unanständige Wörter«, bemerkte Joël.

»Ist das alles?« fragte Citroën.

»Das kommt darauf an«, sagte Jacquemort. »Gestern nachmittag zum Beispiel hat der Pfarrer eine sehr schöne Vorstellung organisiert. Er hat sich mit dem Küster geschlagen, auf einer Bühne, mit Boxhandschuhen, und sie haben sich gegenseitig Kinnhaken gegeben, und schließlich haben sich alle im Saal gegenseitig verprügelt.«

»Du auch?«

»Na klar.«

»Was ist denn das, eine Bühne«, wollte Joël wissen.

»Das ist eine Art Fußboden, der etwas in die Höhe gebaut ist, damit alle sehen können. Die Leute sitzen ringsherum auf Stühlen.«

Citroën dachte nach.

»Macht man im Dorf auch noch andere Sachen, außer sich zu prügeln?« fragte er ziemlich befremdet.

Jacquemort schien unsicher.

»Du meine Güte«, sagte er, »nein, eigentlich nicht.«

»Na ja«, sagte Citroën, »dann finde ich, sind wir mit unserm Garten doch viel besser dran.«

Jacquemort zögerte nicht mehr.

»Soll das heißen«, sagte er, »daß ihr nun keine Lust mehr habt, hinauszugehen?«

»Nicht im geringsten«, sagte Citroën. »Wir sind ja schon draußen. Und dann prügeln wir uns ja nicht. Wir haben anderes zu tun.«

»Und das wäre?« fragte Jacquemort.

»Na ja...«

Citroën sah seine Brüder an.

»Kieselsteine suchen«, sagte er schließlich.

Sie fingen wieder an zu graben und gaben Jacquemort dadurch zu verstehen, daß sie seine Anwesenheit als eher störend empfanden. Jacquemort erhob sich.

»Macht euch das nichts aus, daß es keine Bäume mehr gibt?« fragte er sie, bevor er ging.

»Oh«, sagte Citroën, »es war hübsch, aber das wächst ja sicher alles wieder nach.«

»Aber wie ist es mit der Baumkletterei?«

Citroën sagte nichts. Noël antwortete an seiner Stelle.

»In unserem Alter«, sagte er, »klettert man nicht mehr auf Bäume.«

Jacquemort war etwas verwirrt und entfernte sich, ohne noch einmal zurückzublicken. Hätte er sich noch einmal umgewandt, hätte er gesehen, wie drei kleine Silhouetten im Steilflug zum Himmel schossen und sich hinter einer Wolke versteckten, um ungestört lachen zu können. Was die Erwachsenen manchmal so daherreden, ist wirklich hirnverbrannt.

XXI

28. Oktember

Jacquemort kam mit großen Schritten zurück; den Rücken gebeugt, den Bart ganz schmal, den Blick starr zu Boden gerichtet. Er verfügte jetzt über eine beträchtliche Opazität und fühlte sich dementsprechend äußerst materiell. Die Sitzungen hatten Fortschritte gezeitigt und auch an Zahl zugenommen; sicherlich würde es jetzt kaum noch welche geben. Besorgt fragte sich Jacquemort, was das alles wohl für ein Ende nehmen würde. Er mochte tun und sagen, was er wollte und aus La Gloïre alles mögliche herausquetschen, für sich selbst jedoch gewann er in geistiger Hinsicht rein gar nichts hinzu. An Lebendigem besaß er nur Erinnerungen und eigene Erfahrungen. Die von La Gloïre zu integrieren, gelang ihm nicht. Zumindest nicht alle.

»Genug damit«, sagte er sich. »Die Natur ist frisch und schön, obwohl das Jahr sich schon dem Ende zuneigt. Oktember, der mir am liebsten ist an meerumspülten Gestaden, Oktember voll der Düfte und überreif, mit schwarzen harten Blättern und rotgezähnten Brombeerhecken und all den Wolken, die am Himmelsrand sich ballen und dahinziehn, Getreidestoppeln in dem Gelb von altem Honig, all das ist doch sehr schön, die Erde ist weich und braun und warm, dabei sich in Aufregung stürzen, wäre doch Irrsinn, wo das alles doch allzubald wieder vergangen sein wird. Ach, was ist dieser Weg doch lang!«

Ein Zug Malitten, die zweifellos gerade in den Süden aufbrachen, lenkte seinen Blick nach oben, seines feinen Gehörs wegen. Merkwürdig, diese Gewohnheit, in Akkorden zu singen: die Vögel an der Spitze pfiffen die Baßstimme, die in der Mitte übernahmen die Tonika, die anderen teilten sich untereinander Dominante und Leitton; einige gar versuchten sich in verfeinerten Ausschmückungen, wie zum Beispiel verminderte Septimen. Alle begannen und endeten zur selben Sekunde, jedoch mit höchst unüblichen Intervallen.

»Die Sitten der Malitten«, dachte Jacquemort. »Wer wird sie wohl studieren? Wer mag sie wohl zu beschreiben wissen? Ein dickes Buch würde man füllen können, mit farbigen Kunstdrucktafeln, radiert von der schaffensreichen Hand eines unserer tüchtigsten Tiermaler. Malitten, Malitten, warum erforscht denn keiner eure Sitten? Unselig, wer jemals eine fing, rußfarbene Malitten, mit eurer roten Brust, dem Mondauge und dem leisen Fiepen junger Mäuse! Malitten, die ihr sterbt, sowie man den leisesten Finger an euer unantastbares Gefieder legt, die ihr aus dem geringsten Anlaß eingeht, schon wenn man euch zu lange anschaut, oder dabei gar noch lacht, wenn man euch den Rücken kehrt, wenn man seinen

Hut zieht, wenn die Nacht auf sich warten läßt, wenn der Abend allzufrüh hereinbricht. Ihr empfindsamen und zartleibigen Malitten, bei denen das Herz all jenen Platz beansprucht, wo andre Tiere sonst nur nichtswürdige Organe bergen.«

»Vielleicht sehen andere die Malitten nicht so, wie ich sie sehe«, sagte sich Jacquemort. »Und vielleicht sehe ich sie auch nicht so, wie ich es sage, doch eines ist immerhin sicher, nämlich wenn man die Malitten auch gar nicht sieht, so sollte man zumindest so tun, als sähe man sie. Außerdem sind sie dermaßen sichtbar, daß es lachhaft wäre, sie zu übersehen.

Die Straße nehme ich von Mal zu Mal weniger wahr, soviel steht jedenfalls fest. Weil ich sie zu gut kenne. Und dennoch finden wir hauptsächlich das schön, was uns vertraut ist, heißt es. Ich möglicherweise nicht. Oder vielleicht deshalb, weil mir diese Vertrautheit die Freiheit läßt, an ihrer Stelle etwas anderes zu sehen. Die Malitten eben. Also wollen wir richtigstellen: wir finden das schön, was uns genügend gleichgültig ist, daß es uns erlaubt, das zu sehen, was wir statt dessen sehen wollen. Vielleicht tue ich unrecht daran, hier die erste Person Plural zu setzen. Also das Ganze nochmal im Singular: ich finde... (siehe oben).«

»Ach du meine Güte«, sagte sich Jacquemort, »da bin ich doch plötzlich so unerhört tiefsinnig und spitzfindig geworden. Wer hätte das gedacht. Im übrigen zeugt diese letzte Definition von einem anomal gut entwickelten gesunden Menschenverstand. Und es gibt nichts Poetischeres als einen gesunden Menschenverstand.«

Die Malitten flogen hin und her, wendeten ganz unvermutet, zeichneten auch am Himmel die graziösesten Figuren, unter welchen, bei längerem Verweilen des Bildeindrucks auf der Netzhaut, das Cartesianische Trifolium erkennbar geworden wäre, sowie noch eine Reihe anderer kurzweiliger schnörkeliger Figuren, einschließlich jener verliebt verschlungenen, die man die kardioide, will sagen die herzförmige nennt.

Jacquemort sah ihnen immer zu. Sie flogen mit jedem Mal höher, stiegen in weiten Spiralen auf, bis sie keine eindeutig unterscheidbaren Umrisse mehr zeigten. Es waren jetzt nur mehr einfache schwarze Punkte, in eigenwilliger Anordnung und von kollektivem Leben beseelt. Als sie vor der Sonnenscheibe vorbeiflogen, kniff er geblendet die Augen zusammen.

Plötzlich bemerkte er in Richtung Meer drei etwas größere Vögel, die so schnell flogen, daß man ihre Gattung nicht zu bestimmen vermochte. Mit der Hand als Sonnenschirm über den Augen versuchte er seinen Eindruck zu vertiefen. Aber die drei Flugwesen waren schon vorüber. Er sah sie hinter einem fernen Felsblock wieder auftauchen, wobei sie einen rasanten Bogen beschrieben und dann eines nach dem anderen gen Himmel stachen, immer noch mit der gleichen atemberaubenden Geschwindigkeit. Ihre Flügel mußten so schnell schlagen, daß er sie nicht ausmachen konnte – es waren drei längliche, spindelförmige, nahezu gleich aussehende Silhouetten.

Die drei Vögel hielten in geschlossener Formation auf die Malitten zu. Jacquemort blieb stehen und schaute. Das Herz schlug ihm schneller, eine Gemütsbewegung, für die er keine Erklärung fand. Vielleicht war es die Leichtigkeit und Anmut der Neuankömmlinge – vielleicht die Furcht, sie könnten über die Malitten herfallen – vielleicht auch der Eindruck völliger Übereinstimmung, der von ihrer vollendet synchronen Flugbewegung herrührte.

In steilem Winkel, entlang einem imaginären Luftabhang schossen sie hoch; ihre Geschwindigkeit raubte einem den Atem. »Nicht einmal Schwalben könnten ihnen folgen«, dachte Jacquemort. Und es mußten auch ziemlich große Vögel sein. Die Ungewißheit über die Entfernung, aus der er sie zuerst wahrgenommen hatte, erlaubte ihm nicht einmal eine annähernde Schätzung ihrer Größe; sie hoben sich aber vom Himmel unendlich deutlicher ab als die Malitten, die sich jetzt, fast an der Grenze der Wahrnehmbarkeit, wie Stecknadelköpfe auf dem grauen Samt des Himmels verloren.

XXII

28. Oktember

»Die Tage werden schon kürzer«, sagte sich Clémentine. »Die Tage werden kürzer, und man redet schon vom Winter und vom Frühling. In dieser Jahreszeit gibt es unendlich viele Gefahren, eine Unmenge neuer Gefahren, die man schon im Sommer mit Schrecken absieht, deren Einzelheiten sich einem aber erst in dem Augenblick erschließen, wo die Tage kürzer werden, wenn die Blätter fallen, wenn die Erde anfängt zu riechen wie ein nasser Hund im Warmen. Novanuar, Monat des kalten Nieselregens. Der fallende Regen kann eine Menge Unheil an allen möglichen Orten anrichten, er kann die Felder durch Sturzbäche verwüsten, die Hohlwege überschwemmen, die Raben vertreiben. Er kann auch plötzlich gefrieren, und Citroën bekommt eine doppelseitige Lungenentzündung; da liegt er und hustet und spuckt Blut, seine Mutter steht verzweifelt am Kopfende seines Bettchens und beugt sich über sein abgezehrtes armes Gesichtchen, das anzuschauen einem das Herz wehtut, und die anderen, ohne Aufsicht, nutzen das aus und gehen ohne ihr hohes Schuhwerk ins Freie, erkälten sich ihrerseits ebenfalls, jeder erwischt eine Krankheit anderer Natur, unmöglich, alle drei gleichzeitig zu kurieren, man läuft sich die Beine ab beim Hin- und Herlaufen von einem Zimmer zum anderen, aber sogar noch auf Beinstümpfen, auf Stümpfen, aus denen das Blut nur so auf die kalten Fliesen sprudelt, stürzt man sich mit dem Tablett und den Medikamenten von einem Bett zum anderen; und die Mikroben der drei verschiedenen Zimmer treiben durch die Luft und vereinigen sich unversehens, und aus dieser Dreierverbindung entsteht ein scheußlicher Bastard, eine monströse Krobe, auch mit bloßem Auge sichtbar, welche die besondre Eigenschaft besitzt, weiche, schreckliche Nervenknoten wachsen zu lassen, die wie gallertartige Rosenkränze an den Gelenken der darniederliegenden Kinder wuchern; und schon platzen die prallgefüllten Knoten auf, jawohl, und die Mikroben entströmen den Wunden, jawohl, da sieht man es wieder, was so ein Regen alles anrichten kann, der gräuliche Oktemberregen und der Novanuarwind, der ihn begleitet. Ach! Der Wind kann jetzt nicht mehr die schweren Äste von den Bäumen reißen und sie Unschuldigen auf die Köpfe schmeißen. Doch auch wenn der Wind sich rächt, das Meer mit seinem rauhen Atem peitscht, und die Brandungswellen hochschlagen, über die ausgewaschene Steilküste hinausschießen? An eine klammert sich ein Tier, eine winzige Muschel. Joël schaut den Wellen zu, und (oh nichts! sie streift ihn kaum) die Muschel fliegt ihm ins Auge. Sowie sie hineingeflogen ist, fällt sie auch wieder heraus, er reibt sich mit dem Ärmel das Auge, es ist nichts, gar nichts, nur ein unmerklicher Kratzer; von Tag zu Tag wird dieser Riß größer, und Joëls Auge, mein Gott, dieses Auge sieht aus wie geronnenes Eiweiß, wie die Augäpfel von alten Leuten, die zu lange ins Feuer geschaut haben – und das andere Auge, angesteckt von dem tückischen Leiden, richtet den stumpfen Blick zum Himmel; Joël, mein Gott, erblindet… und die Brandungswellen schlagen an der Steilküste höher und höher, und die Erde weicht unter ihrem Gischtmantel auf wie Zucker, und wie Zucker zerfließt sie, sie schmilzt und bröckelt ab und wird weggeschwemmt, und Citroën und Noël, mein Gott, wie kalte Lava reißt sie die schmelzende Erde mit sich fort, ihre leichten Kinderleiber treiben noch einen Augenblick an der Oberfläche des schwärzlichen Stroms und versinken dann, und die Erde, ach! die Erde verstopft ihnen den Mund; schreit, schreit doch, damit man weiß, damit man euch zu Hilfe eilt!…«

Das ganze Haus hallte wider von Clémentines Wehklagen. Ein Echo blieb jedoch aus, indes sie über die Stufen hinunter bis in den Garten stürzte, ganz außer sich und schluchzend nach ihren Kindern rufend. Aber da war nichts außer dem blaßgrauen Himmel und dem fernen Rauschen der Wellen. Wie wahnsinnig rannte sie zur Steilküste. Dann aber fiel ihr ein, daß sie möglicherweise schliefen, und so stürzte sie wieder zum Haus zurück, doch auf halbem Weg hielt sie ein neuer Gedanke zurück und lenkte sie zum Brunnen hin, dessen schweren eichenen Deckel sie inspizierte. Taumelnd und außer Atem, fing sie wieder an zu laufen, jagte die Treppe hoch, durchstöberte alle Zimmer vom Keller bis zum Dachboden, lief wieder ins Freie hinaus. Dabei rief sie ständig mit einer Stimme, die vor Aufregung ganz heiser wurde. Dann lief sie, einer letzten Eingebung gehorchend, zum Gartentor. Es stand offen. Sie rannte den Weg hinunter. Nach fünfzig Metern begegnete sie Jacquemort, der gerade aus dem Dorf zurückkam. Er ging langsam, die Nase himmelwärts, ganz in Betrachtung der Vögel versunken.

Sie packte ihn beim Rockaufschlag.

»Wo sind sie? Wo sind sie?«

Jacquemort fuhr zusammen. Es traf ihn so unerwartet.

»Wer?« fragte er und bemühte sich, den Blick auf Clémentine einzustellen.

Geblendet vom hellen Licht des Himmels wie er war, tanzte ihm alles vor den Augen.

»Die Kinder! Das Gitter ist offen! Wer hat es aufgemacht? Sie sind fort!«

»Aber nein, sie sind nicht fort«, sagte Jacquemort. »Ich war's, der das Gitter geöffnet hat, als ich ausging. Und wenn sie fortgegangen wären, hätte ich sie sicher bemerkt.«

»Sie waren es!« keuchte Clémentine. »Sie Unglücksrabe! Ihnen habe ich es zu verdanken, daß sie verschwunden sind!«

»Aber die denken doch gar nicht daran!« sagte Jacquemort. »Fragen Sie sie nur selbst einmal, die haben nicht die geringste Lust, aus dem Garten hinauszugehen.«

»Ihnen haben sie das vielleicht erzählt! Aber wenn Sie glauben, meine Kinder sind nicht intelligent genug, Sie an der Nase herumzuführen...! Kommen Sie! Schnell...!«

»Haben Sie auch überall nachgesehen?« fragte Jacquemort und faßte sie am Ärmel.

Sie brachte ihn langsam aus der Ruhe.

»Überall!« heulte Clémentine. »Sogar im Brunnen.«

»Zu dumm«, sagte Jacquemort.

Mechanisch hob er ein letztes Mal den Blick. Die drei schwarzen Vögel hatten unterdessen aufgehört, mit den Malitten zu spielen und schossen im Sturzflug zur Erde nieder. Einen flüchtigen Augenblick lang blitzte ihm die Wahrheit durch den Kopf. Und er verwarf sie eine Sekunde später – als ein pures Hirngespinst, eine verrückte Idee – oder konnten sie es wirklich sein? Nichtsdestoweniger verfolgte er ihren Flug: sie verschwanden hinter dem Rücken des Steilhangs.

»Kommen Sie«, sagte er. »Ich bin sicher, daß sie das Haus nicht verlassen haben.«

Er lief als erster los. Clémentine keuchte schluchzend hinter ihm her. Dennoch nahm sie sich die Zeit, das Gitter hinter sich zuzuziehen, sobald sie es passiert hatte. Als sie am Hause eintrafen, kam Citroën gerade die Treppe herunter. Clémentine stürzte sich auf ihn wie ein wildes Tier. Jacquemort war etwas aufgewühlt und sah diskret zu. Clémentine stammelte unzusammenhängende Worte, während sie ihn rundum abküßte und ausfragte.

»Ich war auf dem Dachboden mit Joël und Noël«, erklärte das Kind, als sie es zum Reden kommen ließ. »Wir haben alte Bücher angeschaut.«

Noël und Joël kamen nun auch die Treppe herunter. Sie hatten eine lebhafte Gesichtsfarbe, aufgepeitschtes Blut – es war etwas um sie wie ein Geruch von Freiheit. Als Noël sich flink einen flockigen Wolkenzipfel in die Tasche stopfte, der daraus hervorguckte, mußte Joël über den Leichtsinn seines Bruders schmunzeln.

Sie ließ sie bis zum Abend nicht aus den Augen, verhätschelte sie nach Strich und Faden, überschüttete sie mit Tränen und Zärtlichkeiten, als wären sie irgendeinem Moloch gerade noch entkommen. Sie brachte sie in ihr blaues Bett und ging nicht eher weg, als bis sie sich hingelegt hatten und eingeschlafen waren. Erst dann ging sie in den zweiten Stock und klopfte bei Jacquemort. Sie redete eine Viertelstunde lang. Er nickte verständnisvoll. Als sie wieder in ihr Zimmer zurückging, stellte er sich den Wecker zum Aufstehen. Am nächsten Tag würde er ins Dorf gehen und die Arbeiter zusammentrommeln.

XXIII

67. Novanuar

»Komm her und schau«, sagte Citroën zu Noël.

Er hatte als erster auf die Geräusche reagiert, die vom Gartentor herüberdrangen.

»Ich mag aber nicht kommen«, sagte Joël. »Mama hat's nicht gern und weint dann wieder.«

Citroën versuchte ihn aufzurütteln.

»Es kann dir doch gar nichts passieren«, sagte er.

»Doch. Wenn sie weint«, sagte Joël, »küßt sie einen immer mit ihrem nassen Gesicht. Das ist unangenehm. Und ganz feuchtheiß.«

»Mir macht das nichts«, sagte Noël.

»Wie auch immer, was kann sie schon machen?« sagte Citroën.

»Ich möchte ihr aber keinen Verdruß machen«, sagte Joël.

»Das macht ihr aber doch keinen Verdruß«, sagte Citroën, »es macht ihr doch Spaß, zu weinen und uns in die Arme zu nehmen und uns zu küssen.«

Noël und Citroën entfernten sich, die Arme gegenseitig über die Schulter gelegt. Joël sah ihnen nach. Clémentine hatte verboten, daß man sich den Arbeitern während ihrer Arbeit nähere. Natürlich.

Aber wie gewöhnlich werkelte sie um diese Zeit in der Küche herum, und das Gebrutzel und Topfgeklapper hinderte sie daran, auf etwas anderes zu hören; und außerdem ist es ja gar nicht weiter schlimm, den Arbeitern zuzusehen, wenn man dabei nicht mit ihnen spricht. Was für eine Teufelei hecken die denn da zusammen aus, Noël und Citroën?

Zur Abwechslung vom vielen Fliegen fing Joël, um seine beiden Brüder einzuholen, so schnell zu laufen an, daß er auf dem Kies ausrutschte und beinahe hingefallen wäre. Er erlangte jedoch sein Gleichgewicht wieder und lief weiter. Er lachte ganz allein. Da konnte er doch glatt nicht mehr laufen.

Citroën und Noël standen mit hängenden Armen nebeneinander da; an der Stelle, wo in einem Abstand von einem Meter die Gartenmauer und das goldbronzene Gartentor hätten aufragen sollen, blickten Citroën und Noël etwas erstaunt ins Leere.

»Wo ist sie?« fragte Noël. »Wo ist die Mauer?«

»Ich weiß nicht«, murmelte Citroën.

Nichts. Eine klare Leere. Ein totales Nichts, wie mit einem Rasiermesser abgetrennt, ragte vor ihnen auf. Der Himmelsrand lag etwas darüber. Joël trat verblüfft zu Noël.

»Was ist denn da passiert?« fragte er. »Haben die Arbeiter die alte Mauer mitgenommen?«

»Sicher«, sagte Joël.

»Was ist das hier?« sagte Citroën. »Was haben die denn überhaupt gemacht? Das hat ja gar keine Farbe.

Es ist nicht weiß. Schwarz ist es auch nicht, was für eine Farbe hat das eigentlich?«

Er trat etwas vor.

»Nicht anrühren«, sagte Noël. »Rühr das bloß nicht an, Citroën.«

Citroën zögerte und streckte dann den Arm vor, hielt aber inne, ehe er das Leere erreicht hatte.

»Ich trau mich nicht«, sagte er.

»Wo das Gitter war, ist jetzt gar nichts mehr zu sehen«, sagte Joël. »Vorher hat man den Weg und einen Zipfel vom Feld gesehen, erinnerst du dich? Jetzt ist alles leer.«

»Es ist, als ob man die Augen geschlossen hätte«, sagte Citroën. »Und dabei haben wir die Augen offen, das einzige was man noch sehen kann, ist der Garten.«

»Es ist, als wäre der Garten unser Auge«, sagte Noël, »und als ob das da die Augenlider dazu wären. Es ist nicht schwarz und auch nicht weiß und hat überhaupt keine Farbe, es ist rein gar nichts. Eine Mauer aus nichts.«

»Ja«, sagte Citroën, »das muß es sein. Sie hat eine Mauer aus nichts bauen lassen, damit wir nicht Lust kriegen, aus dem Garten zu gehen. Dadurch ist alles, was nicht Garten ist, nichts, und da kann man dann auch nicht hingehen.«

»Aber«, sagte Noël, »gibt es dann gar nichts anderes mehr? Bleibt dann nichts mehr übrig als der Himmel?«

»Das genügt uns«, sagte Citroën.

»Ich glaubte nicht, daß sie schon fertig seien«, sagte Joël. »Man hatte sie ja noch hämmern und reden hören. Ich dachte, wir würden sie arbeiten sehen. Ich finde das alles überhaupt nicht lustig. Ich geh jetzt zu Mama.«

»Kann es sein, daß sie mit der Mauer noch nicht ganz fertig sind?« sagte Noël.

»Sehen wir einmal nach«, sagte Citroën.

Noël und Citroën ließen ihren Bruder stehen und schlugen den Pfad ein, der an der Mauer entlangführte, als es die Mauer noch gab, und der jetzt den Rundweg um ihr neues geschlossenes Universum darstellte. Sie flogen sehr schnell, knapp über dem Erdboden und unter den niederen Zweigen hindurch.

Als sie auf die Seite der Steilküste kamen, blieb Citroën abrupt stehen. Vor ihnen stand ein langes Stück der ehemaligen Einfriedungsmauer, mit ihren Steinen und Kletterpflanzen, die die obere Mauerpartie mit einer von Insekten summenden Grünbekränzung überzogen.

»Die Mauer!« sagte Citroën.

»Oh!« sagte Noël. »Schau mal! Man sieht den oberen Teil nicht mehr.«

Langsam verschwand die Oberfläche, als würde sie durch einen Trick weggezaubert.

»Sie tragen sie nach vorne zu ab«, sagte Citroën. »Sie sind gerade dabei, das letzte Stück nach vorne zu abzutragen. Bald werden wir überhaupt nichts mehr davon sehen.«

»Wir gehen eben auf die andere Seite«, sagte Noël, »wenn wir wollen.«

»Oh!« sagte Citroën, »wir brauchen sie ja gar nicht zu sehen. Auf jeden Fall werden wir uns jetzt besser mit den Vögeln vergnügen können.«

Noël schwieg. Er war einverstanden, und weiterer Kommentar war überflüssig. Der Fuß der Mauer wich nun seinerseits auch dem Unsichtbaren. Sie vernahmen die Kommandos des Vorarbeiters und Hammerschläge, und daraufhin breitete sich wattige Stille aus.

Eilige Schritte hallten über das Arbeitsgelände. Citroën drehte sich um. Clémentine, gefolgt von Joël, kam daher.

»Citroën, Noël, kommt, meine Kleinen. Mami hat euch einen guten Kuchen zur Vesper gebacken. Na kommt schon! Wer mir zuerst ein Küßchen gibt, kriegt das größte Stück.«

Citroën blieb auf dem Pfad stehen. Noël blinzelte ihm zu und warf sich dann mit gespielter Erschrockenheit in Clémentines Arme. Sie drückte ihn an sich.

»Was ist denn los mit meinem Baby? Es sieht ja ganz traurig aus. Was fehlt ihm denn?«

»Ich hab Angst«, murmelte Noël. »Die Mauer ist weg.«

Citroën mußte sich das Lachen verkneifen. Was für ein Komödiant, sein Bruder!

Joël, ein Bonbon im Mund, sprach beruhigend auf Noël ein.

»Das macht doch nichts«, sagte er, »ich hab keine Angst. Diese Mauer ist ja viel schöner als die andere, damit wir uns im Garten noch wohler fühlen.«

»Mein Liebling!« sagte Clémentine und umarmte Noël leidenschaftlich. »Glaubst du denn im Ernst, daß Mami dir Angst einjagen möchte? Nun kommt! Eßt jetzt brav euer Vesperbrot.«

Sie lächelte Citroën zu. Er sah, daß ihr Mund zitterte und schüttelte verneinend den Kopf. Als sie anfing zu weinen, sah er sie verwundert an. Dann zuckte er die Achseln und kam schließlich näher. Sie preßte ihn krampfhaft an sich.

»Du Böser!« sagte Joël. »Jetzt hast du Mami wieder zum Weinen gebracht.«

Er gab ihm einen Hieb mit dem Ellbogen.

»Aber nein«, sagte Clémentine.

Ihre Stimme war tränenfeucht.

»Er ist nicht böse. Ihr seid alle brav, und ihr seid alle drei meine Küken. Kommt jetzt, schaut euch den schönen Kuchen an. Nun kommt schon!«

Joël lief voraus, gefolgt von Noël. Clémentine nahm Citroën bei der Hand und zog ihn hinter sich her. Er ließ es geschehen, blickte aber etwas hart drein; er konnte diese um sein Gelenk gekrampfte Hand nicht ausstehen; sie war ihm lästig. Auch Tränen waren ihm zuwider. Eine Art Mitleid zwang ihn, in ihrer Nähe zu bleiben, aber er schämte sich dieses Mitleids, es war ihm peinlich, wie an jenem Tag, als er ohne anzuklopfen in das Zimmer des Dienstmädchens getreten war und es nackt vor einer Waschschüssel stehen sah mit einem Bauch voller Haare und einem roten Handtuch in der Hand.

XXIV

79. Dezärz

»Keine Bäume mehr«, dachte Clémentine. »Keine Bäume und ein erstklassiges Gitter. Das sind zwei Sachen. Zwei unbedeutende, geringfügige Sachen, sicherlich, bergen aber alle möglichen Konsequenzen in sich. Eine beträchtliche Anzahl von Unglücksfällen aller Art finden sich schon jetzt in den Bereich des Unmöglichen verbannt. Sie sind hübsch, sie wachsen, sie haben eine umgängliche Art an sich. Und das ist alles dem abgekochten Wasser und den tausend Vorsichtsmaßnahmen zu verdanken. Und wie könnte es ihnen auch schlecht gehen, da ich alles Schlechte mir selbst vorbehalte? Aber man darf niemals in seiner Wachsamkeit lockerlassen, man muß damit fortfahren. Weitermachen. Es gibt ja noch so viele Gefahren! Wenn man die von oben und die in den Räumen ausgeschaltet hat, bleiben immer noch die vom Boden her. Der Boden. Fäulnis, Mikroben, Schmutz, alles kommt vom Boden. Den Boden isolieren. Die beiden Seiten der Mauer durch einen Fußboden verbinden, der gegen jegliches Risiko genauso undurchlässig ist. Diese wunderbaren Mauern, diese abwesenden Mauern, diese Mauern, an denen man sich nicht stoßen kann, die aber auf ideale Weise abgrenzen. Die eine Abgrenzung reinster Form darstellen. Einen ebensolchen Boden bräuchte man, einen Boden, der den Boden ins reine Nichts aufhebt. Dann hätten sie immer noch den Himmel zum Anschauen… und der Himmel ist ja so unbedeutend. Gewiß kann erhebliches Übel auch von oben auf sie hereinbrechen. Aber ohne die immensen Risiken des Himmels verharmlosen zu wollen, kann man doch sagen – und ich glaube nicht, daß ich eine schlechte Mutter bin, wenn ich mich in diesem Punkt etwas gehen lasse – oh! ich meine das ganz theoretisch – kann man ruhig zugeben, daß in der Größenordnung der Gefahren der Himmel ganz an letzter Stelle steht. Aber der Boden.

Sollte man den Garten mit Fliesen auslegen? Keramikplatten. Weiß womöglich? Aber der Widerschein der Sonne auf ihren armen Augen; eine bleierne Sonne: plötzlich zieht eine durchsichtige Wolke vor ihr vorbei; unglücklicherweise hat die Wolke die Form einer Linse – also einer Art Lupe – und das Strahlenbündel konzentriert sich just auf den Garten; die weißen Fliesen werfen das Licht mit unvorstellbarer Intensität zurück, es schießt rings um die Kinder auf – ihre armen Händchen fahren hoch, versuchen, sich schützend vor die Augen zu legen – doch schon taumeln sie, von der unerbittlichen Energie geblendet – sie fallen, sie sehen nichts mehr… O Herr, laß es regnen… Ich werde schwarze Fliesen verlegen lassen, Herr, schwarze Fliesen –

dabei sind diese Fliesen doch so hart – wenn sie das Gleichgewicht verlieren, nach einem Regenguß ausrutschen, nur eine falsche Bewegung – und schon fallen sie, na bitte, Noël liegt schon da! Wie es das Unglück will, hat ihn niemand fallen sehen; eine unsichtbare Bruchstelle verbirgt sich unter seinem schönen feinen Haar – seine Brüder indes gehen auch nicht rücksichtsvoller mit ihm um als gewöhnlich – eines Tages jedoch gebärdet er sich plötzlich wie irrsinnig – man versucht alles mögliche – man hat alles längst wieder vergessen, der Doktor weiß auch nicht weiter, da plötzlich klafft sein Schädel auf, die Bruchstelle erweitert sich, wie ein Deckel hebt sich die Schädelkappe ab – und ein zottiges Monster steigt heraus. Nein! Nein! Es darf nicht wahr sein, fall nicht Noël!... Paß auf!... Wo ist er... Sie schlafen – hier neben mir schlafen sie. Ich höre sie schlafen – in ihren kleinen Betten... beinah hätte ich sie aufgeweckt, Vorsicht, nur keinen Lärm – Vorsicht!... aber das könnte alles nicht passieren, wenn der Boden so weich und nachgiebig wäre wie ein Gummiteppich – genau das brauchen sie ganz ohne Zweifel, Gummi, ganz recht, den ganzen Garten damit überziehen wie mit einem Spannteppich – aber das Feuer – Gummi brennt ja – alles wird dann klebrig, ihre Füße bleiben kleben – und der Rauch erstickt sie – genug, ich will nicht, das ist alles falsch, das geht ja gar nicht – es war falsch von mir, nach etwas Besserem suchen zu wollen – genauso wie die Mauer; wie die Mauer, nichts, den Boden auslöschen – sie müssen kommen, sie müssen wiederkommen, die Mauern müssen durch einen Teppich von unsichtbarer Abwesenheit miteinander verbunden werden – während man ihn mir verlegt, werden sie im Haus bleiben, und wenn dann alles fertig sein wird, ist jede Gefahr gebannt, – gewiß, der Himmel, daran habe ich schon gedacht – aber ich war doch eben zum Entschluß gekommen, daß man dafür sorgen müsse, daß der Boden nichts mehr an...«

Sie stand auf – Jacquemort würde sich nicht weigern, die Männer wegen des Bodens zusammenzurufen – zu dumm, daß man nicht alles auf einmal gemacht hatte – aber man kann nicht zugleich an alles denken – man muß suchen – immer auf der Suche sein – sich dafür bestrafen, wenn man es nicht auf Anhieb gewußt hat, und versuchen, durchzuhalten, es unablässig besser zu machen – man muß ihnen eine perfekte Welt aufbauen, eine saubere Welt, eine angenehme, harmlose, wie das Innere eines weißen Eis auf einem Federkissen.

XXV

80. Dezärz

Nachdem er die Arbeiten in Auftrag gegeben hatte, kam Jacquemort auf seinem Nachhauseweg an der Kirche vorbei, und da ihm die frühe Morgenstunde etwas Muße ließ, beschloß er ein wenig mit dem Pfarrer zu plaudern, dessen Ansichten ihm außerordentlich gefielen. Er trat in das weiträumige ellipsenförmige Kirchenschiff, wo angenehmes Helldunkel herrschte, sog die religiöse Atmosphäre genießerisch wie ein alter Lebemann ein, gelangte an die nur angelehnte Sakristeitür und schob sie auf. Dreimaliges leises Klopfen hatte seine Ankunft angekündigt.

»Herein«, sagte der Pfarrer.

Er war gerade beim Seilhüpfen, in Unterhosen mitten in dem vollgestellten kleinen Raum. In seinem Lehnsessel saß fachmännischen Blicks der Küster, ein Glas Schnaps in der Faust. Das Hinken des Pfarrers tat der Eleganz seiner Darbietung einigen Abbruch, nichtsdestoweniger erledigte er sie ganz zu seinem Vorteil.

»Guten Tag«, sagte der Küster.

»Meine Ehrerbietung, Herr Pfarrer«, sagte Jacquemort. »Da ich eben vorbeikam, wollte ich die Gelegenheit nutzen, um Ihnen guten Tag zu sagen.«

»Das wäre hiermit erledigt«, bemerkte der Küster. »Wie wär's mit einem Schluck von dem Fusel?«

»Machen Sie hier bloß nicht auch noch auf volkstümlich«, sagte der Pfarrer streng. »Dem Hause des Herrn gebührt eine Luxussprache.«

»Aber die Sakristei, mein Pfarrer«, bemerkte der Küster, »ist doch sozusagen der Abort im Hause des Herrn. Da kann man sich doch ruhig ein bißchen gehen lassen.«

»Teuflische Kreatur«, sagte der Pfarrer und warf ihm einen vernichtenden Blick zu. »Ich frage mich, warum ich Sie noch immer bei mir behalte.«

»Geben Sie doch zu, daß das eine gute Propaganda für Sie hergibt, mein Pfarrer«, sagte der Küster. »Und für Ihre Veranstaltungen bin ich Ihnen immerhin von Nutzen.«

»Ach ja richtig«, sagte Jacquemort, »was planen Sie als nächstes?«

Der Pfarrer hörte auf zu hüpfen, legte gewissenhaft sein Springseil zusammen und stopfte es dann unordentlich in eine Schublade. Während er sprach, rieb er sich seinen schwabbligen Brustkorb mit einem leicht angegrauten Frotteehandtuch trocken.

»Das wird grandios«, sagte er.

Er kratzte sich in der Achselhöhle, dann sogleich am Nabel, schüttelte den Kopf und fuhr fort:

»Es wird ein Schauspiel, dessen Luxus den weltlicher Darbietungen verblassen lassen wird, wo entkleidete Gestalten den Vorwand zur Schaffung eines glanzvollen Rahmens abgeben sollen. Darüberhinaus mögen Sie sich vorstellen, daß die Hauptattraktion eine überaus sinnreiche Einrichtung zur Annäherung an den Herrn darstellt. Dabei möchte ich folgendermaßen verfahren: Inmitten einer unvorstellbaren Prachtentfaltung von Dekorationen und Kostümen wird ein Chor von Marienkindern eine goldene Montgolfiere, die durch tausend silberne Schnüre mit dem Boden verbunden bleibt, bis zum Bastiën-Feld schleppen. Unter den Klängen der Dampforgel werde ich in der Gondel Platz nehmen, und sowie dann die passende Höhe erreicht ist, diesen Schurken von Küster hinauswerfen. Und GOtt wird lächeln ob der unvergeßlichen Pracht dieses Festes und angesichts des Triumphes, der seinem Luxus-Wort beschieden ist.«

»He, Moment mal«, sagte der Küster, »davon haben Sie mir ja gar nichts gesagt, mein Pfarrer; da schlage ich mir ja die Fresse ein!«

»Teufelsgezücht!« grollte der Pfarrer, »und was ist mit deinen Fledermausflügeln!«

»Ich bin seit Monaten nicht geflogen«, sagte der Küster, »und jedesmal wenn ich's versuche, schmeißt mir der Schreiner eine Ladung grobes Salz in den Arsch und behandelt mich wie Vogelvieh.«

»Pech für dich«, sagte der Pfarrer, »dann wirst du dir eben die Fresse einschlagen.«

»Nun gut, wer den größten Schaden davon haben wird, sind Sie«, brummte der Küster.

»Ohne dich? Was das endlich für eine Erleichterung sein wird!«

»Hm, äh...«, ließ sich Jacquemort vernehmen, »erlauben Sie ein Bemerkung? Mir scheint, Sie beide stellen die Gegenpunkte eines Gleichgewichtes dar; der eine bringt den andern erst richtig zur Geltung. Ohne Teufel würde Ihre Religion den fahlen Beigeschmack des Kostenlosen und somit Wertlosen erhalten.«

»Da schau her«, sagte der Küster, »ich bin gar nicht böse, wenn Sie das sagen. Hören Sie, mein Pfarrer, geben Sie zu, daß ich eine Rechtfertigung für Sie abgebe.«

»Geh von hinnen, Ungeziefer«, sagte der Pfarrer, »du bist schmutzig und du stinkst.«

Der Küster hatte da schon ganz andere Sachen zu hören bekommen.

»Und besonders ekelhaft Ihrerseits ist es«, fügte er hinzu, «daß ich immer die Rolle des Bösewichts spielen muß, daß ich mich nie beklage und daß Sie trotzdem nicht davon ablassen, mich zu beschimpfen. Wenn wir bloß ab und zu die Rollen vertauschen würden.«

»Und wenn ich die Steine ins Gesicht kriege?« sagte der Pfarrer. »Bist nicht du derjenige, der ihnen einflüstert, mich damit zu bewerfen?«

»Wenn ich etwas dazutun könnte, würden Sie öfter welche abkriegen«, knurrte der andere.

»Ach komm, ich will nicht nachtragend sein!« schloß der Pfarrer. »Aber fang mir nicht wieder an, deine Pflichten zu vernachlässigen. GOtt braucht Blumen, GOtt braucht Weihrauch, er muß Huldigungen und kostbare Festgeschenke erhalten, Gold und Myrrhe und wunderbare Erscheinungen, und Jünglinge so schön wie Zentauren, und funkelnde Diamanten, Sonnen, Morgenröten, und du stehst da, häßlich und erbärmlich, wie ein räudiger Esel, der in einem Salon einen Furz läßt... aber reden wir von etwas anderem, sonst machst du mich wirklich noch wütend. Ich werde dich runterschmeißen, da brauchen wir kein Wort mehr zu verlieren.«

»Na gut, dann werde ich eben nicht fallen«, sagte der Küster äußerst trocken.

Er spie eine Flammenzunge, die dem Pfarrer die Haare auf den Beinen versengte. Dieser fluchte.

»Meine Herren«, sagte Jacquemort, »ich muß doch sehr bitten.«

»Ach ja«, knüpfte der Pfarrer sehr weltgewandt wieder an, »was verschafft mir das Vergnügen Ihres Besuches?«

»Ich bin gerade vorbeigekommen«, erklärte Jacquemort, »und da wollte ich die Gelegenheit nutzen, um Ihnen guten Tag zu sagen.«

Der Küster erhob sich.

»Ich geh jetzt, mein Pfarrer«, sagte er. »Ich lasse Sie in Ruhe mit Herrn Soundso plaudern.«

»Auf Wiedersehen!« sagte Jacquemort.

Der Pfarrer schabte sich die Beine ab, um die versengten Haare zu entfernen.

»Wie geht es Ihnen so?« fragte er.

»Mir geht's gut«, sagte Jacquemort. Ich bin ins Dorf gekommen, um die Arbeiter zu holen. Im Haus gibt es noch allerhand Arbeiten zu verrichten.«

»Immer noch aus demselben Grund?« fragte der Pfarrer.

»Immer noch«, sagte Jacquemort. »Die Vorstellung, es könnte ihnen etwas zustoßen, macht sie verrückt.«

»Sie würde aber genauso verrückt werden bei der Vorstellung, daß ihnen nichts passieren könnte«, bemerkte der Pfarrer.

»Sehr richtig«, sagte Jacquemort. »Das ist auch der Grund, weshalb ich von vornherein der Ansicht war, daß sie die Gefahr übertreibt. Aber ich muß zugeben, daß mir diese Schutzbesessenheit einen gewissen Respekt abringt.«

»Welch bewunderswerte Liebe!« sagte der Pfarrer. »Dieser Luxus der Fürsorge! Sind sich die Kinder wenigstens bewußt, was sie für sie getan hat?«

Jacquemort antwortete nicht sogleich. Dieser Aspekt des Problems war ihm bisher entgangen. Er zögerte:

»Also das weiß ich wirklich nicht...«

»Diese Frau ist eine Heilige«, sagte der Pfarrer. »Und trotzdem kommt sie nie zur Messe. Erklären Sie mir das einmal.«

»Das ist unerklärlich«, sagte Jacquemort. »In der Tat paßt das mit nichts zusammen, finden Sie sich damit ab. Da liegt auch die Erklärung.«

»Das tu ich ja«, sagte der Pfarrer, »ich finde mich ja schon damit ab.«

Sie schwiegen.

»Nun ja«, sagte Jacquemort, »ich muß langsam gehen.«

»Ja, ja«, sagte der Pfarrer, »Sie werden langsam gehen müssen.«

»Dann geh ich also«, sagte Jacquemort.

Er sagte ihm auf Wiedersehen und ging.

XXVI

12. Märuli

Der Himmel kachelte sich mit gelblichen Wolken und häßlichem Aussehen. Es war kalt. In der Ferne begann das Meer in einer unangenehmen Tonart zu singen. Der Garten lag in einem stumpfen vorgewittrigen Licht. Seit der letzten Verwandlung gab es keinen Erdboden mehr; einzig ein paar vereinzelte Sträucher und Büsche, die dem Massaker entgangen waren, ragten noch aus dem Leeren. Auch der Kiesweg war noch übrig und intakt und schnitt die Unsichtbarkeit der Erde in zwei Teile.

Verstohlen näherte eine Wolke sich der anderen; bei jedem Zusammenstoß hörte man ein dumpfes Grollen, gleichzeitig flammte ein rötlicher Schein auf. Der Himmel schien sich über der Steilküste zusammenballen zu wollen. Als er nur mehr ein schwerer schmutziger Teppich war, sank eine lastende Stille hernieder. Und hinter dieser Stille hörte man den Wind herankommen, zurückhaltend erst, in kleinen Sprüngen über Mauersimse und Schornsteine, doch schon bald steifer und härter; jeder Mauernische entriß er ein schrilles Winseln, den Pflanzen beugte er die unruhigen Köpfe und er jagte schon die ersten Wasserklingen vor sich her. Alsogleich durchliefen Sprünge den Himmel wie schadhafte Keramik, und der Hagel setzte ein, derbe Hagelkörner, die an den Schieferplatten des Daches zu einem harten kristallinen Pulver zerstoben; nach und nach verschwand das Haus unter dem dichten Pulverdampf – wild prasselten die Hagelkörner auf die Kiesallee hinab, so daß bei jedem Aufprall ein Funke hochsprang. Unter dem unablässigen Anprall begann das Meer zu kochen und überzulaufen wie schwärzliche Milch.

Den ersten Schreck kaum überwunden, hatte Clémentine nach ihren Kindern gesucht. Zum Glück waren sie in ihrem Zimmer; eilig versammelte sie sie im großen Wohnzimmer im Erdgeschoß um sich. Draußen war es schon ganz und gar Nacht geworden, und der dunkle Nebel, der die Fenster feucht umwaberte, nahm beim Schein der Lampen einen ungewissen phosphoreszierenden Schimmer an.

»Sie hätten bloß wieder draußen sein müssen«, dachte sie, »und schon hätte ich sie gefunden, vom Hagel in Stücke gehauen, erdrückt unter diesen schwarzen Diamanteiern, erstickt vom trockenen Staub, der ihnen den Atem raubt und sich hinterhältig in ihren Lungen absetzt. Welcher Schutz würde da ausreichen? Ein Dach? Soll man ein Dach über den Garten bauen? Das lohnt sich nicht, das Haus erfüllt den gleichen Zweck und ist auch noch solider als jedes zusätzliche Dach – aber das Haus selbst, könnte es nicht etwa einstürzen – wenn dieser Hagelschauer noch stundenlang anhält – oder gar

Wochen und Monate – würde nicht der auf dem Dach sich häufende Eisstaub das Gebälk zum Einsturz bringen? Einen stählernen Raum müßte man haben, ein unzerstörbares Zimmer, einen perfekten Schutz – in einem mächtigen Panzerschrank müßte man sie aufbewahren, wie man sündteuren Schmuck aufhebt, man müßte unbeschränkt widerstandsfähige Schmuckkästchen haben, unzerstörbar und hart wie das Skelett der Zeit, genau hier muß man sie ihnen bauen lassen, morgen – noch morgen.«

Sie sah zu den drei Kindern hinüber. Unbekümmert um das Gewitter spielten sie, friedlich und gelassen.

»Jacquemort, wo ist er? Ich muß mit ihm die beste Lösung besprechen.«

Sie rief nach dem Dienstmädchen.

»Wo ist Jacquemort?«

»In seinem Zimmer, glaube ich«, antwortete Culblanc.

»Sind Sie so freundlich und holen Sie ihn?«

Das laute Tosen des schäumenden Meeres legte sich einschläfernd aufs Gehör. Der Hagel ließ nicht nach.

Jacquemort erschien wenige Augenblicke, nachdem das Dienstmädchen hinausgegangen war.

»Da sind Sie ja«, sagte Clémentine. »Ich glaube, ich habe die endgültige Lösung gefunden.«

Sie legte ihm das Ergebnis ihrer Überlegungen dar.

»Auf diese Weise«, sagte sie, »riskieren sie überhaupt nichts mehr. Aber dazu werde ich Sie wohl noch einmal um Ihre Hilfe bitten müssen.«

»Ich gehe morgen ins Dorf«, sagte er. »Ich werde es dem Schmied im Vorbeigehen ausrichten.«

»Ich kann es kaum erwarten, daß es erledigt ist«, sagte sie. »Ich werde mich dann viel weniger um sie sorgen. Ich habe es immer gefühlt, daß ich eines Tages das geeignete Mittel finden würde, sie ganz vor allem Übel zu beschützen.«

»Möglich, daß Sie recht haben«, sagte Jacquemort. »Ich weiß es nicht. Das wird Ihnen Aufopferung zu jeder Sekunde abfordern.«

»Sich für jemanden aufopfern, von dem man sicher weiß, daß er einem erhalten bleibt, ist für mich eine Kleinigkeit«, erwiderte sie.

»Sie werden aber nicht viel Bewegung haben«, sagte Jacquemort.

»Ich bin mir nicht so sicher, ob das gar so gesund ist«, gab Clémentine zu bedenken. »Es sind ja äußerst zart gebaute Kinder.«

Sie seufzte.

»Ich habe das Gefühl, ganz nahe am Ziel zu sein«, sagte sie. »Das ist außergewöhnlich. Das steigt mir fast ein bißchen zu Kopf.«

»Sie könnten sich dann auch etwas ausruhen«, bemerkte er, »in gewissen Maßen, versteht sich.«

»Ich weiß nicht. Ich habe sie dermaßen lieb, daß ich dabei nicht mehr an Ruhe für mich glaube.«

»Wenn Sie die Geduld haben, diesen Zwang auf sich zu nehmen...«

»Das ist weiter nichts mehr«, schloß sie, »nach allem, was ich schon auf mich genommen habe!...«

XXVII

14. Märuli

Durch die Lücken in den Hecken hindurch sah man das Vieh, wie es langsam und friedlich das niedrige Gras von den Feldern abweidete. Auf dem trockenen und verlassenen Weg war keine Spur mehr vom Hagel des Vortags. Der Wind schüttelte die Sträucher, und die Sonne sprenkelte die tanzenden Schatten mit ihren Lichttupfen.

Auf alledem ließ Jacquemort aufmerksam seinen Blick ruhen; auf all diesen Landstrichen, die er nun bald nicht mehr sehen würde – der Tag kam näher, da er den Platz einnehmen mußte, den das Schicksal ihm zugedacht hatte.

»Wenn ich mich damals nicht auf dem Weg über die Steilküste befunden hätte«, dachte er. »Am 28. August. Und jetzt verhält sich das mit den Monaten so sonderbar – auf dem Lande ist die Zeit weiter gefaßt, sie vergeht schneller und ohne merkliche Einschnitte.

Und was habe ich nun eigentlich in mich aufgenommen? Was haben sie mir denn überhaupt zugestanden? Was konnten sie mir schließlich schon mitteilen?

La Gloïre ist gestern gestorben, und ich werde seinen Platz einnehmen. Leer, wie ich war zu Anfang, befand ich mich zu schwer im Nachteil. Die Scham ist immerhin das am weitesten verbreitete Gefühl.

Aber was hatte ich alles aufspüren, was hatte ich nur alles wissen wollen – warum versuchen, so zu sein wie sie – muß man ohne Vorurteile notwendigerweise zu diesem Ergebnis kommen, und zu keinem anderen?«

Im Geiste stieg ein anderer Tag vor ihm auf, an dem die Malitten in den Lüften tanzten – und alle Schritte, die er auf dem allzu vertrauten Weg gemacht hatte, all die Schritte lasteten an seinen Beinen, und plötzlich fühlte er sich so schwer, nach so oft zurückgelegter Strecke: »warum denn braucht man so lange, bis man von der Stelle kommt, warum bin ich bloß im Haus am Steilhang geblieben – morgen muß ich es verlassen, um in La Gloïres Gold zu leben.

Das Haus. Der Garten. Und dahinter die Steilküste und das Meer. Wo ist Angel nur«, fragte er sich, »wohin ist er gefahren auf diesem unsicheren Gefährt, das mitten in den Wellen tanzte?«

Er ließ das goldene Gitter hinter sich, stieg den Pfad über die Steilküste hinunter und gelangte zum Strand, zu den feuchten Kieselsteinen mit dem frischen Duft und ihrem Fransenrand aus feinem Schaum.

Kaum eine Spur von Angels Wegfahrt war verblieben. Nur ein paar geschwärzte Steine, noch vom

Brand der Rampe her, das war alles. Mechanisch hob er den Blick. Und blieb wie angewurzelt stehen.

Die drei Kinder liefen, so schnell sie konnten, am Rand der Steilküste entlang, ihre Umrisse waren durch Entfernung und Blickwinkel verkleinert. Sie rannten wie auf ebenem Gelände, unbekümmert um die Steinbrocken, die sich unter ihren Füßen lösten, unempfindlich gegenüber der Nähe des Abgrunds, offensichtlich von Wahnsinn erfaßt. »Eine ungeschickte Bewegung, und sie stürzen. Ein falscher Tritt, und ich muß sie zu meinen Füßen aufheben, mit gebrochenen Gliedern und blutüberströmt.«

Der Zöllnerpfad, den sie entlangliefen, wies etwas weiter vorne eine unvermutete Bruchstelle auf. Keiner der drei gab durch irgendein Zeichen zu verstehen, daß er gezwungen sei, anzuhalten. Zweifellos vergessen.

Jacquemort krampfte die Fäuste zusammen. Schreien – und damit die Gefahr heraufbeschwören, daß sie stürzen? Sie konnten die Bruchstelle nicht sehen, die er von seinem Standort aus erkennen konnte.

Zu spät. Citroën erreichte sie als erster. Jacquemorts Fäuste waren ganz weiß, und er stöhnte. Die Kinder wandten den Kopf in seine Richtung, sahen ihn. Und dann warfen sie sich in den Abgrund, beschrieben eine scharfe Flugkurve und setzten neben ihm am Boden auf, lachend und schwatzend wie Einmonatsschwalben.

»Du hast uns gesehen, Onkel Jacquemort?« sagte Citroën. »Aber du wirst uns nicht verraten.«

»Wir haben gespielt, so zu tun, als könnten wir nicht fliegen«, sagte Noël.

»Das macht Spaß, nicht wahr«, sagte Joël. »Wie wär's, wenn du mit uns spieltest?«

Jetzt begriff er.

»Wart ihr das neulich mit den Vögeln?« fragte er.

»Ja«, sagte Citroën. »Wir hatten dich gesehen, weißt du. Aber weil wir gerade Schnellfliegen geprobt hatten, hielten wir nicht an. Und außerdem, weißt du, sagen wir es niemandem, daß wir fliegen. Wir warten, bis wir ausgezeichnet fliegen können, um Mami zu überraschen.«

»Um Mami zu überraschen. Und was für eine Überraschung die erst für euch auf Lager hat. Das ändert natürlich alles.

Wenn es das ist, dann darf sie nicht. Sie muß es wissen. Sie unter diesen Umständen einzusperren... Da muß ich etwas unternehmen. Ich muß... das will ich nicht hinnehmen... mir bleibt nur noch ein einziger Tag... noch bin ich nicht im Boot auf dem roten Bach...«

»Geht wieder spielen, meine Kleinen«, sagte er, »ich muß wieder hinauf zu eurer Mutter.«

Sie stoben knapp über den Wellen dahin, spielten Fangen, kamen wieder zu ihm zurück, gaben ihm für einen Augenblick das Geleit und halfen ihm über die höchsten Felsen hinweg. In wenigen Augenblikken hatte er den Kamm erreicht. Entschlossenen Schrittes ging er auf das Haus zu.

XXVIII

»Aber hören Sie mal«, sagte Clémentine verwundert, »ich verstehe Sie nicht. Gestern fanden Sie die Idee noch ausgezeichnet, und jetzt kommen Sie daher und finden sie absurd.«

»Ich stimme Ihnen immer noch bei«, sagte Jacquemort. »Ihre Lösung sichert ihnen einen wirksamen Schutz. Aber ein Problem bleibt nach wie vor ungelöst, und Sie haben vergessen, es sich zu stellen.«

»Welches?« fragte sie.

»Nämlich: Haben sie diesen Schutz überhaupt nötig?«

Sie zuckte die Achseln.

»Das ist doch klar. Ich sterbe vor Unruhe den ganzen Tag über, wenn ich mir denke, was ihnen alles zustoßen könnte.«

»Der Gebrauch des Konditionals«, bemerkte Jacquemort, »ist sehr häufig ein Eingeständnis der eigenen Ohnmacht – oder der Eitelkeit.«

»Verlieren Sie sich nicht in unnützen Abschweifungen. Seien Sie ein wenig normal. Nur ein einziges Mal.«

»Hören Sie«, fuhr Jacquemort unbeirrt fort, »ich bitte Sie ernstlich, es nicht zu tun.«

»Aber aus welchem Grund«, fragte sie. »Erklären Sie mir das einmal!«

»Sie würden es nicht begreifen...«, murmelte Jacquemort.

Er hatte es nicht gewagt, ihr Geheimnis zu verraten. Wenigstens das wollte er ihnen lassen.

»Ich glaube, ich bin besser als irgendjemand in der Lage, zu beurteilen, was ihnen guttut.«

»Nein«, sagte Jacquemort. »Dazu sind die Kinder besser als Sie in der Lage.«

»Das ist absurd«, sagte Clémentine trocken. »Diese Kinder sind ständig irgendwelchen Gefahren ausgesetzt, wie übrigens alle Kinder.«

»Sie haben Abwehrmittel, die Sie nicht haben«, sagte Jacquemort.

»Und schließlich«, sagte sie, »lieben Sie sie nicht so, wie ich sie liebe, und Sie können nicht fühlen, was ich fühle.«

Jacquemort schwieg einen Augenblick lang.

»Natürlich«, sagte er schließlich. »Wie soll ich sie auch so lieben wie Sie?«

»Nur eine Mutter könnte mich verstehen«, sagte Clémentine.

»Aber Vögel sterben doch im Käfig«, sagte Jacquemort.

»Die leben ganz gut«, sagte Clémentine. »Es ist sogar der einzige Ort, wo man ihnen eine anständige Pflege angedeihen lassen kann.«

»Nun gut«, sagte Jacquemort. »Ich sehe schon, daß da nichts zu machen ist.«

Er erhob sich.

»Ich werde Ihnen jetzt Lebwohl sagen. Wahrscheinlich sehe ich Sie nicht mehr.«

»Wenn sie erst eingewöhnt sind«, sagte sie, »werde ich vielleicht ab und zu ins Dorf kommen können. Außerdem begreife ich Ihre ablehnende Haltung umso weniger, als Sie sich im Grund genommen ja auch auf ähnliche Weise einschließen.«

»Ich schließe dafür niemand anderen ein«, sagte Jacquemort.

»Meine Kinder und ich sind eins«, sagte Clémentine. »Ich liebe sie so sehr.«

»Sie haben eine sonderbare Weltanschauung«, sagte er.

»Dasselbe habe ich von Ihnen gedacht. Meine hat nichts Sonderbares an sich. Die Welt, das sind meine Kinder.«

»Nein, da verwechseln Sie etwas«, sagte Jacquemort. »Sie möchten gern die Welt Ihrer Kinder sein. In dieser Auffassung liegt das Zerstörerische.«

Er erhob sich und verließ den Raum. Clémentine sah ihm nach, wie er fortging. »Er sieht nicht sehr glücklich aus«, dachte sie, »kein Wunder, er hat wohl keine Mutter gehabt.«

XXIX

15. Märuli

Die drei gelben Monde, für jeden einer, hatten sich gerade vors Fenster gesetzt und spielten Fratzenschneiden mit den Brüdern. Alle drei hatten sich im Nachthemd in Citroëns Bett zusammengekuschelt, von wo aus man sie am besten sehen konnte. Ihre drei zahmen Bären tanzten am Fußende des Bettes einen Ringelreihen und sangen dazu, aber ganz leise, um Clémentine nicht zu wecken, die Hüterin der Hummer. Citroën, der zwischen Noël und Joël saß, schien nachzudenken. In seinen Händen hielt er etwas verborgen.

»Ich suche nach dem richtigen Spruch«, sagte er zu seinen Brüdern. »Der so anfängt...«

Er hielt inne.

»Das ist's. Ich hab's.«

Er führte die Hände an den Mund, ohne sie auseinanderzunehmen, und sprach mit leiser Stimme ein paar Worte. Dann legte er das, was er in Händen gehalten hatte, auf die Bettdecke. Eine kleine weiße Heuschrecke.

Sogleich kamen die Bären herbeigelaufen und nahmen rund um sie Platz.

»Rückt ein bißchen«, sagte Joël, »man sieht ja nichts.«

Die Bären setzten sich so, daß sie dem Fußende des Bettes den Rücken zuwandten. Und dann machte die Heuschrecke einen artigen Knicks und begann, akrobatische Kunststücke vorzuführen. Die Kinder bewunderten sie rückhaltslos.

Doch schon sehr bald machte sie schlapp; sie warf ihnen ein Kußhändchen zu, sprang sehr hoch und kam nicht wieder herunter.

Es war übrigens niemand sonderlich bekümmert darüber. Citroën hob den Finger.

»Ich weiß was anderes!« sagte er gewichtig. »Wenn wir einmal Pelzflöhe finden, müssen wir uns dreimal beißen lassen.«

»Und dann?« fragte Noël.

»Dann«, sagte Citroën, »kann man sich so klein machen, wie man will.«

»Und unter den Türen durchschlüpfen?«

»Unter den Türen, selbstverständlich«, sagte Citroën. »Wir können so klein werden wie die Flöhe.«

Die Bären kamen interessiert näher.

»Und wenn man die Worte verkehrt herum aufsagt, kann man dann größer werden?« fragten sie wie aus einem Munde.

»Nein«, sagte Citroën. »Außerdem seid ihr so gerade richtig. Aber wenn ihr wollt, kann ich euch Affenschwänze wachsen lassen.«

»Nur zu!« sagte der Bär von Joël. »Schönen Dank auch.«

Der von Noël zog sich zurück. Der dritte überlegte.

»Ich lasse mir die Sache noch durch den Kopf gehen«, versprach er.

Noël gähnte.

»Ich bin müde. Ich geh wieder ins Bett«, sagte er.

»Ich auch«, sagte Joël.

Wenige Minuten später waren sie eingeschlafen. Nur Citroën war noch wachgeblieben; er blinzelte mit einem Auge und betrachtete dabei seine Hände. Wenn er auf eine ganz bestimmte Art blinzelte, wuchsen ihm zwei Finger mehr. Morgen würde er das seinen Brüdern beibringen.

XXX

16. Märuli

Der Schmiedelehrling war elf Jahre alt. Er hieß André. Den Hals und eine Schulter in der ledernen Zugschlaufe, zog er aus Leibeskräften. Der Hund neben ihm zog auch mit. Hinter ihm gingen gemächlich der Schmied und sein Geselle, schoben auch ein bißchen, wenn es gar zu steil bergauf ging, nicht ohne eine geballte Ladung Flüche und Beleidigungen an Andrés Adresse.

André tat die Schulter weh, aber er zitterte vor Aufregung beim Gedanken, den Garten des großen Hauses am Steilhang betreten zu dürfen. Er zog, was er konnte. Schon tauchten die letzten Häuser des Dorfes vor ihm auf.

Auf dem roten Bach glitt das alte Boot von La Gloïre dahin. André sah hinüber. Das war aber nicht mehr der Alte selbst. Es war ein sonderbarer Heiliger, genauso zerlumpt gekleidet wie der andere, aber mit einem roten Bart. Er saß vornübergebeugt und betrachtete das glatte, undurchsichtige Wasser ohne sich zu bewegen und ließ sich dabei von der Strömung treiben. Der Schmied und sein Geselle riefen ihm joviale Beschimpfungen zu.

Der Karren war sehr schwer zu ziehen, da die Eisenrahmen ein erhebliches Gewicht hatten. Dicke

Eisenrahmen, mit massiven, vierkantigen, kreuzweise ineinander verflochtenen Gitterstangen, bläulich verfärbt vom Schmiedefeuer. Das war schon die fünfte Fuhre, die letzte; bei den vier anderen zuvor hatte man den Wagen vor dem Gittertor entladen, und andere Helfer hatten das Material in den Garten gebracht. Diesmal würde auch André hineingehen dürfen, um die Botengänge zwischen Haus und Dorf zu versehen, für den Fall, daß der Schmied etwas benötigte.

Von den ungeduldigen Füßen des Kindes getreten, zog sich das graue Band des Weges in die Länge. Mit quietschenden Rädern holperte der Wagen über Pfützen und Wasserrinnen. Das Wetter war trist und unbestimmbar, ohne Sonne und auch ohne die Gefahr eines Regenschauers.

Der Schmied fing fröhlich zu pfeifen an. Mit bei den Händen in den Hosentaschen schritt er lässig voran.

André zitterte zwischen seiner Karrengabel. Er wäre gern ein Pferd gewesen, um schneller laufen zu können.

Er ging schneller. Sein Herz schlug beinah zu stark.

Endlich kam die Wegkehre. Die hohe Mauer des Hauses. Und das Gittertor.

Der Karren blieb stehen. André schickte sich an, ihn zu wenden, um hineinzufahren, aber der Schmied sagte:

»Bleib hier und warte.«

Dabei hatte er ein boshaftes Blitzen in den Augen.

»Wir zwei ziehen ihn jetzt«, sagte er, »du wirst gewiß müde sein.«

Er versetzte André einen gewaltigen Fußtritt, weil er sich nicht genügend beeilte, aus der Schlaufe zu schlüpfen. André stieß einen Schmerzensschrei aus und drückte sich an die Mauer, die Arme über den Kopf verschränkt. Der Schmied lachte rauh auf. Den Karren mit Leichtigkeit ziehend, passierte er das Gitter und schloß es geräuschvoll. André hörte, wie das Knirschen der Räder auf dem Kies sich immer weiter entfernte, und dann vernahm er nur mehr den Wind, der durch den Efeu auf der Mauer strich. Er schniefte, rieb sich die Augen und setzte sich hin. Er wartete.

Ein heftiger Rippenstoß riß ihn aus seinem Schlaf, und schlagartig war er wieder auf den Beinen. Es war schon langsam Abend geworden. Sein Meister stand vor ihm und sah ihn mit spöttischer Miene an.

»Du möchtest wohl gerne da hinein, was?« sagte er.

André war noch nicht richtig wach und antwortete nicht.

»Geh rein und hol mir den großen Hammer, den ich im Zimmer drin vergessen habe.«

»Wo?« fragte André.

»Willst du dich wohl beeilen?« bellte der Schmied und hob eine Hand.

André stürzte los, so schnell ihn die Beine nur tragen konnten. Trotz seines Wunsches, den großen Garten zu sehen, konnte er seine Füße nicht daran hindern, in gerader Linie auf das Haus zuzustreben. Im Vorbeilaufen bot sich ihm der gespenstische Anblick des weiten leeren Raumes, der ohne Sonne beunruhigend wirkte; und da war er auch schon an der Freitreppe. Erschrocken blieb er stehen. Doch dann trieb ihn der Gedanke an seinen Meister vorwärts; der Hammer mußte geholt werden. Er stieg hinauf.

Im Wohnzimmer brannte Licht und rieselte durch die offenen Fensterläden auf die Stufen. Die Tür war nicht verschlossen. André klopfte schüchtern an.

»Herein!« sagte eine leise Stimme.

Er trat ein. Vor ihm stand eine ziemlich große Dame in einem sehr schönen Kleid. Sie sah ihn an, ohne zu lächeln. Sie blickte einen auf eine Weise an, die einem die Kehle etwas zuschnürte.

»Mein Meister hat seinen Hammer vergessen«, sagte er. »Ich komm ihn holen.«

»Gut«, sagte die Dame. »Dann beeil dich, mein Kleiner.«

Als er sich umwandte, erblickte er die drei Käfige. Sie ragten im Hintergrund des von allen Möbeln entleerten Zimmers auf. Sie waren gerade hoch genug für einen nicht allzu großen Mann. Ihre engverflochtenen Gitterstangen verhüllten das Innere zum Teil, doch etwas bewegte sich dahinter. In jeden Käfig hatte man ein kleines, weiches Bett, einen Sessel und ein niedriges Tischchen gestellt. Eine elektrische Lampe erhellte sie von außen her. Während er hinzutrat, um seinen Hammer zu suchen, gewahrte er blondes Haar. Er sah genauer hin, etwas gehemmt jedoch, da er spürte, daß die Dame ihn beobachtete. Doch zur gleichen Zeit hatte er auch schon den Hammer gefunden. Weit riß er die Augen auf, als er sich bückte, ihn aufzuheben. Als sich ihre Blicke trafen, wußte er, daß sich in den Käfigen ebenfalls kleine Jungen befanden. Einer von ihnen fragte etwas, die Dame öffnete die Käfigtür, ging zu ihm hinein und sagte etwas, was André nicht verstand, doch in sehr zärtlichem Ton. Und dann stieß sein Blick erneut mit dem der Dame zusammen, die wieder herauskam, und da sagte er »Auf Wiedersehen, Madame« und machte sich auf den Weg, gebeugt unter der Last des Hammers. Sowie er an der Tür angekommen war, hielt ihn eine Stimme zurück.

»Wie heißt du?«

»Ich heiße...«, fuhr eine andere Stimme fort.

Das war alles, was er hörte, denn man schob ihn nun nicht brutal, doch mit entschiedener Festigkeit hinaus. Er stieg die Steinstufen hinab. In seinem Kopf wirbelte alles durcheinander. Als er zum großen, goldenen Gittertor kam, wandte er sich ein letztes Mal um. Mußte das wunderbar sein, so schön beisammen zu sein, mit jemandem, der einen verhätschelt, in einem kleinen, heimelig warmen Käfig voll Liebe! Er machte sich wieder auf den Weg ins Dorf. Die anderen hatten nicht auf ihn gewartet. Hinter ihm fiel, vielleicht von einem Luftzug geschoben, mit einem satten Knall das Gittertor ins Schloß. Der Wind strich zwischen den Stäben hindurch.

ZU DIESER AUSGABE

»Der Herzausreißer« (L'Arrache-Coeur) entstand 1950/51. Der Verlag Gallimard lehnte den Druck des unter dem Titel »Die Kleinen der Königin – Band I: Erste Partie, Bis zu den Käfigen« eingereichten Manuskripts ab, der Roman erschien dann 1953 bei Éditions Pro-Francia im Verlag Vrille, mit einem Vorwort von Raymond Queneau. Ein »Herzausreißer« kommt in diesem Roman direkt nicht vor, der Titel verweist auf jenes Instrument, mit dem Alise in »Der Schaum der Tage« die Personen tötet, die ihren Freund Chick auf dem Gewissen haben. Gegenüber der Erstausgabe mit dem Druckvermerk 11. Januar 1953, der die Übersetzung von Wolfgang Sebastian Baur folgt, haben wir die Unregelmäßigkeiten in der Numerierung der Kapitel korrigiert. In der Originalausgabe gibt es im Zweiten Teil zwei Kapitel IX, aber kein Kapitel XII, und im Dritten Teil gibt es zwei Kapitel XX und kein Kapitel XXIX. Obwohl es sich im Fall dieses Romans um beabsichtigte Verwirrspiele des Verfassers handeln könnte, sind wir doch von der Annahme ausgegangen, daß es sich hier um Druckfehler handelt und nicht um bizarre Verstöße gegen Regeln, Ordnungsliebe und Datierungen, die im »Herzausreißer« zur Methode gehören.

K. V.

BORIS VIAN

Geboren 1920 in Ville d'Avray. 1939 École Centrale des Arts et Manufactures in Angoulême. 1942 Ingenieursexamen. Begründet eine Amateurjazzband mit Claude Abadie. 1946/47 erscheinen seine ersten Romane, gefördert von Raymond Queneau und Jean-Paul Sartre. Bis 1947 Ingenieur; daneben und in den folgenden Jahren Schriftsteller, Jazztrompeter, Chansonnier, Schauspieler, Übersetzer und Leiter der Jazzplattenabteilung bei Philips. Starb 1959 in Paris.

WERKE VON BORIS VIAN

(Verzeichnis der Erstausgaben)

J'irai cracher sur vos tombes. Roman. Paris, 1946
Vercoquin et le plancton. Roman. Paris, 1946
L'Écume des jours. Roman. Paris, 1947
L'Automne à Pékin. Roman. Paris, 1947
Les Morts ont tous la même peau. Roman. Suivi de Les Chiens, le désir et la mort. Paris, 1947
Barnum's Digest. Poèmes. Paris, 1948
Et on tuera tous les affreux. Roman. Paris, 1948
Les Fourmis. Nouvelles. Paris, 1949
Cantilènes en gelée. Poèmes. Limoges, 1949
L'Équarrissage pour tous. Pièce. Suivi de Le dernier des métiers. Paris, 1950
L'Herbe rouge. Roman. Paris, 1950
Elles se rendent pas compte. Roman. Paris, 1950
L'Arrache-Coeur. Roman. Paris, 1953
Fiesta. Opéra en un acte. Livret de Boris Vian. Musique de Darius Milhaud. Paris, 1958
En avant la Zizique. Esquisse d'une classification des chansons. Paris, 1958
Les Bâtisseurs d'Empire. Pièce. Paris, 1959
Zoneilles (avec Michel Arnaud et Raymond Queneau). Paris, 1961
Le Goûter des généraux. Pièce. Paris, 1962
Je voudrais pas crever. Poèmes. Paris, 1962
Textes et Chansons. Paris, 1966
Trouble dans les Andains. Roman. Paris, 1966

Chroniques de Jazz. Paris, 1967
Le Loup-garou. Suivi de douze autres nouvelles. Paris, 1970
Théâtre inédit: Tête de méduse, Série blême, Le Chasseur français. Paris, 1971
Le Chevalier de neige. Paris, 1974
Le Dossier de l'affaire »J'irai cracher sur vos tombes«. Paris, 1974
Chroniques du Menteur. Paris, 1974
Manuel de Saint-Germain-des-Prés. Paris, 1974
Derrière la Zizique. Paris, 1976
Petits Spectacles. Paris, 1977
Cinéma. Science-Fiction. Paris, 1978
Traité de civisme. Paris, 1979
Écrits Pornographiques. Paris, 1980
Le Ratichon baigneur et autres nouvelles inédites. Paris, 1981
Autres Écrits sur le Jazz. Tome I. Jazz-Hot/Combat. Paris, 1981
Autres Écrits sur le Jazz. Tome II. Paris, 1982
Opéras. Paris, 1982
La Belle Époque (Variétés). Paris, 1982
Cents Sonnets. Paris, 1984
Chansons. Paris, 1984
Rue des ravissantes et dix huit autres scénarios cinematographiques. Paris, 1989

Die in der Zweitausendeins-Ausgabe erschienenen

WERKE VON BORIS VIAN

Ich werde auf eure Gräber spucken. Roman.

Der Schaum der Tage. Roman.

Herbst in Peking. Roman.

Der Herzausreißer. Roman.

Das rote Gras. Roman.

Die kapieren nicht. Roman.

Tote haben alle dieselbe Haut. Roman.

Aufruhr in den Andennen. Roman.

Wir werden alle Fiesen killen. Roman.

Drehwurm, Swing und das Plankton. Roman.

Gesammelte Theaterstücke.

Faule Zeiten. Gesammelte Erzählungen I.

Liebe ist blind. Gesammelte Erzählungen II.

Der Kommissar und die Grüne Pantherin.
Gesammelte Schriften.

Ich möchte nicht krepieren.
Gedichte, Lieder und Texte.

Jedem seine Schlange.
Szenen, Libretti, Lieder und Glossen.

Hundert Sonette.